久保田淳座談集

空ゆく雲

王朝から中世へ

笠間書院

あまり言葉のかけたさに、あれ見さいなう、
空ゆく雲のはやさよ

（閑吟集）

目次

中扉写真・久保井妙子撮影

業平と小町

——文化現象として

〈対談者〉馬場あき子

馬場あきこ（ばば　あきこ）

昭和３年、東京生まれ。日本女子専門学校（現昭和女子大学）国文科卒業。在学中より短歌と能に親しみ、二十九年間教職にあった。昭和22年「まひる野」に入会。昭和53年歌誌「かりん」を創刊。これまで短歌に与えられた賞は迢空賞、読売文学賞、毎日芸術賞、朝日賞、現代短歌大賞などがある。朝日歌壇選者。また古典評論、能芸論の分野も広く、「式子内親王」「鬼の研究」「風姿花伝」などがあり、平成15年、日本芸術院賞を受賞。

貫之から見た業平・小町

久保田　きょうの「業平《なりひら》と小町－文化現象として」というタイトルを考えますと、小町は現に私の目の前にいらっしゃるのに、相対しているのが業平とは似ても似つかない男なんで（笑）、大変恐縮なんですが、いかがでしょうか。馬場さんはまず歌人としてこの二人をどんなふうにお考えでしょうか。歌人としての力量という点で……。

馬場　『古今集』の序を読みますと、貫之はひどく業平と小町を意識していたように思われるんです。貫之の前に、かなり近い大歌人としてこの二人が立ちはだかっていて、これを否定しない限り、新しい機軸は出せないというような、そういう気負いが若い貫之にはあって、そしてあのような序文の批判になったのではないか。

久保田　決して称讃とは言えない、「その心あまりて言葉たらず」なんていうのは、業平なんかに対しては手厳しい言い方ですよね。

馬場　ええ。それが私にはおもしろくて……。じゃ貫之は否定しきれたのかというと、だんだん否定しきれなくなっていくような気がしまして、『古今集』を編集した時の貫之と、『土佐日記』を書いた頃の貫之とでは業平に対してはずいぶん考え方も違っていたんだろうとか、そういうことを思うと、『古今集』の否定の仕方もおもしろい。

例えば「心あまりて言葉たらず」というのがありますが、これは貫之などから見ると——貫之には表現主義的な一面がありますが、そういうところが足りないという意味なのか。それと「心あまりて」というあたり。これは心を言葉に吸収できなかった、ということでしょうか。

貫之は業平の歌を詞書《ことばがき》と一緒に収めていて、そこに一つ貫之の業平観みたいなものがあるように思われるのですが。業平にもかなり古今的な「をかし」き趣向を表立てた歌はあると思うのですが、それを序のような「心あまりて言葉たらず」という気持ちから、詞書によって歌のある〈場〉と一緒に収めた場合には、「をかし」がどこかで「あはれ」とすれちがう点が出てくるんですね。

業平の歌は『古今集』に入っているのはみんなおもしろい、洒落た歌ですが、それが詞書と一緒にあるとちょっと「あはれ」な情緒が加わってくる。そこに貫之は業平像というものを一つ持っていたんじゃないかな、という気がするのですが。

久保田　なるほど。その点は考えませんでした。どうも国文学の研究者にとってはテキストが絶対なものですから……特に業平とか小町の場合には、後にだんだんと伝説でふくらんでいきますからね。

そうすると信用のおける業平なり小町なりの歌は『古今集』に採られているものだけだと考えてしまう。

そのかわり、それらはまず疑わなくていいだろう、歌そのものを疑わないというだけでなくて、業平の歌はもうはじめから、こういういわば物語的な詞書と共にあったんだと、そう考えてしまいがちですね。

でも今のお話だと、それはすべて貫之の戦略かもしれないとお考えのわけですね。これは本当におもしろい考え方だと思います。

馬場　あの詞書を落としてしまっても収録できたはずだと思うんですけど、それと一緒に収録することを求めたということは、そこに貫之の業平論とも言えそうなその歌の本質とか、説話的要素を含む業平の歌の特色というものを感じるんです。

久保田　国文学の研究者だと、もとの資料がすでに詞書を背負っていて、それをかなり忠実に取り込んで『古今集』にああいう形で載せ、さらにその『古今集』から出ていったものが、『伊勢物語』として形成されていったんだろうと。そういう考え方を多くの人がするのですが、これは再考を要するかもしれません。

また今のように考えると、序文で彼が言っていることとも照応する。

馬場　そうですね。納得できてくるんですね。

人の心を種としながらも技巧としては非常に知的な操作というものを新機軸として貫之は出していくのですが、そこでは抒情詩としての和歌の伝統というものは継ぐという、一つの方針は立っているんで、そうした時に、どうしてもこの業平の歩んだ歌の方向を無視できないところがある。

ただ、これは小町の批評もそうだと思いますが、「あはれなるやうにて強からず」というところと、それからもう一つ、私がいつも不満なのは「強からぬは女の歌なればなるべし」と出てくるところ。ここが気に入らないんですね（笑）。

久保田　馬場さんとしては最も御不満な批評でしょうね（笑）。

馬場　じゃどうして「強から」ないのかというと、小町の歌というのは――その他の女の歌もそうですけど、女というのは社会生活が直接的じゃないものですから、歌を詠う時にも、男のようにものを直截に見ないというか、やはり間接表現になりがちで、そういう間接表現が「強からず」ということになっていったんじゃないか。

そうすると業平の歌も「強からぬ」歌だと思うのですが、直喩と隠喩の差ぐらいで……。

久保田　ただそうなれば、平安文学全体が全部「強からぬ」文学なんで、あれは婉曲表現で成り立っているようなものだし、さらに言えば、そもそも日本人の思考自体がそうかもしれない。だけど、それが強くないか強いかは、にわかには断定できないですよね。かえってそのほうがしぶとかったり、したたかであるかもしれないですから……。

馬場　そうですね。貫之は歳をとるにしたがって、もしかしたらこの業平のしたたかな表現に気がついていくところが出てくるんじゃないか。

しかし結局貫之は歌ではそういう完成はしなくて、屏風歌（屏風に描かれる絵の主題を題にして詠む歌）にみるような、歌い方になっていき、その不足を補いたい気持ちが『土佐日記』のような文章になっていく。なにか貫之にとっては、業平がかなりな課題として終生付きまとっていた、そんな気がするんです。

久保田　最大の目標というか、自分と異質の大きな存在として、やはり意識していたんでしょうね。

そうすると、はるか後代に、藤原定家などが、貫之に対する不満と、貫之の前の時代である六歌仙時代――業平、小町、遍昭《へんじょう》などに対する憧れ、もしくは絶讃に近い言い方をするんですが、そういう六歌仙と貫之の時代の違い――これは後代の人にははっきり見えていたのですが、それだけじゃなくて貫之自身にも見えていたと。それで、はじめは何とか彼らを超えようとしていたと。そういう見方になるわけですね。

馬場　そうなんですけど、おかしいかしら。

久保田　いや、それは非常に説得力があると思います。確かに、いつの時代でもそういった先行者と後進との間の緊張関係はあるんでしょうね。

私自身はどうも古今集時代にうといものですから、比較的自分の馴染みのところに引きつけて考えると、それと似た関係が西行と定家だろうと思うんです。

　つまり、定家は明らかに西行とは違うと思いながら、だけどそれを否定せずに、というか否定できないで、結局はそれを取り込もうとしている。だから貫之の場合も、晩年になってだんだんわかってきてたんじゃないか、という今のお考え方をうかがうと、西行と定家にもやはりそれと似たような関係があったんじゃないか、とつい考えてしまいます。

馬場　しかし後世から見ると、業平は歌舞の菩薩で貫之は神様というようにちょっと違うものがあって、大衆性というか、つまり業平の持っている大衆性のようなものは、貫之の持っている大衆性とはちょっと違うと思う。

　例えば後世謡曲などの中に、貫之はどんなふうに受け入れられていくかというと、断片的になっちゃうんですね。舞歌《まいうた》になりやすい美辞麗句、舞の飾りとなる名歌をたくさん貫之は残していますが、しかしそれが主題にはならない。

　しかし業平は、劇的な歌の場を伴っていたために、それが主題になっていくところがある。そのへんはおもしろいところです。

久保田　だいたい貫之はシテ（能の主役）にはならないわけでしょう。『蟻通《ありどおし》』（四番目物の能。蟻通明神に下馬しなかったことを咎められた貫之が、歌を詠んで神を鎮める）なんかはあるけれど、あれもやはりワキ（シテの相手役）ですよね。

馬場　そうですね。

「玉造小町」の夢とうつろひ

久保田　これはまた『古今集』での扱いなんですが、今度はそれと対照的に、小町の場合はどうかというと、ほとんどこれは詞書のない歌ですよね。これなんかはどうお考えですか。

馬場　小町という人は強い人で、つまりいちばんはやく伝記を消滅させ、もはや小町伝説を抱えこみ始めていたということはなかったのでしょうか。

久保田　実像がすでに、この時代にはぼけていたんだろうな、という気は私もします。

馬場　女の歌というのはだいたい詞書はなくてもいいのですね。恋の歌も受け身で、劇的行動性はないので……。それで詠み人知らずの歌とどこかで重なりやすい点もあります。逆に言えば、どんな行動的伝説でも受け止める余地を残していたとも……。

「花の色はうつりにけりな（いたづらにわが身世にふるながめせしまに）」で知られているように、非常に華やかな歌が多いかというとそうではなくて、『小町集』なんかを見ると、海のイメージが非常に強いです。

久保田　それは前にも確かお書きになってましたね。「海人《あま》」とか、「海松藻《みるめ》」とか、「浦」とかの言葉が非常に多いと。

だから、そういうのが小町の一種のキーワードみたいなものかなと――「夢」はみなさんおっしゃいますが――そんな気がしますね。私もそれは大賛成です。

それから、いま一つ季節ということを考えると、どうなんでしょう。業平の場合は、『古今集』の三十首ぐらいで考えると、どうも季節としては春が多いような気がするのですが……。

馬場　そうですね。そして春の歌にはいい歌がたくさんありますね。

久保田　それは月もあるし、それから小野の里の雪なんていうのも詠われている。三十首のうち春が五首ぐらいありますか。

それに対して小町はどうかというと、「色見えでうつろふ物は（世中の人の心の花にぞ有りける）」とか、「花の色はうつりにけりな」はもちろん春なんだけれども、言葉としては「うつろふ春」であり、「うつろふ花」です。

それから「(今はとて)我が身時雨と降りぬれば(ことの葉さへにうつろひにけり)」なんてのもあるし、むしろ季節的には私は小町の場合は、秋――凋落《ちょうらく》、というものを連想しちゃうんですけど、どんなものでしょうか、これは。

馬場　おもしろいですね。そうすると、こういう「うつろひ」の抒情から『玉造小町子壮衰書《たまつくりこまちしそうすいしょ》』などにも結びつく要素がすでに用意されていた、と?

久保田　これはみなさんおっしゃるように、『玉造小町子壮衰書』は、全く弘法大師仮託の変てこな本で、小町とは関係ないものが結びつきますね。あるいはこれは大江匡房《まさふさ》あたりが元凶かな、という気もするのですが、平安後期には早くも結びついて、それが中世になってどんどん展開する。しかしその素地は、『古今集』の小町の歌の中に、何となくあるような気がする。

馬場　『無名草子《むみょうぞうし》』では小町をずいぶんほめていますね。あれは『古今集』の歌だけでなく、伝説も入っていたのでしょうね。それでなおかつあれだけほめているというのは、おもしろいと思いました。

久保田　玉造小町と結びつけなくても、小町が老衰の果てに死んで野晒《のざら》しとなり、その髑髏《しゃれこうべ》の目からススキが生えて、そのススキが風に吹かれるたびに、「秋風の吹くたびごとにあなめあなめ(小野とはいはじすすき生ひけり)」と歌ったなんていう話は『袋草紙』に出てくるし、それから『和歌童蒙抄《どうもう》』にも語られるし、そして『古事談』にも載っている。それに多分、どこかで必ずや『玉造小町子壮衰書』もくっ付いてくるでしょうし……。

それらを受けて、取り込んだうえでその生き方をほめているというのは、かなりこれは挑発的というか、非常におもしろいですね。

『無名草子』の発端がそもそも、それこそ『玉造小町子壮衰書』の老女、すなわち伝説による小野小町のなれの果てのような老女と、ダブらせて書かれているでしょう。そんな老女が最勝光院のあたりをほっつき歩いていて、そのうちにふらふらと物語をしている女房達の中に入って行って話をする。

いわばそういう『無名草子』の語り手の老女と、老残の小町とが重なって、それが批評するんだから、自分の分身を悪く言うわけはないんで、だから全面肯定をする、ということになるんじゃないでしょうか。

それで実際にそれを書いているのが、もしも言われるようにまだ源通具《みちとも》と仲良くしていた頃の比較的若い俊成卿女《しゅんぜいきょうのむすめ》だとすると、そこにまた若い女が年老いた嫗《おうな》を装ってああいうことを語っているということになって、なにかお芝居を見るようなおもしろさがありますね。

能本作者の本音と婉曲表現

馬場　私はやはり、そこにある〝心ざま〟への注目が素晴らしいと思うんです。みめかたち、もてなし、心づかい。すべて「いみじ」であるという、「かやうにこそあらまほしけれ」（『古今集』仮名序）という心入れが、ずっと中世を通じて能の中にも入っていくような気がして……。

それで結局、能では、老女としてしか小町を描かない、というところが出てくるんじゃないかしら。

久保田　その中でも最も果敢な老女が『卒都婆《そとば》小町』の老女ですね。

馬場　ええ。あれは素晴らしい。

久保田　高野山から出て来た、ちょうど西行みたいな坊さんに対して、どんどんやり返し、やり込める。

それで坊さんが恐れ入ってしまうと、その上にさらに嵩《かさ》にかかって、歌まで詠う。

極楽のうちならばこそあしからめ外は（「卒都婆」を掛ける）なにかは苦しかるべき、むつかしの僧の教化や

これはもう「決まった！」という感じですよね。だからこれはかなり挑発的な小町なんだけれども、そういうものをもてはやすというか、歓迎する空気というのが中世という時代にはあったということでしょうか。それともこれは能本作者の、いわば秩序立った社会に対する挑戦と見たらいいのでしょうか。

馬場　そのへんは大変おもしろいところで、やはり私は中世というのは、逆説的な裏返しの見方があったと思う。そういうものが美意識の中にも出てきていますし、能の美というのは、その意味では全部裏返しの美のような気がします。

業平の、『杜若《かきつばた》』や『井筒《いづつ》』なんかでも、男装の麗人が舞いを舞うところなんかに、美の逆転がありますし、小町の老女物などにはどうにも美しくは舞えっこない舞いを、一つの美を、心の〈位〉として舞わせるというような、芸のうえから見た逆説がある。

そして、小町というものの想像を、美として出さないで、老醜の向こう側にその美を創造させる、そういう非常に意地の悪い美への勧誘がある。

ただ、それと同時に、心というものが非常に尊重された時代ですので、老女の心位《こころくらい》というか、それもボロボロになった老女の中に初めて心位の最も高いものを求めるというような、日本的な、いかにも日本的な世界が頂点まで行きつめて、グロテスクになる一歩手前までちゃんと美として存立させている。

久保田　確かに毅然としている老女で、形《な》りは醜の極だけど、それと対照的に、つまり外見が

醜いだけに精神がキラキラ輝いてくるような、そういうのをやはりねらっているんでしょうね。能本作者自体が。

馬場　ええ、そうだと思います。観阿弥《かんあみ》という人は、伝説とか、それから巷の伝説を取り入れるのが非常に巧みな人で、そういう意味では非常に大衆性のあった人だと思うんです。ですから『卒都婆小町』なんかもそういうものをとても巧みに構成しているし、ことに道行《みちゆき》（旅の経過を述べた拍子に乗る謡）などは実に艶麗《えんれい》につくっていて、情緒としてうまく小町像をつくっていると思います。

久保田　『無名草子』での小町像に、物語の語り手としての作者の像が重なっているように、能役者自体、いわば乞食の所行のような、自ら社会の底辺に下りたようなところで演技をしますので、そういう共感みたいなものもやはりあるんじゃないでしょうか。

馬場　それを離れては、本当は語れないいんでしょうね。能というのは美文に埋もれていますが、掘り起こしてみると非常に太々しい、述志の文学であり、そういう美辞麗句に自分の本心を包みながら、それこそ婉曲表現でもって巧みにやわらかく本音を伝達していると思います。

久保田　そうなると、小町ものにはかなり能役者ないしは能作者の本音のようなものが出ているのに対して、業平が登場する曲というのは、それをかなりオブラートに包んで、それこそ婉曲に、本音ばかりは言ってないような世界で出来上がっていると。そんなところもあるかもしれませんね。

馬場　世阿弥《ぜあみ》は自分で『井筒』を、これは「上花《じょうか》」（能の芸位を三等九段階に分けたうちの第一〜三位）だと推薦していますが、実に『伊勢物語』をうまく、取り合わせて新しいお話につくっちゃってるんですね。

ああいう創作意欲を起こさせると同時に、『伊勢物語』はそのように再構成されてもおかしくないというか、業平という人には、いくら自分の思いを語り重ねても、しっかり受けとめてくれるというか、業平を語るとはそういうものなんだという認識が世々の語り手の側にあったんじゃないか。そしてどんどん業平像はふくらんでいって、手垢にまみれればまみれるだけピカピカ光っていくというか、実像も魅力がありますが、虚像も魅力がある。これは小町像もそうですが……。

久保田　はあ、魅力がありますか、実像も……。

馬場　やっぱり小さければ小さいだけ魅力があるというか……。

久保田　私は同性だと思うせいか、業平ってぜんぜん魅力を感じないんですよ。もちろん歌は別ですよ。『古今集』の業平の歌は、貫之が何と言おうともいい歌だと思うけど、実像の業平をもっと探ってみようという気はあまり起こらないし、ましてや後の業平というのは……これは偏見ですかね、とにかくあまり関心がないんですよ。

それから、伝説の世界でもあまりふくらまないような気がする。つまり業平の場合は『伊勢物語』をだぶらせて考えてきますから、『伊勢物語』の世界は全部業平がしょっちゃうわけですが、それからはみ出していかないでしょう。ですから、やはり業平像はもう世阿弥のあたりで完結しちゃって、以後、おもしろい展開を示さないような気がするんですね。

それに対して小町はどんどん変わっていくというか、零落していく。で、零落の極に至って、かえってその上に非常に大きな問題を投げかけていく。どうもそんな気がするのですが、どうでしょうか。

馬場　女というのはなかなか伝説の世界では神

様にはならなくて、小町もやはりボロボロになっていくばかりで神様にはならないわけですが、そこに魅力の秘密はないでしょうか。あれだけ小町の墓が全国にあるということは、女の人が自分の人生の中で小町というものをかなり頼みにしていたというところはあるんじゃないでしょうか。

歳をとって八十ぐらいになると、みんなお婆さんが「私、昔小町だったの」と言えるところがありますし、また昔小町であればいかなる華麗・転変の人生を語ってもいいわけで、その一点によってなにかにがい現世をしのげるところを、小町という名において語れたということは、これは大変な救済主だという気がしますね。和泉式部教というのもあったらしいですけど……。

久保田　それこそ「浮世の果は皆小町なり」（芭蕉）ですか（笑）。

確かにおっしゃる通り、小町は実体がだいたい『古今集』の頃からはっきりしていなかっただけに、すべての女性の象徴的な存在なんでしょうね。だからそれだけ後々まで生き長らえてくるんでしょうが……。

野晒し説話と光源氏の流れ

久保田　そこで、また野晒し説話にこだわりますが、やはり一つには、小町の没落、野垂れ死、そして白骨となってしまうというあの一連の話があれだけもてはやされたのは、時代が下るにつれて人間がそれだけ死の問題を考えていたので、その死というものを最も可視的に、具体的に考えるためには髑髏《しゃれこうべ》が一番いい。その髑髏も美人の髑髏であれば最も無常が痛切に感じられるわけだから、そういう坊さんたちの狙いもあって、それであの説話があれだけ生き長らえたんじゃないか。

さらに言いますと、いきなり白骨になっちゃうわけではないので、『九相詩絵巻《くそうし》』でしたか、美女が野垂れ死をして、その遺骸がだんだん腐れただれていって、ついに白骨になるという、そういう過程を描いた、実に汚らしい絵巻物がありますね。

それから、（藤原良経の子か）慶政上人《けいせい》の『閑居友《かんきよのとも》』に、女房みたいな立場でありながら主人と密通した女性が本妻側に私刑《リンチ》を加えられて殺されてしまい、その亡き骸が晒しものにされている。それを見て、人間の肉体は実に汚いものだ、と慨嘆している説話があります。

そんなのと重ね合わせていくと、小町の野垂れ死、そして髑髏になるという話に対してあれほど関心を持っているというのは、死に対する関心と同時に、むしろそれは白骨になる前の女性の肉体に対する関心の裏返しの表現じゃないか、という気が私にはするんですよ。

直接的に女性の身体の美しさを讃えているものというのは、日本の平安や中世の文学にはほとんどないですよね。でも絶対にそういうものに関心を持たないはずはないわけで、それが抑圧された形であゝいうところに出てくるんじゃないか……。

馬場　美と醜とか、華麗と無常とか……？

久保田　ええ、それらは絶えず裏返しになっているわけですからね。

馬場　ことに中世になるとそういう死体の話が多いですね。

久保田　ええ、多いですね。それで私はそういう死体の話と、それから髑髏の話に大変興味を持っておりまして、これが中世の精神を考える一つの道筋じゃないかなと、そんな気がしているんです。ちょっと悪趣味かもしれませんが。

もちろんこういう話は平安時代から仏教説話に出てくると思いますが、仏教に出てくる髑髏の話は、高僧が信仰のあげく髑髏になってもなお法華経《ほけきょう》を唱えていたとか、そういうものですよね。

ところが小町の場合には――これも結局は無常を説くわけだから仏教説話になるのでしょうが、しかし形のうえでは仏教説話ではなくて、罪深い女性が死んでこうなった、ということですからね。

馬場　あれは止観《しかん》（雑念を止め、正しい智慧《ちえ》によって対象を観察すること）みたいなものとも関係あるのでしょうか。

久保田　あると思いますね。もう不浄観（この世が汚れたものであることを観じて、煩悩を打ち消す修行法。主に、肉体が死後、腐敗して白骨に変化する過程を観ずる）そのものだと思います。だから、そういうことが業平の場合は不可能なわけです。男が死んだってだいたいサマにならないし……。それとまず業平の場合、ちょっと死のイメージとは結びつかないように思うんです。

馬場　死は結びつかないですね。

久保田　詠ってはいるんですけどね。

つひにゆく道とはかねて聞きしかどきのふけふとは思はざりしを

馬場　あれは非常に気楽そうな歌ですね。歌としてはすごく調子の伸びた歌だと思います。

久保田　『伊勢物語』を別にすれば、業平像が文学の世界で最初に形をとっていくのが『源氏物語』の光源氏だと思いますが、あの光源氏も死は描かれない。それで、いつの間にか死んじゃっている。そういう点も似てるし、それから王朝の色好みの性根を語っているという点で私が大好きなのは『伊勢物語』の六十三段の九十九《つくも》髪の話ですが、あそこでは老女の三男坊に「うちのお母さんに逢ってくれ」と言われて「あはれがりて」行きますね。それで逢うなんてところは、まるで光源氏と源典侍《げんのないしのすけ》との恋みたいだ

し、それで最後に、

世の中の例として、思ふをば思ひ、思はぬをば思はぬものを、この人は、思ふをも、思はぬをも、けぢめ見せぬ心なんありける。

なんて書いてあるのを見ると、光源氏そっくりじゃないか、という気がする。そうすると私は、光源氏というのは素晴らしい男であるにちがいないだけに、つまらないんですね。これは女性としてはいかがですか。

馬場　私はやはり業平は、非常に好きですね。つまり業平像というのはだんだん、柔和な光源氏みたいな、どれもけじめなく愛してしまう、という形になっていきますけど、やはり『大鏡』の記述みたいに、あれは王侍従時代ですから、宇多院が十八歳ぐらいだと業平はいくつぐらいかわかりませんが、二人で相撲をとって、椅子にぶつけて、肘掛けが折れちゃった、なんてところがありますよね。

そういう元気のいい実像を少し思い起こしてみたいなという気持ちがありまして、かなり素敵な男性だったんだろうと思いますよ。

久保田　私も実像は素敵なのかなとは思うんですが、業平を源氏とダブらせていくと、あんまり立派すぎてつまんないな、という気もしてきましてね（笑）。

恋の冒険をしている業平は素敵だと思うんですけどね。斎宮《さいぐう》と密通したり、（二条后）高子とあやにくな恋をしたり、これも高子ですか、お姫さまをおぶって芥川を渡ったり、それはいいなと思うんですけど……。

馬場　あそこでは業平は、女性的といえば非常に女性的に書かれていて、ではどこが女性的かというと女々しいという感じではなく、むしろ、一つの対象に執し衝迫していく心情ですね。甲斐性のない、けれどもいっそ甲斐性のないところに居直って命がけになってしまうような業平像というのが、大変切実感があって好きです。

それはお父さんの阿保《あぼ》親王とか、それから高《たか》岳《おか》親王なんかも同じ血だと考えてもいいと思うんですけど、ああいうふうに生一本な人たちの血を引いているとすれば、やはり宇多院も投げつけただろうし、それがああいう恋愛の中にもう一つの別の形をとって出たのでしょう。

私も確かに源氏のモデルとしてはぴったりだと感じるのですが、もう一つの業平像を考えると、東国下りなども大変なことで、体もかなり強かったんだろうと思います。

久保田 そうですね。歌仙の業平ばかり考えたんじゃいけないのかもしれませんね。こう、なよなよとした……。

それは確かに光源氏にもそういう面はありますね。あやにくな恋にむきになったりするという傾向は源氏にだってあるわけで、やはり昔の貴族をわれわれの固定観念で考えちゃいけないのかな、という気はしますね。

馬場 私などはすぐに身にひきつけた現実感を持たせてしまうところがいけないところで、おもしろがっちゃうんですね。そうすると、政務に一所懸命になる立身出世型よりも、そういう、あやうい恋に命を賭ける男のほうが魅力があるということになっちゃう。

でも、業平というのはかなり精神の腕力はあった、という感じはしますね。生き方としては、まさに素晴らしい……。

久保田 それが例の『三代実録』の批評ですか。つまり「放縦にして拘らず」ですか。

馬場 と、思います。

久保田 これはやはり「体貌閑麗《たいぼうかんれい》」というのだから、美男にはちがいないんでしょうね。ただ、その美男の尺度というのがどういうものだったのか……。

馬場 小町よりも確かな美男だったんじゃない

でしょうか。女の人は見ることはなかなかできないけど、業平は顔を晒していましたから。

久保田　そうですね。小町は後ろ姿だけでもよかったかもしれませんけどね。

馬場　後世の伝説の業平の好きなところは――菩薩になってしまうのはちょっと気に入らないのですが、私は謡曲に馴染みが深いものですからついそこへいってしまいますが、『雲林院』(世阿弥作)などで言う、「この物語かたるとも尽きじ」という、総括の仕方、それが本当に嬉しいんですね。また『杜若《かきつばた》』(金春禅竹作)ではこの恋の物語には「はじめもなく終りもなし」と言っています。

そこに業平のふくらんでいくというか、つまり発展はしないかもしれないが、同要素を限りなく含み込みふくらんでいくところがあって、百の種類の恋の危険、悲しみ、奔放が、全く女の世界の情とは別種のものだというかたちで出てきている。そこに恋とは何か、という新しいテーマがあるように思う。

それは実は世間そのものへの満ち足りない思いだったというような――しだいに、「逢わざる恋」「忍ぶる恋」が恋の極致になっていくとすれば、やはり恋によって語りえたものは、満たされぬ世への思いだったと、そんな気はしますね。

久保田　そうですね、恋というのは本質的にそうなんでしょうね。つまり、満たされない思い、渇望感から、それを満たしたい、充足させたいというふうに、ある対象に向かうプロセスが恋なんでしょうね。みんなそういう意味では満たされてはいないわけで、現状に満足して、もうこれでいいやという人はあまりいない。もしいたとしたら、そういうのは歌とは無関係の人たちですから……。

そうすると、いろんな形の恋があるわけで、それをいわば業平がすべて包み込んじゃうと。

そういうことですね。

馬場　ええ。品を変え、人を変え、次々に抱え込んでいくと言いますか……。

ですからそういう意味では源氏とはとても近いと思いますけど、でも源氏のように成功者ではなかったということ。ことに『伊勢物語』の中の、あの「実用《じちよう》なまめをとこ」が、「かたゐ翁」になっていくところ。あのへんが私は好きで、業平の語りというのはやはり翁語りが好きですね。

久保田　それは『伊勢物語』の読み方としてはおもしろいですね。

私なんかはもっぱら、若い頃のダンディな業平ばかり考えて、それに共感したり、反撥したりなんですけど、なるほどね。

馬場　用なき者だったのがだんだん実用な者になっていって、そしてシコシコとやりながら「かたゐ翁」になって、老い衰えてもなお放ちもやらぬあの情念、あの口惜しさが、昔男をふくらませていくんだろうと。そんな気がしますね。

久保田　拗ねてる業平というのは私も好きなんですけどね。『後撰集』に

住みわびぬいまはかぎりと山里につま木こるべき宿もとめてむ

というのがありますよね。つまり、自分の先はもう見えてるんだから山へ引っ込んじゃおうという、あれですね。

ああいう拗ねものというのには「身を要なきものに思ひなして」と同じように、私は大変共感を感じるのですが、やはり老いた業平は考えなきゃいけませんですね。老女の小町と同様に。

馬場　ただ、あまり老いた業平というのは出てこないんです。右馬頭《うまのかみ》もせいぜい五十代の半ばくらいで……。

久保田　いや、五十代の半ばだったら昔は老人ですよ（笑）。

馬場　業平がいくつまで生きたかはわかりませんけど、そういう結局実のならなかった業平の心情みたいなものは、やはり私はあの中では好きですね。

逆転劇のドラマ性

久保田　もう一度小町に話を戻しますが、どうしても中世の小町だと、老醜を晒して狂い回っている小町になっちゃう。ただ、その中で一つ能のほうでは『草子洗《そうしあらい》』があって、その『草子洗』のイメージが多分あるんだろうと思いますが、近世になりますと、『六歌仙容彩《すがたのいろどり》』の小町は『草子洗』そのままだし、それから常磐津《ときわづ》舞踊の『積恋雪関扉《つもるこいゆきのせきのと》』の小町も若い姿で現れて、また出家以前の遍昭、良岑宗貞《よしみねのむねさだ》らと逢坂《おうさか》の関でいろいろやりとりをする。そういうふうにみんなきれいな小町ですね。
　このきれいな小町を登場させるという意図。これはどうお考えですか。もともと美人だったのだから、当り前だと言えば当り前ですが。

馬場　やはり近世になると、近世の庶民のバイタリティといいますか、最もきれいなものを現実に見たいという欲望が生まれてきたと思うし、それから中世がついに出現させきれなかった小町像というものを、リアルな形で出せる歌舞伎の舞台が用意されたということでしょうか。ですから実際に出てくる小町像は、町娘とお姫さまのミックスされたもので、そこがまたおもしろいと言えばおもしろい。
　『雪関扉』なんかでは、関兵衛が実は黒主《くろぬし》という出し方がおもしろいと思いますけど、小町の場合は性格はあまり持たされていないんじゃないでしょうか。

久保田　ええ、そうですね。それは『積恋雪関扉』でしたら、何といったって関兵衛――実は天下を狙う大伴黒主が見事なんで、あとはみんな霞んじゃうんですが、その能の『草子洗』というのは話としては新しいんでしょうか。あまり素性がはっきりしない曲のようですが。

馬場　非常に見ていて楽しい曲ですね。人麿影《えい》供《ぐ》(神仏や故人などの絵像に、供物を供えてまつること)が出てくるのですが、そのやり方なんかは、まあその通りじゃないと思いますけど、しかし真似事の面影があるんだろうと思いましてね。

久保田　私はお恥ずかしいことに『草子洗』はまだ見てないんですよ。見てないのですが前にちょっと『草子洗』とそこに引かれている和歌の関係、なんてのを考えさせられたことがありまして、それで考えてみるとこれが実に不思議な曲なんですね。

　つまり、あそこでは小町の作った歌というのが出てきて、その歌が『万葉』にあると黒主にイチャモンをつけられて、小町は初めは濡れ衣だといって泣くわけだけど、ついに草子を洗って身の潔白を証明するということになる。その歌というのがまた全く下手くそな歌ですね。

馬場　下手くそですね。「水辺の草」というのですけど。

　播かなくに何をたねとて浮草の波のうねう
　ね生ひ茂るらん

ですか。

久保田　そうです、そうです。「水辺の草」という題で。だいたい「水辺の草」というのは小町の時代の歌題にはなさそうに思いますけどね。

　播かなくに何をたねとて浮草の波のうねう
　ね生ひ茂るらん

これと似た歌がないかなと思って探したのですが。すぐ連想されるのは、例の、

　わびぬれば身をうき草の根を絶えてさそふ
　水あらばいなんとぞ思ふ

ですが、『古今六帖』を見ますと、「浮草」という題で、まず「わびぬれば」のこの歌があって、

そしてそのすぐ横に、（凡河内《おおしこうち》）躬恒《みつね》として、

　水のおもにおふるさつきの浮草のうきこと
　あれや根をたえてこぬ

というのがある。

　それからほかにも『拾遺集』に、

　水の泡や種となるらん浮草のまく人なみの
　上に生ふれば

というのがある。だからいくつかの歌を合成して作ったのかなとも思うのですが、そのあと内《だい》裏《り》の歌合《うたあわせ》の実態をやって見せていて、でもそれも、まず時代錯誤は言うまでもないんで、小町の時代には影供《えいぐ》歌合などなかったのに、影供の形式でやる。

　そういうことを考えると、これはぜんぜん歌のことを知らない人では書けないし、またよく知っていても書けないもので、ですからこれは、かなりそういう和歌的な知識が一般の人にはわからなくなってきて、だけど知りたいという、そういう時代にできた曲かなと想像するんですが。

　そうすると中世もずいぶん下って、あるいは近世に入りかかっている頃のものかな、なんて考えるんですけど、いかがですか。

馬場　近世まではいかないように思いますね。

久保田　そうですね。上演記録があるから近世までは下がらないかもしれないけど、でも世阿弥の時代よりはかなり下がっていいでしょうね。

　そこで、今までの老女では飽き足らない、もっと美しい小町を見たい、またそれを能の世界では実現できるんだ、というところから書かれたんじゃないか。

馬場　そうかもしれません。能では若い小町が出てくるのは『通小《かよい》町』だけで、あとはみな歳老いたものばかりですから。

　本当に『草子洗』は華麗な曲です。劇能が流

行する中でどうしてもそういうものが一つ、要求されてきたということは、ありますでしょうね。

久保田　あれはお好きですか。

馬場　お正月などに観るのには実にいい曲ですね。たくさん登場人物が必要ですし、なかなか上演できないのですが、それだけにお正月なんかにはいかにも春めいた雰囲気がありまして、生々しい貫之が出てきて、例の「明石の浦の朝霧」（ほのぼのと明石の浦の朝霧に島がくれ行く舟をしぞ思ふ）の歌を詠み上げたり……。

久保田　歌舞伎では『六歌仙容彩』でそれを移してやるわけですが、あれはあまりおもしろくありません。それに比べると『関扉』の小町は、確かに性格はあまりないのですが、それでも、この若いお姫さま姿の小町に『卒都婆小町』の問答をやらせていて、つまり関兵衛――実は黒主と、若いお姫さまの小町が、「提婆《だいば》が悪も」「観音の慈悲」「槃特《はんどく》が愚痴も」「文殊の智恵」などといろいろ押し問答をして、それでやっと関を通してもらうと。

で、全くうまく『卒都婆小町』を取り入れたもんだなと思っていたところ、ついこの間、（坂東）玉三郎の『京鹿子娘道成寺《きようがのこむすめどうじようじ》』をテレビでやっていましたが、それを見てると、道行で、白拍子《しらびようし》（男装で歌舞を演じた女の芸能者）花子――実は清姫の霊が出てきて、それで坊さん――聞いたか坊主とやはり鐘供養を拝ませる拝ませないで押し問答をするわけですが、この時の問答がやはり同じなんですね。

「提婆が悪も」「観音の慈悲」「槃特が愚痴も」「文殊の智恵」――と、全く同じことを繰り返している。そういうのを見ると、歌舞伎作者の考えではあの白拍子もいわば小町なんだと解釈しているんじゃないでしょうか。

結局、小町は遊女になりますね。お伽《とぎ》草子の

『小町の草子』なんかでは。それから謡曲を見ていくと〝やさしい女〟という意味で「優女」と言っていますね。だから、やさしい女の優女がいつの間にか遊び女の遊女にすり変わっていって、それが小町であるというアナロジーが働いているという、このへんもおもしろいと思いますね。

最も底辺の女性である遊女が、実は観音であるかもしれないという、そういう構造があんなところにも出ているのかなと思いますと、やはり小町というのはすごい。

馬場　非常に日本人の好きなものの考え方なんですね、これは。汚れたものが浄化されていく、汚いものは必ず一番美しいんだという、そういうところがかなり昔からある。

これはやはり中世からでしょうか。それとももう少し前でしょうか。

久保田　それはやはり中世に最も典型的に出るんでしょうし、歌舞伎などを支えている思想もそうでしょうね。そしてさらに遡れば、上代だってあるんじゃないでしょうか。

例えば上代に取材した説話では、聖徳太子と歌を詠み交した斑鳩《いかるが》の片岡山の乞食僧は実は達磨の化身とか、そういうのがありますし……。

馬場　光明皇后の説話もありましたね。

久保田　小町なり業平というのは平安だけのものではない。それこそ日本文化の底流をなしているというか、基調をなしているというか……。

馬場　そういう意味では「国民的な」主人公というか、国民的なヒロインでありヒーローであるという感じはしますね。

久保田　やはりこれは日本的なんでしょうか。世界にそういうのはないのかな。

ただ、私はヨーロッパのことには全く暗いのですが、キリスト教世界にも確か遊女であった女性が聖女になるという話は、伝承としてはありますよね。

馬場　ええ。私は、日本人の持っているドラマ性というのは、みんな逆転劇だと思うんです。非常にドラマチックなものを想定しようとすると「実は……」というパターンが日本人にはあって、島国的閉鎖社会のせいでしょうか、常にそういう「実は……」という裏返ししかできないところがあったんじゃないか……。

久保田　そうですね。貴種流離譚《きしゆりゆうりたん》というのは、流離したあげく今は乞食になっちゃってるけど、もとを正せば素性はいいんだ、と。

前にお書きになったもので、確かその貴種流離譚に見合うものとして、小町のことをお考えでしたね。

馬場　貴種は流離する、だから流離しているものは貴種である、したがって遊行《ゆぎよう》女婦も貴種であった、と。

久保田　遊行女婦は高まる可能性がある、というか、実はその出自は高いんだ、という逆説ですね。それが近世になると、世をしのぶ誰それ、実は、という見現し(互いに隠していた素性が現れること)の思想になる。本当にそれは一貫していますね。

馬場　一つの体制がきちんと決まっていて、それを超えたり、はみ出したりしては生きられなかったから、その体制の中での優位性を主張しないとドラマが成立しないというか、ドラマになりえないところがあったんでしょうね。だから常に「実は……」という時にキンキラしたものに立場が変わっていくという形で場面転換がされていく。

久保田　そういう点では、ちょっと変わりようがない歌人として——これまた大きな存在の歌人で、馬場さんは確か一番お好きな歌人だとお書きになってらっしゃると思いますが、和泉式部が存在するんじゃないですか。

彼女の場合はどうでしょう。つまり和泉式部は和泉式部以外の何ものでもない、というところはないでしょうか。

馬場　それもやっぱり中世になると歌舞の菩薩にされちゃいますので……。

久保田　ただ、小町とはまた違った女性――歌人としてみてですね――ということはあるんじゃないでしょうか。私も歌人としては和泉式部が一番好きなんですが……。

馬場　形のうえでも、男性を拒否する小町に対して、全部受け入れちゃう和泉式部は反対ですね。

久保田　だから言ってみれば、和泉式部は女性でありながら業平的なのかもしれませんね。

馬場　業平も歌舞の菩薩なんですが、和泉式部も同じように衆生済度《しゅじょうさいど》（人々を救って悟りを得させること）という形の歌舞の菩薩で、両方が衆生済度という点では確かに似ておりますね。で、それも全部一つの方便であった、ということになる。

和歌の原質としての業平・小町

久保田　最後にもう一度『古今集』に戻りまして、歌人としてのお立場で、それぞれ業平と小町の歌の中で馬場さんの一番お好きな歌を一つずつ挙げていただけませんか。

馬場　先ほど久保田さんがおっしゃいました「色見えで……」という歌、あれは好きな歌です。あれは『無名草子』でもやはり挙げていた歌ですけど、女性好みなのでしょうか。

「花の色は……」ももちろんおもしろいし、あれが四季の春の歌に入っているのも非常にユニークですが。あれは内容としては「花の色はうつりにけりな」「我身世にふるながめせしまに」――で済んでしまっているんですね。そこに「いたづらに」という詞をまん中に挿入しているところが非常におもしろく、これは日本文体の一つの典型だと思うのです。つまり「いたづらに」というのを上下に引っ張らせている。

久保田　それで解釈する時に困るんですね。「いたづらに」がどこにかかっていくか、なんていう野暮な詮索をしなくちゃいけない。

馬場　それが私は好きなんです。こういう言い方が、曖昧で、小町の歌の弱さ、とたぶん貫之は思ったかもしれない。しかしながらこれが本当の女の物言いの強さなんじゃないかと思います。

　先ほどおっしゃったような婉曲文体の強さというのはこういう強さなんだろうと。つまり、曖昧性の影に隠れて、同時に二つのことを言う。含羞《がんしゅう》の文体と言えるかもしれません。

久保田　なにかしなやかな強靭さですね。

馬場　『古今集』の中では、小町の代表歌にもう一つ「わびぬれば（身をうき草のねをたえてさそふ水あらばいなむとぞ思ふ）」を入れてますけど、あれもやっぱりそういう強靭さを持っている歌で、貫之はそれを評価したから代表歌としたのでしょうね。しかしどうもこういう歌じゃないものを作らなければいけないんだ、そういう立場だったんだと思う。もう一つ小町の歌で

　あはれてふことこそうたて世の中を思ひは
　なれぬほだしなりけれ

というのがありますが、「あはれ」がこの世に存するから世の中を思い離れられない、という立場――これは先ほどの「色見えでうつろふものは……」を反対側から歌ったような感じです。決して尼などにはならない女のしたたかさがそこにはあるようで好きです。

久保田　そうするとこれもまた、『玉造小町』になっていく要因を孕んでいる歌、ということですね。

馬場　ええ。でも私はこれは、「強からぬ」こと

を美点とした、日本文体いわゆる女歌の典型だと思います。

久保田　業平の歌ではいかがですか。

馬場　業平は好きな歌がたくさんあって困りますが、業平の歌の中では

　世の中にたえてさくらのなかりせば春の心はのどけからまし

という歌。これなんかはちっともおもしろくない歌なんですが、それに、これが渚の院で歌われたということが付いてくると、非常に意味が違ってくる、そこが詞書のある歌として捨てられない。

久保田　これは短歌の一つの宿命というか、特性というか、やはり場を切り離してはおもしろくない歌もある、ということでしょうか。これはまた最初の詞書の問題ともからみますが……。

馬場　それと文体的におもしろいのは、

　月やあらぬ春やむかしの春ならぬ我身ひとつはもとの身にして

これも私は好きですし、それと基経の四十賀の時に詠んだ、

　さくら花ちりかひくもれおいらくのこむといふなる道まがふがに

これも非常にいい歌だと思います。

いずれも確かに貫之の批評、『古今集』の批評が当たる歌だと思いますけど、同時に韻律の美しさといいますか、「月やあらぬ」などは繰り返しの手法をうまく用いていて、宛転《えんてん》としていながら歌が決して弱くない。鬼神の世界に通じる韻律、声調の秘密を天性知っているようなところがあります。

久保田　謡曲に引用されるということで言うと、貫之の歌なんかはいつでも問題にされたわけですが、その謡曲の前にこの業平や小町の歌というのは、新古今時代の歌人にもういやとい

うほど本歌取りされますよね。

あれが私には非常におもしろくて、業平ないしは小町のどういう歌を取って、それをどう変えていくのか、そこにそれぞれの歌人のその時どきの思い入れとか解釈のようなものを感じまして、非常におもしろいのですが、例えば西行が小町の「わびぬれば……」という歌を取って

花さへに世をうきくさになりにけり散るををしめばさそふ山水

と詠んだりしますね。そこにどういう気持ちが働いていたのだろうか、ということを考えますと、大変、興味が尽きないんです。

西行は和泉式部もよく取るし、それから小町の歌もそう多くはないけれども取っている。定家には小町や業平の歌の本歌取りが幾らでもあるでしょう。

それから『能因集』では能因が夢の中で小町と歌を詠み交わしている。そして、順徳院も、小町が手ずから金百両を与えたという夢を見たり、『古今集』の好きな歌を書き抜いて時代不同の歌合を作った際、伊勢を左、小町を右に番《つが》えたところ、夢に小町が現れて怨んだとか(『八雲御抄』巻六)、後代の歌人達が小町をいかに意識していたかを示す話はいろいろありますよね。

そういうふうにいろいろな形で小町を意識している。もちろん業平も意識されているわけですが……。

そういうところを見ると、やはりこの二人こそが――六歌仙みんなそうだと言ってもいいのですが、とくにこの二人に遍昭ぐらいを加えて、これが後々の、王朝が続く限りの、平安中世を通じての和歌の原質ではないか、という気がするし、また、それだけのものを持っている人だと思うと、やはり伝説もですが、改めてこれらの歌人の歌一つ一つを丹念に読みたいですね。

馬場 そうですね。そして読んでいると、次々

発見するおもしろさが出てくるんですね。

久保田　出てきますね。やはりこれは舌に転がして読まなきゃいけないんでしょうね。

馬場　本当に。和歌文体というか、日本文体というか、現代短歌にもおろそかならず関ってくる本歌の〝本〟たるゆえんが、この二人にはありますね。

（了）

物書く女たち——和泉式部的なものをめぐって

〈対談者〉瀬戸内寂聴

瀬戸内寂聴（せとうち　じゃくちょう）

1922年徳島市生まれ。東京女子大学卒業。'61年田村俊子賞、'63年女流文学賞。73年中尊寺で得度受戒。87年岩手県浄法寺町天台寺住職に就任（2005年まで。現名誉住職）、92年谷崎潤一郎賞、'96年芸術選奨文部大臣賞、文化功労者となる。'98年 NHK 放送文化賞、'01年野間文芸賞、'02年大谷竹次郎賞、'06年イタリア国際ノニーノ賞、文化勲章受賞。'07年比叡山禅光坊住職に就任。'08坂口安吾賞受賞。'11岩手日報文化体育賞受賞、泉鏡花賞受賞。

再発見、女西行

久保田　この特集は、王朝の女性たちがそれぞれどのような人生を生き、どうしてそれを文学の形で語らなければならなかったのか、また彼女らの文学は現実とどのように関り合うのか、などといったことを、さまざまな角度から探ろうという試みなのですが、その一環として、王朝女流作家の中でもいろいろな意味で最も女らしい存在と思われます和泉式部を軸として、「和泉式部的なもの」というか「女房的なもの」をめぐって、瀬戸内さんにお話をうかがう大役をわたくしが仰せつかったわけです。瀬戸内さんはすでに和泉式部を女主人公として一条朝の人間模様を描ききった大作『煩悩夢幻』（一九六六刊　新潮社）を御発表ですし、また、中世でのいわば後《こう》宮《きゅう》女房の最後の人ともいえる後深草院二条の『とはずがたり』を素材として、『中世炎上』（一九七三刊　朝日新聞社）をお書きです。

　ところで、後深草院二条はよく女西行なんて呼ばれますが、瀬戸内さん、最近おまとめになられました随筆集『宗教・すててこそ』（一九七五刊　河出書房新社）では、本物の西行のことをいろいろお書きですが、やはり以前から西行についてご関心がおありでは……。

瀬戸内　いえ、全然関心がなくて（笑）、昔は好きでも何でもなかったんです。縁側から子ども蹴っ飛ばして家出するなんて、わざとらしくていやだと思っていたんですけれど。やはり自分がこういうふうになりましたら、なぜ出家したかと会う人ごとに訊かれるんです。出家の動機なんていうものは、一口でだれも言えないんじゃないかなあと思いまして、西行なんかどうなんだろうと思いましたら、やっぱり彼の出家についても、人がいろんなことを言っておりますでしょう。それからだんだんおもしろくなって、自分が出家してから読み始めたという……。

久保田　そうすると王朝から中世へというか、女流の文学から出家者の文学へと関心がお移りになったというような……。

瀬戸内　そうですね。中世は結局『とはずがたり』から入ったわけでございますね。『とはずがたり』がたいへんおもしろくて、それも出家しますまでは、二条が出家して方々歩きますね、もうあの辺にくると退屈で、こんなつまらないのないと思って、そこまでがおもしろいと思っておりましたんですけど、出家しましてから、ほんとにあの年で、あの時代に、ずいぶん歩いたものだなあなんて思いまして、それからちょっと感じ方が違ってまいりました。

それと、小説家としてもあらぬ想像をしますからね。ですから書いてあるのは、もちろんあれだってフィクションがございましょうし、その裏がいろいろあると思って——上皇と、出家してから男山八幡宮でめぐり逢うところがございますね。あの晩は絶対何かあったというふうに、出家しない前は考えていたわけなんです。着物の交換したり、そういうことございますでしょう。そんなことは、何もない時に絶対あり得ないなどと思いまして、私、『中世炎上』ではそういうことがあったとしたんですけれども、自分が出家してみましたらね、やっぱりあれはなかったんだというふうに思うわけなんです(笑)。

久保田　そうすると『中世炎上』の改稿をお考えというか……。

瀬戸内　そうなんです、書き直さなければならない。あれはあのままで〝歴史〟じゃないですからいいですけど。そういうふうに見方が、いろいろ変わってまいりますね。

久保田　いずれ「異説中世炎上」といったようなものをお書きいただくとしまして。そうしますと、王朝女流から、中世の出家者の文学に対する関心の移り変わりのちょうど中間というか、その接点に、『とはずがたり』の作者の後深草院二条に対する関心というのがおありになるわけですね。

瀬戸内 二条そのものが非常に現代的ですし。円地文子さん（一九〇五～一九八六。小説家）なんか、『とはずがたり』は不潔できらいだとおっしゃるんです。私はちっとも不潔だと感じなかったんです。非常に純情だし、してきた行動だけを見ますとなにかセックスに押し流されているみたいに見えますけれども、あの時代はああいうことはあたりまえのことですから、私はむしろ、たいへん精神的なインテリ女だったんじゃないかというふうに感じて、女流の中では好きです。

久保田 『中世炎上』の前に『煩悩夢幻』をお書きになったわけですね。何年ぐらいの作品でございますか。

瀬戸内 『煩悩夢幻』ですか。あれは昭和四十年ですから『中世炎上』から六年前ではないでしょうか。

久保田 そのころはもっぱら王朝女流のほうに耽溺というか、そちらが非常にお好きだったわけですね。もちろん今でも別な意味でお好きなんだと思いますけれども、そうするとやはり、その頃の和泉式部その他王朝女流作家に対する見方、考え方と、今とは違うわけですか。

瀬戸内 それが変わらないですね。王朝の場合は変わりません。こと、二条に関してだけはすっかり変わりましたけれども。

なぜかと言うと、やはり二条が出家したということのその出家のしかたが――たぶん和泉式部も出家していると思う。それから清少納言も、紫式部だって晩年はっきりいたしませんからね、もしかしたら出家したかもしれないというふうに私は考えているんですけれども。でも彼女たちがもし出家したとしても、そのしかたと二条の場合は違っていて、二条は非常に若くて出家しております。あの場合、しなくたってでい い立場でしておりますからね。その点非常に意志的な出家で、私にはたいへん興味があったわけなんです。

愛の軌跡——『煩悩夢幻』の世界

久保田　まず和泉式部的なものということで、『煩悩夢幻』あたりからのお話をいろいろおうかがいしたいと思いますが。

瀬戸内　私も『煩悩夢幻』を読んでこようと思ってついに時間がなくて、自分で何を書いたか……（笑）。

久保田　最初のところで平安女流作家たちの性格づけをいろいろお書きですね。

瀬戸内　あれは今でも変わらないですけど。

久保田　私、研究者として拝見しましても、非常に的確にお書き分けになっておられるので、なるほどな、なるほどなと思いながら拝読したんですけれども、こういう才女——和泉式部、紫式部、清少納言、赤染衛門の中で、やはり和泉式部なんかがとくにお好きなわけですか。

瀬戸内　好きですね。それから清少納言もきらいじゃございません。赤染衛門が一番きらいなんです。なにかいかにも今の奥様で、もし現代に生きていたら教育ママの典型みたいになってるんじゃないかと思って、ああいう人、きらいですね。賢女ぶりでいやらしいですね。紫式部はやはりスケールは一番大きい人ですし、りっぱな作家と思いますけれども、ほんとうにりっぱな作品とかいい小説を書く人間というのは、大体いやな人間ですよね、現代でも。そういう意味でいやなやつだと思いますね、紫式部は。日記なんかとくにいやですね。

久保田　消息文の中で和泉式部、清少納言を手厳しく批判していますね。

瀬戸内　それで自分のぼろはちっとも出してはおりませんでしょ。かわい気がないですね。

久保田　『紫式部日記』などによると、瀬戸内さんのおきらいな赤染衛門と、紫式部は結構親しかったようで……。

瀬戸内　だから、そのいやなところでつきあえるんでしょうね、貞女ぶったところで。あの二人が仲がいいというのはうなずけますね。両方とも、われこそはインテリと思っている人たちですから。

久保田　それからまた、赤染衛門と和泉式部の二人が、――およそ生き方の上で正反対の二人が案外親しいようですね。ところで、歌論なんかのほうでも「和泉・赤染優劣の論」というのが昔からございますね。四条中納言《ちゅうなごん》定頼《さだより》が父親の（藤原）公任《きんとう》に和泉・赤染の優劣を訊くという話ですが、その場合公任は、また公任自身どのくらい歌人としてというか、詩人として優れているのか怪しい点もありますけど、やはり言うことはまともで、和泉に比べれば赤染は問題外だと言っておりますね。だけど正式の屏風歌とか歌会の歌なんかの時には赤染は作品を求められるけれど、和泉は求められないなんてことも、藤原清輔や鴨長明などは言っていますね。

瀬戸内　どこか御座敷に出せないところがあったんでしょうね、和泉式部には。でもあんなに恋愛なんかが自由な時でも、あんなふうに行動が非難されるということが私は不思議でしょうがないんです。今でもそこがよくわからないんですけど。やはり女はいけなかったんでしょうか。

久保田　わからないですねえ。

瀬戸内　だって、みんなあの程度のことはしておりますでしょう。それがあんまり言われないで。

久保田　ただ和泉に対して言われているのも、非難なんですかね。おもしろがっていろいろ噂するということはあったかもしれませんけれども、その点どうなんでしょうか。

瀬戸内　やはり今だったら、週刊誌にたびたび出る人という感じなんでしょうね。マリリン・モンローとか、デビさんというふうなところでしょうか。でもかわいらしい人ですねえ。

久保田　やはりかわいらしさというものをお感じになりますか。

瀬戸内　女が見てもかわいいですけれども、男が見たらやっぱり一番かわいいんじゃないでしょうか。

久保田　それは性格的なことですか。

瀬戸内　はい、性格として。それから全く女らしいですね。魅力的だった。

久保田　女らしいというのは、やはりすなおに男の愛を受け容れるというところですか。

瀬戸内　自分が愛するというよりも、相手が愛しているのに応えてやらなきゃ悪いような気がして、あの人は次から次というふうでしょ。

久保田　拒めない。

瀬戸内　観音様みたいに全部施してあげているというふうな、愛情の垂れ流しみたいなところがありますね。

久保田　それに対して紫式部なんかは、やっぱり拒む女ということでしょうか。

瀬戸内　こういうことしたらみっともないとか、体裁が悪いとか。ですけど結構やっていたんじゃないですか、上手に。和泉式部はうまくやれなかったというところが、私はかわいらしくて天真爛漫でいいと思うんですけど。だって紫式部、相当の恋愛経験がないとあの小説は書けませんもの、『源氏物語』は。あのディテールは、空想とか観念だけではやっぱり書けませんよ。

久保田　またよく男の心理を読んでますねえ。そういう点は和泉式部はどうなんでしょう。男性に対する洞察力というか、男性心理の読みについては……。

瀬戸内　やはり紫式部はあくまで散文家で、和泉式部は詩人ですね。詩人というのは自分しかわからないいんじゃないですか。ですから相手のことなんかあんまり、わからないいんじゃないですか。

久保田　その点、紫式部には及ばない。

瀬戸内　及ばないというよりも、資質が全然違う。

久保田　その和泉式部が『和泉式部日記』を遺しているということを、一時は後人の仮託だなんて言われたこともありますけれども、今ではそういう考え方をとる人はまずいないわけですね。その点はどうお考えでしょうか。

瀬戸内　『和泉式部日記』も散文というよりも、散文詩みたいなものでございましょ。例えば『かげろふの日記』なんか、完全な私小説の元祖だと私は思うんですけれども、『和泉式部日記』というのはむしろ歌日記ですし、まあ散文詩。詠っておりますものね、あの中ですべてを。

久保田　帥《そち》の宮（冷泉院の皇子。敦道《あつみち》親王）が夜訪れて来ますね。その時、うちの者はみんな寝込んじゃって、開けて入れてやれない。和泉式部ひとりは起きていたんだけど、あとで「いぎたなし」と思われないかと思って、あとずっと起きて物思いを「手習ひのやうに」書きつけているなんてところがございますね。日記の中にまた創作的な文章がちょっと入っている。でもあれなんかも『紫式部日記』におけるぎりぎりの自己観察なんかとは全然違う。

瀬戸内　違いますね。非常にロマンティックですね。紫式部は自己観察というよりも、やはりあれだって読まれるということを意識して書いたんじゃないんですか。

久保田　それは、作家はすべてそうじゃないんでしょうか。

瀬戸内　あのころは作家という職業はなかったわけですから。でも人の悪口なんか書く時は、全く意識していると思いますね。消息文だそうですけれども、どうなんですか、あれは。

久保田　よほど親しい人にでないと、ちょっと与えることができない消息だとは思いますけど。

瀬戸内　でも消息文の体裁を用いて思う存分書いたかもしれませんでしょう。私たちだったらそれぐらいしますものね（笑）。

久保田　和泉は、初めはやっぱり男の愛を受け容れる女だったとは思いますけれども、弾正《だんじょう》の宮為尊《ためたか》親王（冷泉院の皇子。帥の宮の兄）との愛はそうだとしても、あとの帥の宮敦道親王との場合、どうでしょうか。むしろ受け容れる女から誘う女へというような、そういう変貌というか。

瀬戸内　そうでしょうか。私はやはり……相手が好奇心かなにか知らないけれどもやってきますでしょう。それはいくらか誘ったかもしれないけれども、和泉式部にしたってお兄さんが死んだからすぐ弟というのはやはり照れくさいし、相当そこには抵抗があったんじゃないでしょうか。帥の宮が相当情熱的でしょう。だからやはり、それに押されて流されたと私は解釈していますけど。すでに恋愛関係が生じてからは、あの当時の人は結局それを楽しんで、遊びみたいにいたしますでしょう。ですから歌なんかは誘ったようなところもありますけれど、積極的に誘ったという感じは、ちょっとあの時代では考えられないですね。

久保田　『煩悩夢幻』では花山《かざん》院（冷泉院の皇子。為尊親王の兄）が出てまいりますね。この花山院の性格づけは非常におもしろい。

瀬戸内　あれはでも、違ってますね。

久保田　ちょっと花山院に気の毒なような(笑)。

瀬戸内　私も今、そう思います。これも実感なんですけれども、自分が出家してみない前は、例えば平安時代とか鎌倉時代に皇族とか貴族が出家するというのは、全く宗教と関係ないような気がしてたんですよ。都合ですぐ出家したりするような気がしてたんですけれども、自分が出家していろいろ関心をもって読み直してみますと、みんなやはりそれ相当の決心をして、しているわけですね。花山院が出家したあとの行いすまし方というのはなにかとても純情なようですし、白洲正子さん(一九一〇～一九九八。随筆家)が花山院のことをたいへん好意をもって書いていらっしゃるようで、あらァ、あたしのはちょっとひどかったなと思ったんですけど(笑)。

久保田　白洲さんの御本は、私、迂闊《うかつ》にしてまだ存じませんけれども、国文学のほうでは今井源衛《げんえい》先生がいろいろ伝記を詳しく調べておられますが、確かにちょっと衝動的な出家のしかたですね。あの辺では本当の道心じゃないんじゃないかという気がしますけれども、そのあと出家後は熊野にお詣りしたり、あちこち修行しているようですね。

瀬戸内　そうなんです。悪いことしたと思って懺悔してます、今(笑)。それに、妙にリアリティーが出たんですよね、花山院が。書いているうちにひとりで動いてきたものですから、なにかいやらしいおじさんになっちゃって、すまないと思っています。

久保田　ただ、とてもおもしろくて。

瀬戸内　おもしろいですね。小説の中ではいい役している。

久保田　あの時代そのものがおもしろいですね。ああいう権力の葛藤と、そこに女性がからんでいるわけで。

墨染への意志

瀬戸内　それと、これも出家してみてなるほどと思ったんですけれども、天台仏教が文学の常識に入っていますね、当時の教養としては。今までそういうことも全く考えもしない、知りもしないで読んでいたんですけれども、出家してからずいぶん、はあ、これはこういうことだったのかというふうにわかることがあります。

久保田　やはりそういう常識は、天台宗のお坊さんが護持僧《ごじ》（天皇の身体護持の祈禱を行う）とか夜居《よい》の僧（夜分貴人のそばにいて加持祈禱を行う）ですか、宮中なんかにしょっちゅう詰めていますね。そういうところから入ってくるんでしょうか。

瀬戸内　あのときのインテリの教養のもとは、仏教だったわけでしょう。仏教学から入っていることが多かったでしょう。要するに外国語というのは仏教からきているんですから。

久保田　音楽的に美しくお経を読むということが、一つの芸能みたいになっているようですね。

瀬戸内　私、行院へ行きまして、いろんなお経を読んで行道《ぎょうどう》（仏道を修行すること）なんかさせられるわけですよ。ここで散華《さんげ》（仏を供養するために花をまき散らすこと）してとか、そこでもうちょっと歩いてとか、いろいろあるわけなんですよ。それをやってみましてね。あ、なるほどこれをりっぱな荘厳としたお堂の中で、たくさんの僧がきれいな法衣を着て、お経読んだり散華したりすれば、もう一つのショーですからね。音楽入りの、これをしたら、当時娯楽が何もない時代でございましょ、みごとなものだったろうと思いますもの。男なんてまともに見る機会ないですしね。若い美男の坊さんがああいうのをやっているというのはとてもきれいなものだし、自分でやってみてそういうことがわかりました。

久保田　今でも天台宗では昔のしきたりのまま仏事を行っているのですか。

瀬戸内　はい。たとえば今私、お寺なんて持っておりませんけれども、普通お寺さんに入っても、ほとんど現在ではそういうことは行われないわけなんです。必要ないわけですね。でも行院ではそれをきちんとやるんです。法華八講(法華経八巻を朝夕一巻ずつ四日間講説する法会)というのが実際どんなものか、そういうことが以前は何もわからなかった。

横川《よかわ》の僧都というのがよく『源氏物語』に出てまいりますね。行院は横川にございますから、そこで二カ月おりましたらなるほどと思いましてね。ここからおりていったとか、『源氏物語』の「宇治十帖」のところの横川の僧都が浮舟を助けるところとか、それから横川の僧都の性格描写とか、そんなことがやっぱり叡山へ行って横川で暮らしてみて、非常になにかリアリティーをもって感じられました。

久保田　そうすると王朝の女流作家たちも、かなり幼い頃からそういう雰囲気に浸っていたわけですね。

瀬戸内　雰囲気だけじゃなくて、今のインテリはみんな聖書は読んでますし、近頃日本の作家はカソリックが断然多いんですけれども、なにかそういう常識がなければ西洋文学なんかわからないというようなところがございますでしょ。そういうふうに当時のインテリは、お経を読むことはある時代の四書五経みたいなふうに、みんな読んでたんじゃないでしょうか。信仰というよりも、教養として身についていたんじゃないか。紫式部なんかとくにそうだったような気がしますね。

久保田　紫式部にとくに仏教的なものをお感じになりますか。和泉式部の和歌ではいかがでしょうか。

瀬戸内　くらきよりくらき道にぞいりぬべきはるか
　に照らせ山の端の月

というのがございますね。法華経の化城喩品《けじょうゆほん》（法華七喩の一つ）の一句を歌にしたということですが、やはり詩人的直観で彼女はそれを捉えてたんじゃないですか。この歌は十六、七歳の時の歌だといいますね。教養という面ではどこまで何していたか。清少納言なんかも非常にお経を読んでますね。ですからあれは信仰で読んでいたというんじゃなくて、もう教養だったんじゃないでしょうか。ちょうど私たちが外国のものを一所懸命読むような、そんな感じだったんじゃないでしょうか。

久保田　紫式部、それから清少納言ももちろんそうですけれども、ああいう人たちは仏教学のほかに漢才がございますね。『白氏文集《はくしもんじゅう》』とか『文選』とか『史記』とか。そういう点は和泉式部はあまりないんでしょうね。

瀬戸内　あんまりない感じがいたしますね。でも漢文を読むということが――結局お経が読めるということは漢文でございましょう、だから両方読めるんですね、つながっていたんですね。易しいお経になったのは中世以後でございましょう。平安時代のお経というのは非常に難しい古代漢音で読んだりもしていたんでしょうね、ものによっては。呉音ばかりじゃなかったと思いますし。

久保田　賢女ぶりの赤染衛門なんかも法文歌《ほうもんか》（仏教経典にもとづく和歌）、法華経二十八品歌なんてのは詠んでますね。そういうような直接法文を扱ったものが和泉式部の場合、非常に乏しいと思うんですが。

瀬戸内　でも和泉式部の生き方というものは、平安朝よりむしろ中世において、仏教に通じているようなところがございませんか。私はなにか、煩悩即菩提というのは和泉式部の……。

久保田　『とはずがたり』の後深草院二条に通ずる……。

瀬戸内　二条が和泉式部の系列に入るんじゃないかというふうに思いますけど。

久保田　法文歌というのはないけれども、

　身を観ずれば、岸の額に根を離れたる草

という、『和漢朗詠集』の「無常」に載っている詩句の文字を一字ずつ頭に詠み入れた連作がございますね。あれなんかも非常に宗教的で……。

瀬戸内　歌が、ちっとも露骨に宗教は取り入れてないんですが、

　瑠璃の地と人もみつべしわが床は涙の玉と
　敷きに敷ければ
　しら露も夢もこの世もまぼろしもたとへて
　いへばひさしかりけり
　物おもへばさはのほたるもわが身よりあく
　がれいづる魂かとぞ見る

こういう彼女の傑作と思われる歌は、全部宗教的な雰囲気がございますね。

久保田　むしろそれが本当の悟りに近いものかもしれませんね。

瀬戸内　これは私の解釈ですけれども、彼女は宗教的な歌を作ろうと思っては全然作ってなくて、自分の心からの叫びを叫んでみたら、それが人が読んだら宗教的な、なにかピュアなものが感じられる。あんないわゆる人から非難されるようなフリーな暮らしをしていながら、彼女の作った歌がピュアであるということは、やはり彼女の本質が私は純粋だと思うんです。それで愛情に濁りがなかったということを感じます。打算がございませんでしょ、あの人の生き方は。こうしたら損だということを平気でしますね。

久保田　その対極が紫式部ということになりま

すか。

瀬戸内　あの人は、絶対破綻《はたん》をしない暮らし方。清少納言も、なにか破れかぶれみたいなところがございますね。こうしたら損だけど言ってやるとかね。ああいうところ、私は好きなんですけれど。だから私の小説では、清少納言と和泉式部が最後に仲よくしたなんていうようなところがございますけど（笑）。でも、だれが天才かと言えば紫式部でしょうねえ。しかたがないですね。

久保田　紫式部はそうすると、あるいは最後まで悟れなかった女かもしれない。

瀬戸内　私は意外とね、紫式部は出家したんじゃないかという感じがするんですけど、何も証拠がございませんから。お墓なんか今どうなっているんですか。なにか名前が見つかったりね。

久保田　「香子」という名前だったという説もありますけれども、まだ問題もあるようです。

瀬戸内　大体、平安朝のああいう人たちというのは、晩年がどうなったかわかりませんでしょ。清少納言も結局わかりませんね。

久保田　出家は確かにしているようですが、説話なんかですと出家したということは出ていますけど（『古事談』）、最後はやっぱりはっきりしない。

瀬戸内　私は徳島なんですけれど、清少納言の伝説はずいぶんひどいんです。

久保田　あるようですね、四国のほうに。

瀬戸内　鳴門のほうでね。

久保田　ちょっと清少納言には気の毒なような種類の伝説がございますね。

瀬戸内　和泉式部は全国至るところに足跡がございますし、どれがほんとだかわからない。でもそれだけ伝説があるということは、結局庶民にまで好かれてたんでしょうね。それとやはりいくらかは歩いたから、そういう伝説が方々に残るわけでしょう。
　私は、和泉式部はおそらく、いわゆる尼法師になって、身を鬻《ひさ》ぎながらの尼だった、零落してそんなこともしたかもしれないというふうな解釈をしているんですけど。昔は巫女《みこ》さんとか尼さんで、売春しながらというのがいくらもございますね。あの一種になったかもしれないなあと思うんですけど。清少納言もあるいはそんなこともあったかもしれない。けれども紫式部はおそらく、それこそ嵯峨だか（笑）、比叡山の下かあたりでたいへん気どった庵でも結んで、太平に死んだんじゃないでしょうか。道長からお金もらって。

久保田　今おっしゃった、和泉式部の晩年についてのご想像というのは、中世の和泉式部像と重なるように思いますね。中世の御伽《おとぎ》草子などでの和泉式部は遊女のような扱いですね。だけど庶民にとっては観音様のようなイメージがありますね。この小説でも最後に取り上げていらっしゃる、童の愛を受け容れるという場面ですね。あれなんかも極めて中世に愛された話のようですが、

　　しぐれする稲荷の山のもみぢ葉はあをかりしより思ひそめてき

ですか。

瀬戸内　どうも和泉式部というのは、自分の軀《からだ》というものをあまり大切に思ってないわけですね。すぐ与えてしまいますでしょう。ああいうところ、それこそ脱ぎっぷりがよくていいんじゃないですか（笑）。

久保田　どうなんでしょう。それはかなり民族的なこともあるんじゃないでしょうか。

瀬戸内　そうですねえ、違いましょうねえ。カソリックなんかだったらたいへんなことですけど、日本は昔からわりとそうだったんでしょう。

久保田　そうすると、そういう点でもやっぱり

身を持すこと堅い紫式部なんかのほうが、近代に通ずるものがあるんでしょうか。

瀬戸内　さあ、どうでしょうか。もうあの頃、中国の道徳的なものは入っていたんですか。

久保田　入っていたとは思いますけれども、ただどこまでそれが実践されるか、疑問ですねえ。

瀬戸内　江戸時代みたいではないですね。

久保田　とてもそんなことではないと思いますが。

瀬戸内　むしろ戒律と言えば、仏教的な戒律でしょうか。

久保田　仏教的なもののほうが強いでしょうね。

瀬戸内　『源氏物語』みたいに罰があたるとか。『源氏』読んでおもしろいのは、紫式部が女たちに出家さしてますね、藤壺から浮舟に至るまで。その女たちが出家する瞬間は、源氏は全く顧みられていないですね。あれがおもしろいですね。相談もしないでやっちゃったというのが。みんなそうでしょう。源氏が呆気にとられるとか。

久保田　やっぱり出家という行動はそうなんでしょうね。

瀬戸内　それともう一つは、やっぱりその瞬間は女たちはある種の愛想をつかしているんですね。好きだけれども、愛想つかしているというところが出ているような気がして私はおもしろいと思うんですけど、そういう説がまだどこにも出てないんですけれども。

久保田　出離に踏み切った時の女性というのは最も強いですね。

瀬戸内　女三の宮みたいな、あんなお馬鹿ちゃんみたいな感じでも、出家する瞬間はすごく強いし、寄せつけないでしょう。てこでも動かない。あそこへきて急に彼女がリアリティーをもった女になってきて、私はとてもおもしろいと思うんですけれど。尚侍君《かんのきみ》朧月夜《おぼろづきよ》もそうでしょう。朧月夜も出家する時は、あっという間にしてしまいますでしょう。

久保田 そういう強さを和泉式部もやはりある時はもちえたというか、遂にはそういう状態になったとお考えですか。

瀬戸内 和泉式部の場合は、あの当時としてはもう年とってからでしょう。だから非常に自然に、きばったところなく、さんざんあらゆる人間の業《ごう》を尽くし切ったら最後にそこへいった。考えてみたら、前からそれを自分が憧れていたことだというので、すっとそこへ入ったというような気もしますし、また中世の御伽草子的な見方で、もう落ちぶれてしかたなくそうなったという感じもしますし、それはわからないですけども。

久保田 そういう出家のしかたもまた和泉らしくていいと思われますか。

瀬戸内 力んだところがなくて、とてもいいと思いますね。そういう人こそ仏は極楽へ連れていくんじゃないでしょうか。ほんとに救われるんじゃないでしょうか。非常に人間的な人ですね。

和泉式部的系譜と紫式部的系譜

瀬戸内 久保田さんはお好きですか、和泉式部なんか。

久保田 ええ、和泉式部は大好きです。

瀬戸内 やはり男の人はみんな好きじゃないでしょうか（笑）。

久保田 和泉の歌はいいと思いますね。

瀬戸内 いいですねえ。

久保田 ただ紫式部みたいな非難をする人は、結構いることはいるんですね。

瀬戸内 現代でも。

久保田 現代はいないかもしれませんけど、国学者なんかには評判が悪いですね。

瀬戸内　国学者は絶対だめですわ。

久保田　今契沖の著作を翻刻する仕事をやっているんですけれども（『契沖全集』一九七三〜七六刊、岩波書店刊）、契沖も和泉式部のことは批判的なんですね。非常に歌はうまいけれども、やはり口に出るにまかせてどんどん詠むと言って。

瀬戸内　でも本当の詩というのはそういうものじゃないでしょうかね。詩人の詩というのはみんなそうですね。

久保田　やはり契沖は詩人じゃないんでしょうね。

瀬戸内　詩人じゃない、あれは学者ですよ。やっぱり溢れてくるものが詩人じゃないでしょうか。歌ですものね、詩は。

久保田　契沖がそう非難するのは、例えば、

竹の葉にあられふる夜はさらさらにひとりは寝《ぬ》べき心ちこそせね

こういうさらさらと口をついて出てくるような歌なんですね。『河社《かわやしろ》』で、

竹の葉に霰の散る音によせていへる秀句、ことに女の歌にてうとましうおぼゆるなりなんて言っています。私なんか、こういうのは本当にいいなと思うんですが。

瀬戸内　いいですね、音楽的で。

久保田　紫式部も『（紫式部）日記』で、やはり和泉式部は口にまかせて詠んでいるんだという言い方してますね。

口にまかせたることどもに、かならずをかしきひとふしの目にとまる、詠み添へ侍りですか。あれ一種の嫉妬じゃないでしょうか。

瀬戸内　嫉妬ですよ。歌がうまいということより、男にもてるということは女にとっては全部嫉妬につながりますからね。あの人は淫乱だとか、あの人はだらしがないとかいうことは全部嫉妬ですよ。自分はあんまりかまってもらえないから癪にさわるんで。

久保田　その嫉妬は紫式部の場合、男にもてるのもですけれども、歌に対してあったんじゃないでしょうか。和泉の天賦の才にね。

瀬戸内　自分にはない才能は認めていたでしょう。

久保田　さか立ちしてもできないわけですね、ああいう歌は。そのかわり散文の世界であれだけのものを残せばいいかもしれませんけれども。作品としての『源氏物語』はお好きですか。

瀬戸内　『源氏物語』は好きなんです。大体、現代の小説家でもそうじゃございませんか。ほんとになにか恐れ入るというふうな作品書く人は、あんまり感じのいい人はいませんよ。いやあな人間がいいもの書きますよ（笑）。

久保田　私、和泉式部は好きなんですけど、どうも後深草院二条はなかなか好きになれないんですけどね。どうでしょうか、やはり二条にも和泉的なものをお感じになるわけですか。

瀬戸内　はい、私は感じますね。舟橋（聖一）さんはわりとお好きらしいですね。私は偏見なく最初に読んだんですけど。

まず私がとにかくびっくりしたのは、彼女は詩人よりもやっぱり散文家ですね。お産のところで、雪の曙（西園寺実兼）が自分で臍《へそ》の緒切ったりしますでしょう。それからいろいろごまかしますね。あそこなんて、びっくりしましたね。現代の小説としてもちっともおかしくない。リアリティーがあるし、迫力がある。

久保田　そういう点は文学者としての資質の上では、和泉なんかとずいぶん違う人という感じがしますね。

瀬戸内　歌だってそんなに上手じゃないですしね。でも私小説ですから、『かげろふ日記』の系統でしょうけど。

久保田さんは、二条のどこがおきらいですか。

久保田　そうですね、そうなりますとちょっと困るんですけれども、やはり非常に自分自身を凝視しているところがあると思うんですけどね。

瀬戸内　突っぱねてますでしょう、わりあいに。

久保田　だからよほど自意識の強い女性で、強いというか、自意識過剰な女というものは、男から見るとまるでかわい気のない女じゃないかなという気がするんです。

瀬戸内　私はね、あの人は男といる時はかわいいと思いますねえ、書いたものを見ましても。もう徹底して男といる時はあれだけかわいくなれるのに、最後にあれだけ強くなれたというところが非常に近代的で私は好きなんです。突っぱねてますでしょう、男を。流されている時は非常に流されるんですけれども、最後にね。

久保田　ですからさきほどの言い方ですと、和泉は受け容れる女であるのに対して、二条はやっぱり拒む面があるんじゃないでしょうか。

瀬戸内　拒む面というより、やはり自我が確立しているんじゃないでしょうか。非常にプライドが高いです。

久保田　後深草院がほかの女と共寝している時、少し離れた所にいて、二人の睦み合いをずっと観察していますね。

瀬戸内　『源氏物語』になぞらえられた時に明石になったので、すごく憤慨して飛び出していきますでしょう。ああいうところもほんとにプライドが高いと思うんですけれども、プライドが高いということは自我があったということで、自我があるということは非常に近代的なことですから、なにか私は『とはずがたり』は古いものを読んでいる気がしなかったですね。その点びっくりしました。

久保田　三度お読みになったと、いつかお書きでしたが、それで三度めにお読みになった結果が『中世炎上』という形になったんですね。

瀬戸内　『中世炎上』は最終じゃないです。そのあとで河出書房の本で現代語訳しました。

久保田　ああ、河出書房の『日本の古典』（一九七三刊）で。わたくしもやっぱり魅力ある女性だとは思うんですけどね。

瀬戸内　恐ろしいですか。

久保田　そうですね、男から見てたぶん……。

瀬戸内　いや、とても美しくて、あの当時あれだけ次から次に一流の人たちが追っかけているでしょう。身分もちょうど手ごろだったんでしょうけども、手を出すのにね。

久保田　出自は高くて、しかし宮廷での地位は大したことないんですね。なにか男の征服欲をそそる。けれども心からかわいがれない女性じゃないかという感じなんですけどね。これは弱い男の偏見かもしれません。

　ほかに王朝の女性では……。

瀬戸内　『かげろふ』はやっぱりすごいですね。あれはほんとに自我の典型ですけど、『かげろふ』の作者はいやだという人もいますけど、私はやっぱり好きですね。どっちかというと紫式部的ですけれども、あの時代にやはりあれだけの悲しみを散文で書き得たということは、私は『源氏物語』に匹敵する仕事だと思いますけど。日本の私小説の元祖じゃないですか。

久保田　『かげろふ』があったからこそ、『源氏』が出てきたかもしれませんですね。文学史ではよくそういうふうに説明しております。

瀬戸内　私はやっぱり、あの人はたいへんな人だと思いますねえ。

久保田　もっと前の伊勢の御《ご》とか小野小町になると、実像が非常に朦朧《もうろう》としてくるわけですけれども、その辺はいかがですか。

瀬戸内　あんまりよく勉強しておりません、その辺は。どうしてか、小野小町はあまり好きじゃないです。夢の歌なんかとてもいいですけど、やっぱり美人すぎる。

久保田　伊勢の御はおもしろい人じゃないかなという気がするんですけどね、やはり高貴な人々に愛されて。でも必ずしも常に流されてはいないようですね。男から捨てられるとかえって身を引いて、そのあと寄せつけないとか。

瀬戸内　かわい気がないといえば、『かげろふ』の作者が一番かわい気はないでしょうね。

久保田　聡明なんでしょうか。

瀬戸内　聡明すぎたんでしょうね。やっぱり男にとっては気づまりですわね、賢すぎて。やはりちょっと馬鹿になってみせるところがないと。それから甘えないでしょう、あの人は。だから室生犀星なんか、町の小路の女のほうを贔《ひい》屓《き》してあいうの（『かげろふの日記遺文』一九五九刊）を書かれたんですけども、やはり女は甘えないとかわいくないですね。紫式部が甘えるというところ、想像できないですものね。だけど清少納言はもしかしたら、男と一対一になるとたいへんに甘えるんじゃないかというところが感じられますね。

久保田　『煩悩夢幻』でも触れていらっしゃいますけれども、清少納言が相手にする男性というのは案外野暮ったい、ぱっとしない男たちですね。だけどそういう結びつきというのがいいんでしょうかね。たいへんな才女が……。

瀬戸内　なにかかばってやりたくなるんじゃないでしょうか。ちょっと足りないような、人に馬鹿にされている男とか、野暮ったいのとかね。また向こうは頼りにしたくなったり、男女の間は微妙ですからね。

久保田　尾崎紅葉の作品に『三人妻』（一八九二刊）というのがございますね。あれで三人の女性を書き分けていますが、芸者上がりのお才といいましたか、それとお艶とお角――紅梅って名を変えられる女ですね。私、その芸者上がりの蓮葉のお才みたいなのが、清少納言のイメージに近いんじゃないかなという気がするんです。すると、和泉式部はだれに近いか、紫式部はどうか。まあそういう対比がどだい無理なんですけれども、あの中でお角改め紅梅というのが、女のいやらしさというのを非常にもっていると思うんです。ですけどそのいやらしさが、なにか男から見ると魅力なんですね。そういう魅力をあるいは紫式部なんかももっていたんじゃないかという気がするんですが。

瀬戸内　道長がちょっと手を出したんで……あれはでもうなずけますね。とにかく当代一の才女ですからね。それだけだっておもしろいですものね。それから、そんなに不器量じゃなかったと思いますよね。紫式部の夫というのはずっと年上ですね、親子みたい。相当なドンファンの感じで、きまじめ一方じゃないでしょう。捌《さば》けたような人で相当恋の経験もある。そういう人が妻にして、仕込まれているんですから、大抵のことを知っていただろう。結局そういう男性が目をつけたんだから、そんなにみっともない女じゃなかったと思いますね。ある程度美人だったし、それからずば抜けて賢いなんてこともやっぱり魅力の一つですからね。とくに女が学問してないころに学問しているなんて、それはやっぱり珍しいですし、男は征服欲があるから、そんな女はちょっとコレクションの一つに珍品が欲しいでしょう。そういう意味では道長なんか、すべての女が自由にできる立場にあれば、珍種の一つの蝶々として取りたいですわね。

久保田　あるいは実際に……。

瀬戸内　私はもちろんあったと思います。あって、経済的な援助もすべてがあったから、あれだけのことができたと思いますね。なかったら、あんなこと（『紫式部日記』に）書きませんよ。絶対振り向いてもくれない人のこと書かないし。

だってあれは、その時一回しか書いてないから、その時断わったって、その翌日は入れたかもしれないでしょう。断わったことだけ格好よく書いている。絶対ありましたよ。……と私は思いますよ。また出家したから変わるんだから、怪しいですけど、この探偵は（笑）。

久保田　そうなると、やっぱり紫式部も魅力ありますね。

瀬戸内　それはありますよ。男にとってはおもしろいんじゃないですか。こんな賢ぶってえらそうなことばかり言う女が、寝る時どんなことするだろう、どんな表情するだろうというのは、それは男にとってはたいへんな征服欲ですもの。

久保田　ちょっと時代が下がりますが、建礼門院右京大夫なんかどうお考えですか。

瀬戸内　いいですね。私、一度書いてみたいと学生の頃に思ったんですけれども、興味があります。

久保田　どういう点にでしょうか。

瀬戸内　大体学校で『平家』とかあの辺を習うわけですよね（笑）、だからまず小説になる女だなというふうな興味ですけど。

久保田　国文学者の中にもずいぶん右京大夫ファンがいるんです。

瀬戸内　ちょうど私が女子大に入ったのが（紀元）二千六百年で、昭和十五年でしたから、そのころわりとはやったんですよ、建礼門院。

久保田　冨倉徳次郎先生の『右京大夫小侍従』（『建礼門院右京大夫・太皇太后宮小侍従』一九四二刊　三省堂）が出ましたのもそのころですし。

瀬戸内　あのころちょっとブームみたいな感じでした。だから早くに直したわけなんです。私が教えていただいたのは守随《しゅずい》憲治先生とか今園（国貞）先生とか、石村貞吉《ていきち》先生とか、西尾実先生とか山岸徳平先生とか……。

久保田　年下の資盛《すけもり》(平重盛の子)を生涯愛し続けた純情一途な女性という見方がよくありますね。それに対してはいかがですか。

瀬戸内　私、そんなの興味ないんですよね(笑)。悲劇の時代の人ですから、若気の過ちで小説になると思ったけど、今はしないのはできないと思うからで。竹西(寛子。第一巻にて対談収録。)さんが好きでしょう、違いますか。

久保田　それから大原(富枝)さん(一九一二〜二〇〇〇。小説家)が最近お書きになりましたね(『建礼門院右京大夫』一九七五刊　講談社)。

瀬戸内　そうそう、読みました、このあいだ。

久保田　私、初め好きじゃなかったんです。よくも読まないで好きじゃなかった。というのは第一、純情可憐というのは私もつまらないと思ったんですけれども、機会あって少し読み続けておりますうちにだんだん好きになってきましてね。ただ私は、右京大夫もまた、女性の一種のいやらしさというのをもっている人じゃないかと思うんですけれども、そしてそれがまた魅力にはなっていると思うんですが。

瀬戸内　やっぱり時代が悲劇的な時代ですからね。あそこを生き抜くということは、ちょっといやらしくないと生き抜けませんわね。

久保田　資盛一人じゃもちろんなくて、(藤原)隆信との恋というのもあるわけですね。それなんか『右京大夫集』のほうだけ見ていると、好色な隆信の執拗な手に、遂に心ならずも落ちたように書いているんですけれども。

瀬戸内　そんなことはないですね。

久保田　またそういうような書きっぷりをするのが女らしいいやらしさで、おもしろいんじゃないでしょうか。

瀬戸内　あの頃にしたって、今と違って恋愛がもっと自由でしたでしょう。わりあいとルーズだったですからね。ほんとに『とはずがたり』

なんか読むとびっくりしますね、あのルーズさは。

久保田　でも、これからまたああいうふうになっていくんでしょうか。

瀬戸内　いつでしたか、もう十何年前ですけど、私がNHKで、平安朝が実にいい、やっぱり男を通わせる形態が一番いいんじゃないかと言ったら、すごォい電話と投書があったらしいですよ。茶の間の奥様族が、けしからん、何たることを言うかって。日本の奥さんぐらい、くだらないのないですからね(笑)。魅力がなくて。

久保田　でも、それはわかるような気もしますね。今のような形が結局女性にとっては極めて安定しているので、平安時代というのは自由だけれども、それだけ女性は不安ですね。

瀬戸内　危機感があるからこそ生き甲斐があり、恋愛が輝くのであって、必ず夕方になったら帰ってくる亭主なんて待って、なにがその晩情熱がかき立てられますか、男のほうも女のほうも(笑)。やっぱりたまに逢うから男女の愛というのは燃えるんでしてね。女の立場を保証するというのは一夫一婦婚というのは一番便利かもしれませんけど、恋愛は死滅しますよね。私は一夫一婦制度は反対だし、不自然だと思うんですけど。

久保田　日本では実質的にはずっとそうじゃなかったわけですね。それが近代になって……。

瀬戸内　最近のことですからね。

久保田　近代だって、まだ明治・大正はどうもそうでもないですね。

瀬戸内　最近と言うけど、現代が全部ほんとは一夫一婦じゃないんですからね。形だけが一夫一婦であって、男が全部一人を守ってないんですもの。女は女でまた奥さん連中、大いに姦通しているんですからね。ほんとに名目だけですよ。それこそいやらしいと思います。

久保田　それに比べると平安時代というのは……。

瀬戸内　オープンで堂々としていて、いいですよ。捨てられたこともわかるし。今の女房たちは、捨てられることは経済的に困るということと、恥ずかしいということだけで頑張っているわけでしょう。捨てられてくっついていたってしょうがないと思うんですけどねえ。うちなんかにもくる相談なんて、みんなそうですものね。相手の気持ちが自分にないのに、それ追っかけたってしょうがないじゃないかと私が言うんですけどね、きかないですねえ。

久保田　ただ現代の文学ですと、私は現代文学の方面に全く暗いのですけれども、やっぱり一応家庭という枠があって、その家庭の枠の中から発想しているような傾向が強いんじゃないですか。

瀬戸内　それはそうですね。だって買う人がその家庭の中にいるんですから（笑）。

久保田　アウトサイダーばかり扱っていても読んでくれないわけですね。

瀬戸内　でも私の読者なんていうのは、自分ができないことをやってるというふうなところがあって、読んでいるというのもあるんじゃないですかね。

劣等感＋優越感……

久保田　ちょっとお話が現代に脱線しましたけれども、古典にかえってみて、私たちはやはり男の文学と女の文学というものの違いをどうしても考えさせられるんですけど、瀬戸内さんは女性文学者の立場でお考えになって、根本的にやはり違うものがあるとお考えですか。平安だとほとんどめぼしいものは女流文学ばかりですから、時代を変えての対比になるわけですけれども、例えば王朝女流の和泉式部の歌なり紫式部の『源氏物語』なんかと、中世の西行とか、長明の『方丈記』のようなのと、文学の形の上、また扱っている内容ということを抜きにして、まず本質的な面で、根本的な違いというのは何かという問題について、どうお考えでしょうか。

瀬戸内　あんまりそれは感じませんけど。女流作家というのは実におかしな呼び方で、小説家という場合だったら男も女もないと思います。閨秀《けいしゅう》作家というものはないと思いますね。これは私の持論なんですけど、小説を書く女なんてのはM的要素の強い人間で、ほんとうに女らしい女というのは小説なんて書かないと思う。自己顕示欲が強いということは男性的ですからね。日記書いてだれにも見せないで焼くというのならわかりますけど、絶対それを世に問いたい、喝采を得たいというのは、それはもう男性的です。それからまた小説を書く男性というのは、非常に女性的だと私は思うんです。ですからほとんどそこでは似ていて、差がないんじゃないか。ほんとうに男らしい男は文学なんてやらない。戦争でもしたり、政治でもしたりするんじゃないでしょうか（笑）。

久保田　今のようなお話をうかがって非常に教えいただきました。私もたまには学生相手に、あまりも素朴な文学論を申すのですが、やはり人間が文学をやる、物を書くとか、それについて何か言おうとするというのは、結局自分の中にある負荷、つまりマイナス、コンプレックスを克服するというか、むしろ劣等感を逆手にとって跳躍しようという試みなんじゃないかなという気がするんです。

瀬戸内　それと被害妄想ですね。例えば岡本かの子（一八八九〜一九三九。小説家・歌人・仏教研究家）なんかおよそ劣等感のない人間でしたけれども、被害妄想は病的にありましたから。岡本太郎さん（一九一一〜一九九九。芸術家。かの子の息子）なんかも、あれですごい被害妄想狂なんですよ。すべての人間は自分を認めないという。私なんか、あの程度でずいぶん認められているほうだと思うんですけどね（笑）。なにかすべては敵だというふうな。岡本家というのは被害妄想の血統なんです。だから被害妄想もマイナス感覚とすれば……。

久保田　それをプラスにしようという、そこに西行や長明の文学も生まれたのではないでしょうか。西行だって、「数ならぬ身」ということをしきりに申しますね。あれは一種のコンプレックス——実際に社会的にどんな地位にあったとか、どんな人に恋したかということは別にして、コンプレックスだと思いますけど、そうすると物を書く平安女流にも、やはりそれに類するものはあったと……。

瀬戸内　それはやっぱり、あの頃は女の地位というものが決定的に男より下でしょう。あれだけ華やかにしているけれども、男性の世の中ですわね。そして紫式部なんかはお兄さんより賢かったわけでしょう。なんで自分は賢いのに、というふうなことを小さい時思ったかもしれませんわね。それと私は、物書きとか芸術家というものは、やっぱりコンプレックスと同時に、非常に自惚《うぬぼ》れ屋だと思うんです。自分は何かの才能があると信じないかぎりはできません。

久保田　信じて、それを表現したというわけですね。

瀬戸内　それを認めないのが癪にさわるというわけでしょう。だからやっぱりマイナスだけではない。太宰だってそうでしょう。なにか非常にマイナスみたいな、負け犬的なふりするけれども、すごいやはり……。

久保田　「選ばれたる者の恍惚と不安」ですね。恍惚感がなくっちゃ、やっていけないわけですね。

瀬戸内　人は絶対自分を認めないけども、自分は天才である、あるいは亜天才ぐらいであるとか、芸術家はみんな思っている。それがなければやっていかれないんじゃないでしょうか。だから一生認められなくても、これは時代が悪いんだとか、自分が早く生まれすぎたんだと思えば慰められますでしょう。

久保田　じゃ、かわいい女である和泉にしたってそういうものはあったんでしょうか。自分の歌才に対する自負みたいなものは。

瀬戸内　歌才に対してはあったでしょうね。歌は私は相当うまいと思ってたんじゃないでしょうか。紫式部や清少納言なんてなにさくらい、もしかしたら、散文だってうまいのよというのであれを書いたかもしれない（笑）。馬鹿にしてもらわないわよ、というので書いたのかもしれませんね。書くということは、やっぱり自惚れがないと書きませんわね。私のところでも、原稿送ってきたりする人たくさんいますけど、もう呆れるような原稿でも、すぐに賞でも取れるように思って書いてますもの。それをまた亭主が推薦してきたり（笑）、またそれでなければ書けないですよ。すべて錯覚ですけれども、そういうことあるんでしょうね。もしかしたら、ほんとの天才はその時代には認められないのかもしれないしね。それはわからないです。

久保田さんは、だれが一番お好きですか。

久保田　やはり和泉式部は好きなほうですね。ただ、まだ作品の読み方が浅いのか、あの時代というものがほんとによく浮かび上がってはこないんで、和泉式部の場合、歌は文句なしに好きなんですけれども、どうも風貌を描こうとするとぼうっとしてまして。

瀬戸内　ぼうっとしますねえ。

久保田　それで瀬戸内さんのお作拝見すると、ああ、こんな風貌の女性かなと思って。

瀬戸内　小野小町は美人すぎて後姿でないと描

けないというふうなものがありますけど、和泉式部なんてのは欠点だらけの顔で、かわいかったのかもしれないですね。

久保田　和泉式部や、さきほど申しました右京大夫なんかは好きなほうですね。

瀬戸内　右京大夫というのは美人の印象を受けますね。

久保田　美人だったんでしょうね。それから字がうまかったことは確かでしょうから。

瀬戸内　『かげろふ』の作者も三美人の一人だったわけでしょう。だからあの人には美人のいやらしさがありますね。

久保田　やはり自意識過剰なんじゃないでしょうか。

瀬戸内　大体女の美人というのは、女としてつまらないですけどね、そういうところがありますね。その上プラス教養があったから、鼻持ちならなかったでしょうねえ。ただ書いたものはいいから。私は『かげろふ』の作者はちっとも好きじゃないけれども、書いたものは傑作だと思いますね。

久保田　男から見ると、和泉式部なんて人はほんとに魅力的な人だと思います。

瀬戸内　心が安らぎますでしょうね。

「はるかに照らせ……」

久保田　男の文学ですと、私は同性として、これまたかなりいやらしい人間だったんじゃないかと思う長明あたりが、非常におもしろく思われるんです。

瀬戸内　私も好きなんです。

久保田　それはどうも。

瀬戸内　今、一所懸命読んでいるんです。おもしろいですね、あの人。

久保田　『方丈記』に対するお考えも変わってこられましたか。

瀬戸内　いくらか変わってきましたね。鴨長明とか兼好法師とか今読み直して、とてもおもしろいです。あのプレハブが一番愉快ですね、『方丈記』の。今、いろんな人の死に方をいろいろ研究しているんですけどね。遺言がないわけでしょう、鴨長明にしても兼好法師にしても。鴨長明は、やっぱり住むには家は広くてむだがあって、家具調度もあったほうがいい、プレハブは寒い、不便だといって死んだほうがいいような気がするんですけどね（笑）。……そう思って死んだかもしれないと思うんですよ。

久保田　死に方は西行についてもお書きでしたね。

瀬戸内　はい。今、調べているんです。それから各宗祖の死に方がおもしろいですね。

久保田　二度目のみちのくの旅で死んだというう、ああいう、大往生じゃなくて……。

瀬戸内　西行といえば、西行と同行の西住《さいじゅう》の結び付きは異常なまでに深いですね。二人はホモだったんじゃないかとわたしは思います。ふたりで交した歌なんか相聞《そうもん》歌ですものね、どこかエロティックですよ。

久保田　さあ、精神的にはそれに近かったかもしれませんが、実際には……。

瀬戸内　いえ、坊さんは精神なんかじゃないですよ。肉体ですよ（笑）。西行は美男だったようですし。鳥羽院との間にも私はなんだか普通でないものを感じますね、「世外」というエッセイの中にも書きましたけれど

　惜しむとて惜しまれぬべきこの世かは身を
　　捨ててこそ身をも助けめ

という鳥羽院に出家のいとまをつげた歌は西行の身分からすると、とても強くて歌の位が高くて異様に思います。鳥羽院の崩御の時、かけつけて墓の守を一晩ひとりでするところも何か異常とは思われませんか。

久保田　西行が西住のことを恋人のように歌っていることは確かですね。西行が五十歳に行った中国四国旅行の時は、はじめて西住が親しい者の病気を理由に同行しないのを不満に思って、「(山城の美豆《みづ》のみ草につながれて)駒ものうげに見ゆる旅かな」などと、西住のことを馬に喩えていますね。

瀬戸内　大体私、長生きした人はあんまり好きじゃないんですよ。親鸞なんか、いやですね、あの死に方、好きじゃないですねえ。

久保田　長明は友達に、月講式――月を讃える法要のようなものでしょうか、やってくれということを言ってるらしいですね。月に対して執着をもっていたようなことがいわれています。

瀬戸内　私、嵯峨に住みましてからね、それはもう月が美しいんですねえ。嵯峨ほど月を見るのにいいところはないですよ。現代でさえそうですから、昔はどんなだったろうと思いますねえ。昔の人が月だ、雪だといって騒いだの、やはり嵯峨に住んでみるとわかります。

久保田　私もときどきこちらへ参るんですが、昼間上賀茂あたりで仕事(賀茂別雷神社での三手文庫本の閲覧調査)してて、あと車で川沿いに来ますと、よく東山のほうからいい月が出まして、やっぱり京都の月はいいなと思って。

瀬戸内　このあいだ、私、今ちょっと(足利)義政の時代を書いているものですから、どうしても銀閣寺で月見をしようと思いまして、和尚さんに頼んで何度も何度も約束しても、どうしてもその日雨なんですよ。とうとう満月ははずしましたけれども、十六夜の日だったかしら、銀閣寺で待って月待山から出る月を見たんですけれども、私のうちで月が七時半に出て、銀閣寺で出たのが十一時過ぎているんですよ。あんまり山の下で、ずっと隠れているんです。

電話で「うちは月出た？」と言ったら、「もう出ました」、それが七時半なんですよ。待っても待っても出ないんですよ。くたびれ果てて、「もう帰りますわァ」なんて、庭におりて上を見たら、ぱあっと出てきたんです。それはちょっと感動的でしたけど、池が三つございます。その池にみんな月が映ります。四つの月がそこで見られるわけなんですよ。銀閣寺の上へ上がってて窓から見ますと、四つの月が見えるように造ってあるんです。だけども小さいんですね、もうのぼりきっていますから。それでうちへ帰りましたら、嵯峨の月はほんとうに大きいんです。

嵯峨からちょうど、東山から出るのが見えるわけですよ。そんな時はバレーボールぐらい大きな月がのぼるんです。それがずっと京都を通って、嵯峨野をわたって、うちの庭をすぎて小倉山へ入るんです。それだけでも出家した甲斐があったと思って(笑)。

久保田　和泉式部の「くらきよりくらき道にぞ……」の歌が思い出されますね(笑)。瀬戸内さんの場合、「くらき道」と言うべきじゃないでしょうけれども。

瀬戸内　いやいや、やっぱり「くらき道」ですね。

久保田　「はるかに照らせ山の端の月」と訴えたい気持ちは紫式部や西行・長明にもあったかもしれませんね。今日は「和泉式部的なもの」をめぐってというテーマで平安から中世まで、いろいろなお話しいただきましてありがとうございました。

(了)

西行　その風土、時間、そして歌

〈対談者〉前登志夫

前登志夫（まえ　としお）
大正15年、奈良県生まれ。半世紀にわたり吉野山中にあり、現代短歌に独自の歌風をひらいた孤高の作家。芸術院会員。「山繭の会」主宰。平成17年に長年の作歌活動に対して芸術院賞恩賜賞を受ける。詩集に『宇宙驛』、歌集に『子午線の繭』『靈異記』『縄文紀』（迢空賞）『樹下集』（詩歌文学館賞）『鳥獣蟲魚』（斎藤茂吉短歌文学賞）『青童子』（読売文学賞）『流轉』（現代短歌大賞）『鳥總立』（毎日芸術賞）。他に『吉野紀行』『山河慟哭』『森の時間』『明るき寂寥』など多くの随筆集がある。平成20年逝去。

前登志夫

吉野の桜

久保田　こちらは本当に深い山の中ですね。車で相当登ってきた感じがしますが、大体標高にして何メートルぐらいなのでしょうか。

前　五百から六百メートルほどです。吉野山の上千本から花矢倉、水分《みくまり》神社あたりの高さと、ほぼ同じくらいです。吉野山の桜の様子は、この山里の桜の開花によって判断できます。

久保田　この奥が大峰に続くわけですか。

前　ええ、そうです。ここもまた峯入りの大峯行者街道なのです。昔の古い峠の一つなのです。

　大峯やよし野の奥の花の果

という曽良《そら》の句がありますが、昔は、大峯の戸開けの季節には、行者達の鈴の音や錫杖《しゃくじょう》の響きや法螺《ほら》貝が鳴りわたったものです。

久保田　このあたりの林は杉ですか、それとも檜でしょうか。じつにみごとなものですが、これもただ放っておいてこうなるというのではなくて、いろいろ手入れをなさるのでしょうね。こうなるまでにはどれくらいの歳月を要するのですか。

前　杉と檜がほぼ同じくらいの割合ですね。一人前になるには最低五十年はかかります。この清水《きよみず》という山には、昔から高野槇《まき》の木がかなり沢山あります。槇の樹林は、杉山や檜原とは異なる情緒があるものです。槇は材の香気が高いので、古代の木棺に用いられているようです。杉が檜より成長は少し早いのですが、針葉樹林ですから、槇も杉も檜も一緒ぐらいです。

久保田　じゃそうスクスクということではないんですね。

前　そうですね。このあたりではこの槇の木の梢を盂蘭盆《うらぼん》の魂迎《たまむか》えの花にしていまして、私の家でも槇山から梢をだいぶ取るんですよ。昔からたまたくさん古木があったものですから。

この高野槇の森の中へ、方丈の草庵を建てて、もう十年もすると杖をついて歩いて行きたいなと思っているんですよ。

久保田 魂迎えの木と言いますと、木をそのまま使われるんですか。

前 木の先の梢を切って、枝付きのままのを墓とか仏壇へ立てるんです。お盆にはそれと蓮の花ですね。

久保田 そこへ御先祖の御霊が帰ってくる、という発想ですね。

前 そうなんです。

久保田 それは吉野地方独特の風習なんでしょうか。

前 関西一円の祭祀の様式です。高野山に多いですね。槇の木がこの土地に合うんでしょう。合わなければ植物はだめなんですね。高野山では年中、この槇の梢を売っていますよ。高野のほうからこちらに買いに来るんです。

久保田 そういうこと一つを考えても、本当にこのあたりはそのまま西行和歌の風土ですね。西行には檜原の歌もありますね。

先生がお引きの「鳩の歌」なんかもいかにも西行らしい風景ですが……。

古畑の岨《そば》の立つ木にゐる鳩の友呼ぶ声のすごき夕暮

それから、

夕されや檜原の峯を越えゆけばすごく聞ゆる山鳩の声

後のほうの歌は檜原を歌っていますね。本当にうかがう途中、車の中から見ていても、本当に檜原、杉原の峰を分けて行くという感じでした。

前 年中青くて、ちょっと重苦しくてね。

久保田 じゃあまり紅葉する木は混じってないんですね。

前　ええ、少なくなりました。戦後、経済事情の変化につれましてね。昔は炭を焼くのに雑木林が値打ちがあったのですが、だんだん雑木林を伐って杉、檜を植えるものですから、雑木林の率が少なくなりましてね、これは僕は残念だと思っています。

久保田　やはり森林も時代によって変わってくるんですね。

前　変わりますね。林相がね。それだけに桜とか辛夷《こぶし》の花が、まっ青な檜原の大斜面にぽつぽつと咲いていると、それがまたいいんですね。

京都の円山公園とか、大阪造幣局の通り抜けのように花・花もそれなりにいいのですが、深山桜というか山道を歩いていてパッと出会うと、ああ咲いてるんだなァと、何とも言えない新鮮な感じがいたしますね。

久保田　西行が眺めた桜も当然そういう感じの桜でしょうね。全山というよりも、常緑の中に混じった……。

前
　吉野山去年《こぞ》の枝折《しをり》の道かへてまだ見ぬ方の
　　花をたづねむ

とありますように、一望に眺める一目千本というのは、もっと後の近世になってからでしょうね。

吉野も、奥千本に桜はかなりあったのですが、行くごとに減っております。老桜で枯れていきまして、杉檜の山になっています。

久保田　桜は長寿ではないのですね。

前　枝垂れ桜とか薄墨桜のように長いのもありますけど。寿命の長いのはたいてい枝垂れだそうです。

久保田　枝垂れは日本国中にずいぶん老木があるみたいですね。こちらの桜はだいたい山桜が中心になるのですか。

前　ほとんどそうですね。奥千本の西行庵付近から、女人結界の尾根筋にある西行古跡の石標のあるあたりへかけて、昔はかなり桜があったのですが……。近年名物の老桜が枯れてしまいましてね。吉野一山の地主の神を祭っている金峰神社の鳥居に素晴らしい老桜がありまして、その桜の木が鳥居みたいになっていて、私、そこへ行くといつも西行の、

　わきて見ん老木は花もあはれなり今いくたびか春にあふべき

というあの歌を思い出すのでした。一昨年(一九六三年)の秋の夜に吹いた野分に倒れました。そのあとを見ると、桜の幹はすっかり空洞なんですね、皮だけで持っていたのです。

久保田　私が西行庵に参りましたのは、一昨年が初めてで、西行の研究をやっている者としていかに怠慢かということになるわけですが、一昨年の四月のごく初めに参りましたら、まだ咲いておりませんでした。京都でちょっと打合せみたいなことがありまして、その帰りに思い立って参ったのですが、下のほうでは少し桜が咲いておりましたか……、でも上へ行くとまだみんな蕾でした。

前　それは心残りなことでしたね。その春によって開花が遅れたりします。大体四月中旬が盛りですが、花開く前の鬱然《うつぜん》とした静けさもなかなか趣のあるものですが……。

　金峰神社の角にあったその老桜は戸明け桜と呼ばれていましてね、大峰山の戸明けが昔は五月八日、今は五月三日になっていますが、そんなに遅く咲く花といわれたのです。

久保田　金峰神社の横を登って行って、しばらくして左へ行くと大峰ですね。

前　そうです。

久保田　西行庵はずいぶん寂しいところですね。本当に昔からあそこにあったのだとしたら、大変なところですね。

前　夜などはやはり山中の寂寞《せきばく》そのものだったでしょうね。今は奥千本のあたりに誰も住んではいないのですが、吉野山の古い絵図など見ますと、愛染宝塔院が金峰神社の上手にありまして、いくつかの塔頭寺院が周辺にあったようです。今も苔清水から西行古跡の石標への道筋にお堂の跡らしい所が数か所あります。

久保田　じゃ中世にはいろいろ建物があって、お坊さんもいたんでしょうか。

前　今よりはかえって近くに修行者や隠棲《いんせい》する人がいたらしいです。鎌倉千軒という所もその奥千本です。「庵ならべむ冬の山里」という親しみすら想像します。

芭蕉は

西上人の草の庵の跡は、奥の院より右の方二町ばかり分け入るほど、柴人の通ふ道のみわづかにありて、さがしき谷をへだてたる、いとたふとし。彼とく〳〵の清水はむかしにかはらずと見えて、今もとく〳〵と雫落ける

と、『野ざらし紀行』で書いています。むろん、文飾もありましょうが、西行庵に近い苔清水が、奥之院から二町ほどだというのはかなり正確だと思われます。

歌集『霊異記』

久保田　先生のお歌を拝見していますと、これは期せずしてかもしれませんが、西行の作品と非常に通う世界を感じます。私、拝見しておもしろいなと思いましたのは、先生は『霊異記』(一九七二刊　白玉書房)の中の「くらきまなこを」で、

青山に虹はかかりぬ静けさを目守りてをればなべて過ぎにき

という歌を詠んでおられますが、西行の『残集』の最後の歌も、虹の歌ですね。

さらにまた反橋《そりはし》わたすここちしてをふさ

かゝれる葛城《かづらき》の峯
西行は葛城山にかかった虹を詠み、先生も山に架かる大きな虹を詠んでいらっしゃる。この符合は私、非常におもしろく思いました。
こういう壮大な風景は到底都会では考えられません。私も実際にそういう光景を見たいなと思っているのですが、こういう自然の中にお住まいですと、絶えず自然の霊力とでもいうものに打たれるような日々をお過ごしなんでしょうね。

前 そうですね。崇高なものと、妖しく華麗な一瞬が現れたりします。気韻生動と言われますが、そうした光景は、日常の時間とは異質な生命ですね。自然が持っている時間というか、今のお話で言えば、〝遥かなるもの〟といいますか……。〝花鳥の奥〟と私は言っておりますが、自然の霊妙なものを見た時は、それが幻視のように思われるものです。ゆっくりした時間、というか、ある意味では、呪縛される、という点もありますね。

久保田 私もやはり『残集』の歌を見ました時に、葛城山にまつわる役行者と一言主《ひとことぬしのかみ》神の伝説といったようなものをすぐ連想しました。あれこそ呪縛の神話のようなものですね。何も西行は一言主神とか役行者《えんぎようじや》ということはその歌では言っていないのですが、何かやはりそういう凝固してしまった時間を感じているのかな、という気がしました。
時間というものを、今の現代短歌の方々はどんなふうに詠われるのでしょう。

前 どちらかといえば、時間は稀薄になっているようです。例えば戦後という歴史的な時間の意識などは、かなり鋭く詠まれ、一首の詠みぶりや文体の上ではスピードがあるわけですが、少し痩せています。
詩の時間というのは、世界の根源に湛えられるものですから、根源的なものが稀薄になりますと、時間も平板になります。知的メカニズムが過ぎますと、詩の時間は窮屈になり、忘却されるようです。短歌の詩的根底を、私は生命としての時間だと考えています。今でも〝失われた時〟や、〝移ろう時〟としての時間を詠んだ、秀れた歌はかなりあると思いますが……。

久保田 私は近代短歌の世界には疎くて、しょっちゅう付き合っているのは古典の歌だけなんですが、時間意識というものは歌に限らずすべての文芸で根本的なものだと思うんです。じゃ古典の歌で、伝統的な大和歌がどのくらい時間を詠ってきたのかということになりますと、はっきりわかりませんで、非常にゆるやかな、王朝的な感覚の時間というのはよく詠われているような気がするのですが、古代、平安、中世と続けてゆったりと流れている時というものを詠った歌人は、あまりいないんじゃないか。そんなことを、実はあまり作品そのものを読まないで考えていたのです。

そうしましたら——これは問題の作品群ですが、『山家集』のおしまいに百首歌がありますね。あの中の「述懐十首」のうち、

深き山は苔むす岩をたたみあげて古りにしかたをさめたるかな

という歌にぶつかって、改めて西行という人は大変な人だなと思いました。

これは決して評判のいい歌ではないんですね。大体この百首そのものは、人によっては若い時の歌で下手だとか、逆に下手だから若い時の歌だろうという人もいるし、最近ではむしろ晩年じゃないかという説もあって、私もそんな古い歌だとは思わないのですが、その時期にもしこんな歌を詠っていたとなると、自然の中にそのままストップしてしまった時間と自分とが向き合っているような感じがしまして、こうい

うのが先生が『谷行《たにこう》の思想』でお書きになっておられる、大峰を舞台にした能の『谷行』――ああいうところに籠められている考え方と重なるんじゃないか、という気がしたわけです。

前　西行のその歌は、言ってみれば時間のメタフィジカルみたいなものを、その時代に詠んでいたと？

久保田　ええ、詠んでいたんじゃないかと思うんです。それが出家前か、あるいは出家直後か……私は出家後まもなくじゃないかと思っているのですが、ですからずいぶん若い時から西行は、自然と時間――結局時間と空間の問題ですが、そういうことと絶えず直面していた歌人なのかな、という気がするんです。

山とか、谷とか、それらを素材とした歌はいくらでもあると思いますが、あの時点においてはこういう捉え方はしないんじゃないかなと。ただ、その自然を通して、自然即仏というふうに仏を見ているのかどうか。そのへんはまだ私はよくわからないんですけど。仏か神か。そうなのか、そうでないのか……。

前　『聞書《ききがき》集』のほうに、

　ときはなる花もやあると吉野山奥なく入りてなほたづね見む

という歌がありますが、これなどはだいぶ仏くさい主題を真っ向から詠っている、仏道修業の歌ですね。散らない花、永遠の花……そこへストレートにいってないから魅力があるのか、非常に人間くさいものがまだあって、ここまでくるにはずいぶん長い道程を経てからのことでしょうね。

久保田　そこへいくまで西行を駆り立てていたものは、デモンであると。そう先生は捉えておられますね。『山河慟哭』（一九七六刊　朝日新聞社）の中に、「悪霊《デモン》とともに―西行小論」というのをお収めになられている。

前　ええ。確かに自分を見つめようという執念みたいなものがあって、読者の側から言うと、〝しんどい〟という感じがずっとありますね。

西行と万葉

前　定家は酔わせてくれるが、西行はむしろ覚醒させるというふうに、久保田さんはお書きになっていられますが、その作歌主体の側に立つと、定家は覚醒しており、西行は物狂おしいまでに宿業を負っているように思われてなりません。

まさしく「谷行」の業《ごう》を背負っている人だと、私は考えています。西行が、京都の貴族社会を離脱して出家隠棲の生活をすることは、今日だったらどれほどの出離になるのかということを知りたいですね。それには当時の広汎な資料を備えての洞察が必要ですし、とても手に負えませんので、機会を改めて、久保田さんに教えて頂きたいと思っているんです。

私の『谷行の思想』は、戦後ということと切り離せませんし、今日の物質的文明から蒙る抑圧とか、人間の崩壊がモチーフになっていたわけです。人間の故郷への谷行でもあったのですが、西行には時間の問題と共に、根源への志向は見られませんでしょうか。

久保田　それから私がどうも気になりますのは、西行と古代文学との関りなんです。先生も古代には大層御関心が深くて、「読売新聞」の（一九八五年）一月六日の「樹下三界」のお原稿でも机辺に『万葉集』と『山家集』があるとお書きですが、西行自身がいったい古代をどう受けとめているのか。これは研究者としても非常に関心があるところです。

西行は平安最末期から中世初頭の歌人で、『万葉』とはかなり時間的には隔りがあるし、それからまわりにも必ずしも『万葉』を読むような雰囲気があったとも思えない。しかし案外この頃は、時代そのものとしても、『万葉』が再び読まれ始め、『万葉』の風土が顧みられ始めた時期なのかな、という気もしないわけではありません。

それにしても、そういう一種流行的な『万葉』再発見みたいなものがあったとしても、西行には古代への関心があったのかなかったのか。あったとしたらそれが同じかどうか、ということがどうも私にはわからない。ただ非常に長い、ゆるやかな時間の推移に関心を持っているとしたら、当然平安を突き抜けて『万葉』の古代に西行自身が遡っても不思議ないと思いますけど……。

前 為兼卿の革新的な試みをしたのは誰でしたっけ。

久保田 源俊頼です。俊頼は確かに西行にずいぶん影を落としていますね。

前 あの人はどうなんでしょう。『俊頼髄脳』。

久保田 俊頼は、言葉としては万葉的なものもどんどん取り込んでくるように思うんです。それからもっと前には曽丹《そたん》——曽禰好忠《そねよしただ》がおりましたね。この曽禰好忠や源俊頼などがまず言葉のほうから古代の再発見みたいなことをやって、そしてもう少し時代が下ってきて西行とほぼ同時代になると、藤原清輔など六条家（藤原顕《あき》季《すえ》より始まる歌道家）の歌人たちが、学問的な興味から『万葉』を読み始めますね。

それで『万葉』を読むだけでは気が済まなくなって、京都からわざわざ大和にやって来て人麻呂神社をお参りしたりする。これは例えて言いますと、近年の飛鳥ブームと少し似ているところがあるわけですが、そういうことで西行のまわりでもある程度『万葉』の見直しが起こっているような気がします。

ただそれが『万葉』のいちばん核心的な精神

に触れるということでは当然ないわけで、西行が一体どういう形で古代というものを自分のものとしようとしたのか。そのへんが私はどうもわかりませんで、それで先生に直感的なお考えをおうかがいしたいと思ったわけです。

前　私は単純に、西行が出家して京都を出たとき、圧倒的な古代の響きに触れたのだと思っています。王朝の宮廷文化の権威と美学を虚妄とする立場を重くみます。王朝文化の世界から一旦離脱しましたね。そういう生き方を西行が選んだことが、事物を回復せしめた。具体的には山河に触れたということになりますが、それが作歌の手法の上だけでなしに、もっと生活態度の上から万葉的なものにおのずからなったのではないかと思うのです。

『西公談抄《さいこう》』（『西行上人談抄』とも）には、歌は『古今集』を真似ておればいいと申しています。これは当時の作歌の規範としては動かし難いものであったし、西行にもそういう歌がたくさんあるわけですが、全体としての歌風は、『古今集』的な伝統をはみ出しています。それと中世の思想的な特色が濃厚なのですが、事物がそのもの自体の手ざわりを感じさせる古代性を示しています。

西行の独自性は、王朝を底流してきた古代憧憬の志を、言語の美学の上ではなく、生活感覚として体験しているところにもあると思うのですが――。

久保田　先生は、『悪霊と共に』の中で古代的なものを蔵したきわめて中世的人間像、というふうに西行を捉えていらっしゃいますね。私も西行にはそういう両面があって、しかもそれが直結しているような感じもするんです。平安の優艶なものを通り越して。

じゃ優艶なものは全然閑却《かんきゃく》視しているかというとそうではなくて、それについてもきわめて熱心だし、都会的というか、かなり洒落た面もあるし、時には軽薄な感じすら与える歌もある。そのへんがまた私にはおもしろいのですが……。

芭蕉、良寛、河上肇

前 西行は案外、われわれがいいと思っているものは、いいと思わなかったかもしれませんね。京都の貴族たちがつくり出している和歌美学の洗練と優美に比肩するものを作り出そうと努力している。まあ社交もあったのかもしれませんが、そういう作品がたくさんありますね。贈答歌もかなり多くて、おおむね涙っぽい印象です。西行に幻滅する場合もそうした贈答歌の俗物性にあると思いますが、それらの歌すら、何か必要に迫られて詠んでいるようにも考えられます。良い歌や、優れた作品を作るという考えよりも、もっと即興的な意味合いが濃厚だと思われてなりません。

久保田 定家の場合もそうですが、西行も客観的な公平な評価というのではなくて、研究者自身の好みで評価が分かれるような気がするんです。

西行好きの研究者ですと、最も中世的な、草庵生活者としての西行を中心に考えて、なるべく都会的なものは切り離し、それは夾雑物《きょうざつ》として捨象する傾向がないとはいえない。つまりこれは時流の歌で、西行も付き合いだから詠んだのだと。だけど本領はこっちだと。そういう見方がないとはいえない。

その問題になると私もまだちょっとわからなくて、やはりそういう時流の作品も含めて考えなければいけないんじゃないかと思うのですが、そのあたりはいかがでしょう。西行は、われわれが見るとかなり社交的と思われる挨拶の歌も、そうおろそかにはしなかった、とはいえないでしょうか。うまく詠めているかどうかは別として。

前　そうですね、掛詞《かけことば》、縁語の類で、嬉々として無邪気にそれに喜びを感じて作っている節《ふし》がありますね。ただし、とりすましたものでなく、高度なレトリックによる謎をふくんだ歌の贈答ではなく、呼びかけのモチーフが強いという特色があるのではないでしょうか。

久保田　そうなると歌というものがある意味では広い器で、あらゆる場に可能な表現形式ではないか、というふうにも考えてしまうわけです。

『河上肇全集』（一九八二〜一九八六刊　岩波書店）には相当多くの詩歌が収められていますね。河上さんは社会科学者として、近代の重要な思想家であり続けながら、また生涯ずっと歌を詠んでおられて、私ひょんなことから若い時の獄中の歌から最晩年の歌まで、斜読みですがずっと読みまして、短い文章を書かされたことがあるのですが、河上さんは獄中でも、それから出てからも、良寛を非常に慕っていて、良寛の影響のもとに歌を詠んでおられるんです。

巌清水あるかなきかに世を経むとよみいでし人のこゝろしのばゆ

ところがその良寛の歌の水源は、伝西行のとくとくの清水の歌なんですね。

とくとくと落つる岩間の苔清水汲みほすほどもなき住まひかな

ですからその系列を見ていくと、良寛はまた芭蕉を意識しているようなので、西行、芭蕉、良寛、そして河上肇という系列が出来てしまうわけです。

そうするとやはり歌というのは大変な器なのかな、という気がしてきましてね。

前　近代の芸術論、あるいは近代の詩論では律せられない、純粋な詩の価値より膨れあがったものが何かありそうな感じがしますね、短歌という器には――。

確かに西行は、西行伝説と一緒になっていて魅力を生じています。芭蕉も、

露とく〳〵心みにうき世すゝがばや

というの作っていますが、あれが伝西行歌ですわね。在原業平や和泉式部にもその特色は顕著ですが、とりわけ西行は、その境涯、あるいは私性が抒情の根底にあります。この点はネガティブな面もふくみますが、大変な独創であるとも考えられます。古典の富を短歌に導入した定家と対照的に、自分の境涯と内面を導入したと言えます。だからその伝記的なものと分かち難い。

久保田　芭蕉の場合には、むしろ伝西行歌の影響のほうが深い感じすらいたしますね。

前　ええ。じゃ芭蕉ははたして間違っていたのか。これは難しい問題だと思いますね。まるっきり西行の大衆性だけに感動したのか、という問題になって、そこは難しい。

久保田　これは私どもも国文学の研究に携る者たちの問題でもありまして、明治以来の近代国文学というのは、伝説的なもの、伝承的なものは捨て、そして間違いのない真作しか相手にしない、という傾向がかなり強かったように思うんです。

そうなりますと『撰集抄』もとんでもない仮託の説話集だし、『西行物語』もアナクロニズムも極まれりといった錯誤の多い作品で、こういうので西行を考えちゃいけない、ということになって、そうやってだんだん捨てていくと、西行には『山家集』その他の歌集ぐらいしかないわけですね。そしてその中でもあやしげな歌はどんどん否定していくと。

しかし一旦はそういう過程を経なければいけなかったとは思いますが、今はまた伝承的なものを見直すというか、そういうものの復権を図

る時期かな、という気もするんです。そうなると芭蕉の態度も、そういうことから見直していいんじゃないかなと。

前　中世の分厚い伝承の層を通しても、まぎれもなく光芒を放ってくる本質を、芭蕉は求めていたのでしょうか。良寛の場合は、歌帳のはじめに『万葉集』の枕詞《まくらことば》を数十書いてあったそうですね。そういうものを作って、五十数歳になってから歌をやり始めたそうですが、おおむね『万葉』の本歌取《ほんかどり》の歌なんですが、やはり良寛でなければ出せない調べもあって、そこがまた歌のおもしろいところなんでしょうね。

良寛も苦心したでしょうし、西行はもっと苦心したでしょうけど、その歌の風姿に共通する特色は、詠み捨てるというか、今日的に言えば即興性ですね。

だから一首の意味内容としては格別に新鮮でもなく、あまり感心すべきものがなかったりしますが、言葉が動いていく姿それ自体に、心の匂いがあるように感じられます。何かいのちの風韻というか、そういうものがどの歌にもあるように思うんですね。

言葉の呪力

久保田　先生もお作りになっていて、本当に歌というのはあるところまでいくと、言葉自体がどんどん展開していくというか、次から次へと口をついて出てくるものなんでしょうか。

前　いや、そうは実際にはまいりませんね。しかし言葉からの促しのようなものがありまして、言葉のつよい呪力によって、心がそこに投げ出されるという実感があります。言葉がこんこんと溢れてくるのと、この詩形式は一方で塞き止める作用があります。言葉が自発的に出てくるのも、一方では怖いんですね。不用意に出てくるのが怖いものですから、かなり意識的にストップするのですが、しかしそれでもなお意識せざる深層のものが混ざり合う形で、むしろ不用意な形で出たもののほうが歌という器の中の言葉の歓びを感じますね。

もちろん、これはもう完璧だというのをいろいろこしらえていく場合もありますよ。しかし最近ではなるべく、こしらえようとする時に、いやこういう歌じゃないんだと。今度は逆にこしらえようとする努力を放棄しますね。これは怠け者の自己弁護みたいなものですけど。

むしろ苦吟するところへいってしまうと、しばしば作歌主体を矮小化したり、疎外したりしかねません。言葉の自ずからの流露に任すというのは大変な業《わざ》ですね。芭蕉の言葉で言えば「うちをつとめる」という形がむしろおろそかになりはしないかと。多少の才があれば、歌はある程度出来ていくし、そこのところが難しいんですね。

久保田 歌はそういう危険性もあるでしょうね。自ずと出る言葉にブレーキをかける過程が必要なんでしょうか。

前 そうですね。短歌という詩形式は、言葉の流動をかぎりなく受容する器ですが、一方では求心的に塞き止めるものですね。折口信夫《しのぶ》は〈無内容〉ということを言っていますね。短歌の詩的本質について、中身が何もない、雪を握りしめたらスゥーッとなくなってしまうような、そういうゴーストのようなものだと言うのです。それが短歌の抒情の神髄であると。

この意見は第二芸術論（一九四六年に桑原武夫が現代俳句の前近代性を評した語。趣味的な芸術の意）が出された、それへの対応でもあったでしょうし、それとずっと和歌史を眺めてきた碩学《せきがく》の直感から出たものだと思いますが、これもおおよその人がそれを真似ると大変だと思いますね。もともと無内容なものが無内容になったのでは、どうしようもありませんから（笑）。

久保田　しかし大体歌人は苦吟の末にそこを目指して、何人かの歌人はそこへ行くんでしょうか。握ると融けてしまう雪のような世界へ……。

前　なかなかそこまで行けませんね。

久保田　芭蕉の「軽み」とはちょっと違うかもしれませんが、共通するところもあるかもしれませんね。

前　ただ自分では行ったつもりでも、ミイラ取りがミイラになる危険があるんですね。つまり自分の生命のみずみずしいものとか、激しく噴き出るものがなくなって、そして「軽み」へ行った、という錯覚も大いにありうるわけです。

「軽み」自体を目的にすべきことではなくして、自ずから出てくるのが「軽み」ですから、それを一つの手法としたり、ことさらの「軽み」というのは、むしろ嫌味でもありましてね。

久保田　そのへんが難しいところですね。

前　本当の「軽み」は無心になって、自ら透明になったものだと思います。しんしんと深い淵なのですが、澄んでいるから浅瀬と錯覚します。その逆に、浅瀬をやくざに濁してしまって、深刻ぶったり、斬新であると誤解しているふしがあります。

久保田　西行は折口信夫の言われたところまでは、最後には行ってるんでしょうか。私も、先生が『存在の秋』（一九七七刊　小沢書店）そのほかで引いていらっしゃった、

　吉野山さくらが枝に雪散りて花おそげなる
　　年にもあるかな

この歌が大好きなんですが、あのあたりがあるいはそういう境地に近いんでしょうか。

前　そう思いますね。日常の声そのものが、世界の悲しみとしての華やぎを、こともなく表現しておりますね。

久保田　このあたりの木こりの人たちが会話と

して話すような歌だと、たしかお書きですね。

前 茶店のおばさんなんかが春さきにはこの歌と同じことを言いますよ。「まだこんなに雪が降ってますから、今年は花も遅いのとちがいまっしゃろか」と。そのままですから、若い頃はなんだと思いましたけどね。

久保田 ああいう歌というのは、そう若い時には詠めない歌なんでしょうね。

前 そういうことですね、気負っている時には詠めませんね。

題知らずの歌

久保田 これは私の西行に対する自分の姿勢みたいなことになっちゃうんですが、どちらかというと出家の際の歌とか、それから政治的な大事件に際会しての歌とかは、どれもみんな有名な歌で、それはそれとして確かに感銘の深い歌だとは思うのですが、そういう伝記的にも重要な歌よりも、西行の場合には題知らずの、それこそ野仏のような、路傍の石仏のような歌がたくさんありますね。ああいう歌をもっと丹念に一つ一つ考えてみたいな、なんて思っているのですが、ただこれは難しいですね、手掛かりがありませんから。どうも研究者というのは貧乏性で、どうしてもこれは生涯のいつ頃の歌だろう、なんてことをすぐに考えますので。でもそういう歌は考えようがないわけですね。つまり詞書に支えられていない歌。ですから作品としては自立している歌だと思いますけど、非常に難しくて……。

前 わずかに詞書があるのはありがたいですね。あれがなかったら……。

久保田 ええ、あれがなかったらちょっと生涯を描きようがありません。でも詞書がある歌でもまだまだ問題が残っておりますね。

これはつい最近経験したことで、自分でもまだはっきり確信が摑めていないのですが、『残集』のはじめのほうに、伝記の上でひっかかる歌があるんです。

奈良の法雲院のこうよ法眼のもとにて、立春をよみける

御笠山春を音にて知らせけり氷をたゝくうぐひすの滝

おなじ坊にて、雨中落花といふことを

春雨に花のみぞれのちりけるを消えでつもれる雪と見たれば

これらはいずれも題詠で、奈良で詠んだ歌ですが、この歌は手掛かりがあるわけですね。奈良の法雲院のこうよ法眼という、お寺と、それから人名が出ているので、それを手掛かりに、これはごく若い頃の歌とされているのですが、それはこうよ法眼というのは覚誉《かくよ》のことだろうと、最初紹介された時に考証が加えられて、それ以来ずっとその考証を疑っていないんですね。そうすると確かにこれはごく若い頃の歌になるのですが、覚誉とこうよは別人じゃないかな、と考えるようになりまして、そうするとまたこれらを詠んだ年齢が必ずしも決まらなくなってしまうわけです。

「鶯の滝」というのはどこかと思っておりましたら、奈良の若草山、奥山万葉ドライブウェイの中にあるんですね、この滝が。これをこの間初めて知りまして、まあ若い時に来ても不思議はない場所なんですが、それで今度は奈良と西行の結びつきとかを考えまして……奈良というとある意味では『万葉』の風土ですからね、西行は一体どういう形で『万葉』の風土と関り合ったのかと。そんなことを考えるとあれもこれもとわからないことだらけとなってきましてね。まだ確かに伝記的にも考えなくちゃいけないことがあるような気が一方ではするのですが……。

前 西行は重源《ちょうげん》上人とはどの程度に親しかったのですか。

久保田 ええ、重源上人とは晩年には非常に親しかったと思います。それもたぶん、高野での縁でしょうけど。

重源となりますと、これまた信仰の問題で、仏は言うまでもなく、西行と日本の神様との関係にぶつかってしまいまして。で、日本の神様ですとまた古代から堂々めぐりしてしまうのですが、先生は神や仏の問題をどうお考えですか。

前 僕は古いほうですね、この世の霊異を信じるほうですから。

久保田 やはり先生のお考えの中では、神も、仏も、自然も異形であると……。

前 ええ、自然や造化といったものと分かち難いものがあります。その意味では、土俗的な神々であり、仏です。あの空海だって大師《だいし》信仰というかなり土俗的なものによって生き続けています。修行者であり詩人である空海という魅力的な存在と、お大師さんと一般に言われるものとが一緒になっているところがあります。大師信仰の土俗の層を透視することによって、空海の姿がよく見える場合もあります。詩人西行と、伝承の西行の関係をもあわせて思うのですが――。

私事で恐縮ですが、母が死にましてまだ一か月にもなりませんので、正信偈《しょうしんげ》という浄土真宗のお経を唱えたりして、今では神よりも仏が身近く意識されています。数年前に父が亡くなりました時は、父の霊魂を、ごく自然に山野の神々の中に想定しましたね。微妙に違っているのです。父の還った山野の神々の世界は古代的で、母の眠る仏の世界は中世的なニュアンスがあります。

久保田 ただ、こちらの風土ですと、神的なものがともかく最初から潜在的に存在していて、仏に神が習合するのではなくて、神に仏が習合するような感じですね。

自然

前　そうですね。だから親鸞の「自然法爾《じねんほうに》」なども、神イコール原自然であり、そういうものに仏が自然に習合していく、というふうに見ている。そういう形で初めて土俗的な根っこに繋がっていった、という感じがありますね。

久保田　西行の場合も結局、神イコール仏イコール自然という構図が図式的には描けるのでしょうね。そのように考えたかどうかは疑問ですけれども、感覚としては、もう最後はそういうところへいってるんじゃないかなという気が漠然とするんですけどね。そのへんがもうちょっとはっきり言えないかなあ。そうなるともう、文学の研究だか、宗教の問題なのか区別がつきませんが……。

前　西行は、真言だけではなくして、浄土信仰の度合も強かった。真言密教だけではないかもしれませんね。大峯修行の一連の歌に注目していますが、それらの歌にも感じられます。

久保田　信仰と文学の問題は本当に難しくて、そうなりますと私などはすぐにお手上げでして、国文学者の中にも宗教界の人がいますから、そのへんはそちらにおまかせするのですが、ただ西行があういう坊さんという立場で、絶えず死と直面していたことはよく感じられて、本当に死者の歌とか、お墓の歌などが多いですね。

そういう点で先生のお書きになったものを拝見しますと、前にこちらの村で亡くなった人を火葬する時のことを書いていらっしゃいましたですね。

前　ええ、『朝日』に書きました文章です。

久保田　今はもう町の火葬場に行かれるわけですね。

前 ええ、霊柩車で行きます。十数年前までの人を葬る光景は、中世以来あまり変化していなかったのですね。人間の生死の根本はそんなに変わるものではないのでしょうね。

久保田 ああいうのを拝見しますと、そういう意味でも西行の生活にお近いな、という感じがしました。

前 死そのものが生々しい、この世とひと続きのまさに時間なんですね。死が一つの老廃であり、終焉であり、処置すべきものであるという、今日の文明社会の考え方ではなくて、生の時間と、すぐひと続きの死者の時間というものがあるように思います。

久保田 『存在の秋』(一九七七刊 小沢書店)の書き出しに、

山に住んでいると秋は自分が獣に近く見える日があるものだ。そして死者たちとの隔たりがだんだんなくなってくる

とありますが、そういうことなんでしょうね。

前 ええ、そうですね。「(風になびく富士のけぶりの空に消えて)行方も知らぬわが思ひかな」に通ずる情感です。

久保田 ある意味では死に親しむというか、死と生というものが隔絶されていなくて繋がっていると。

前 ええ、しばしばメタモルフォーズしてくる感じですね。遍満するといいますか、あらゆるところに、例えば木の葉がフッと一枚落ちてくる時に、パッと瞬間死者たちがある合図をしてくると。そういうところで、世界の実相というか、永遠なる時間の相が見えるという、あるいは野兎がヒュッと走ったあとの笹むらの揺れとか、そういうところで、平素日常の中では見えていないものが見えるという、そういう感じですね。

最近また変化が生じています。私の母が死ん

で半月経ちますが、ちかごろは私も多少都会生活を経験しているし、慣れてきて、死者たちがどんどん遠くなっていたわけです。

　私は昭和三十年代から四十年代の終わりのころまではほとんどこの山中にいて、あまり出なかったものですから、山野に遍満する死者が日常感覚として生きていたのですが、だんだん遠くなっていきました。ところが今度また母が死にますと、死者たちが私の中に復権してきて、非常に身近にしゃべっていたり歩いていたり、そんな感覚がどこかにあるんですね。

　先ほど、西行の詞書のない歌のことを野の仏のようだと言われましたが、ほとんど呟きのような、いつどこで詠まれたともわからないそれらの歌の中に、かえって西行の情念の珠玉が秘められているかもわかりませんね。

　西行の歌には、他界と現実界との境界が透明になってはっきりしないものもあるのではないですか。そのために難解になっている場合もあるのじゃないかと思います。

　　遥かなる岩の狭間にひとりゐて人目つつまで物思はばや

は、平明でなつかしい歌ですが、その岩の狭間はどこにも実在しないかもしれません。

　こういう言い方は学者の世界から見ると鼻持ちならないかもしれませんが、西行には縄文的なもの――比喩的な言い方になりますが、弥生に比べると縄文的なものが濃厚だと思います。和歌史の流れの中から見ても、時々その縄文的なものが噴き出してくるところがありますね。

久保田　それは大事な御指摘だと思います。ある意味では日本文化そのものに縄文的なものと弥生的なものがあるかもしれませんし、それがあるいは東日本と西日本かもしれない。

　西行も生まれ育ったのは京都でしょうけど、先祖は東日本ですし、縄文的というのはおもしろいですね。

縄文的なるもの

前　西行の歌の世界に、やはり西と東が独特なかたちでかなり明確に出ているように思います。縄文的なるものを、一般に西と東に分けるのですが、平野と山、国原と山並みというふうに分けられるかと思います。晩年は伊勢に住みましたし、河内の弘川寺を終焉の地としましたが、西行は、どうしても山の人だったと思われます。洛中には住みおおせない異形を蔵する何かだったのではないでしょうか。

　これは、単なる歌の題材として、山の景物が多いとか、一生の住居の年数などとはまったく別のことでして、西行というわかりにくい人の精神構造の問題なのですが――。

　弥生の平野人は集団性を持ち、その富を蓄積する合理性を持っていますが、縄文の山の民はあくまでも単独者であり、日常がそのまま漂泊です。山の木の実や茸や鳥魚を採集する生活ですから、自然と密着し、自然の中に身を投げ出す形で生きることが可能なわけです。

先ほど、西行における『万葉』の受容についてのお話がありましたが、和歌史の千年の流れの中で、ある革新的な新風の試みや運動のなされた時は、古代的なものが何らかの形で蘇っておると考えられます。それを『万葉』だと言ってよろしいかどうかわかりませんが、巨視的に見ますと、日本人の情念の底に伏流している縄文的なものの噴出のように思われます。

　新潮選書の『花のもの言う』（一九八四刊　新潮社）の「あとがき」に、西行の伊勢での歌、

　　今もされな昔のことを問ひてまし豊葦原の
　　　磐根木《いはねこ》のたち

を引かれて、西行は、どうして人と自然の未分化な太古の世界を幻視し、憧憬するような歌を

残しているのかと、久保田さんはお書きになっていられます。

これは大変印象に残るものです。何故かと申しますと、西行の歌の魅力の源泉は、古代的な呪歌性にあると思いますから。それがまた一首晦渋《かいじゅう》なところでもありますが……。

久保田　さっきの死者の問題ですが、先生のお兄さまは戦死されていますね。そういう方々の死というものを、今もって新鮮にというか、ある意味では時間が経つとかえって普遍的で、それでいて身近にお感じになる、ということはおありですか。

前　ええ。とくに母を亡くした時、兄と言問いする思いがありましたね。

久保田　歌集の中で「蝕《しょく》」という題でお詠いになっていらっしゃるのは、有間皇子ですね。あれも非常に感動して拝見したのですが、やはりあれは永遠の若さというか、若くして夭折《ようせつ》した者の霊魂のようなものをお感じになって、詠われたのでしょうか。

前　ビルマで戦死した兄と、戦中派に属する多くのうら若い死者達への鎮魂歌というモチーフがありました。古代政治の謀略に陥った有間皇子の悲劇に寄せまして……。

あの叙事詩的連作は、三十年代の歌壇の新しい試みの一つだったのですが、全体としては成功したものではないと思っています。政治権力と脅えやすい若い魂との相剋というテーマを強調することによって、かえって浅くなってしまいました。

むしろ、あの連作の中では、有間の独白の一つとして、

　このわれを生まし給ひし美はしき母を呪へ
　　ば三輪山の雨

といった、テーマに直接繋がらない歌などが、今でも記憶に残っております。

いくつかの散文詩を挿入しまして、それを詞書のようにしました。大和盆地の夕映えを、血を満たした洗面器だと言ったりしていますが、戦後の一時期、憑かれたように大和国原を歩いていた切ない思いが重なっていたのです。
　私の短歌に出てきます沢山の死者たちは、おおむね若くて、時として明るく笑っていたりします。
久保田　ただ西行にも月の歌で、
　老いもせぬ十五の年もあるものを今宵の月
　のかからましかば
という歌がありますね。これは何か仏教的な背景があるらしいのですが、『山家心中集』では「童子神ノ心を」という自注が付いておりまして、これは結局、裏返して言うと、死に親しめた人が反対に若さの美しさとか――脆さもあるでしょうが――そういうものを見出すのではないか、ということを感じてまして、そこに何か共通するものを感じたものですから、ちょっとおうかがいしたわけです。
　私はしょっちゅうザワザワした都会に住んでいるものですから、先生の『子午線の繭』（一九六四刊　白玉書房）のうちの「都市の神話」という作品群の地下鉄の歌などに非常に親しみを感じるのです。
　地下鉄の赤き電車は露出して東京の眠りし
　たしかりけり
ああいう世界については、先生御自身では今いかがお考えなんでしょうか。
前　自分の新鮮な驚きの目で在るもののすべてを見続けたい。ああいうのも歌ってみたいなと思っています。びっくりしました。茗荷《みょうが》谷《だに》あたりでスーッと地下鉄が地上に出た時は。
久保田　あのあたりは私たちも出来た当時はみんな驚いたものです。亡くなられた久松潜一《せんいち》先生は当時練馬区の西武電車でいくつか乗ったところに住んでいらっしゃいまして、池袋から本郷へ来られる時にあの地下鉄に乗り換えられるわけですね。そうしたら地下鉄が地上を走るのが非常に嬉しかったらしくて、よく話しておられました。

前　黄泉《よもつ》平坂から逃げる、という潜在意識があるのかもしれませんね（笑）。都市へ祈りを寄せようとした時、ああいう異形のものに親しみを感じています。

久保田さんとこの山家で西行についてお話できるのは、まさしく一期一会の思いですが、まだ落ち着きません。

きょうは定家のお話も併せてお聞きしたいと思っていたのですが、なにか最近の伝説では、久保田先生は西行よりも定家を好まれる、ということがあちこちに書かれていますね。山本（健吉）先生（一九〇七〜一九八八）もそういうことを何かに書いていらっしゃいましたが……。

久保田　それは、今私がいちばん直面しているのは確かに定家なんですが、最初、西行を読んで目から鱗が落ちたような気がしたことがあったことも事実なんです。

それは出家の際の歌とか、その他西行の生涯の転機となったような歌ではありませんで、西行の恋の歌なんです。先ほどの「遥かなる岩の狭間に」とか「恋百十首」などを読んで、こういう執拗な情念の世界があったのか、という気がしまして、それで二つばかり西行の論文を書いたことがあるんです。

それは「うかれいづる心」という漂泊に駆り立てる心と、それと「物思ふ心」という自己に沈静する心と、この二つの関係はどうなんだろうと。その段階ではしばらく西行に憑かれてまして、ああでもない、こうでもないと考えておりましたのですが、そのうちに西行からちょっと離れまして、そして普通西行と対極的に捉えられる定家のほうにのめり込んでいったわけです。ですからしょっちゅう自分自身揺れてるんですね。

前　それは貴重なことですね。

久保田　それでこの頃は、西行の題知らずの歌——先ほど先生が話された、折口さんの言われたしまいには握った雪が融けてしまうような歌、ああいうのを考えてみたいと思っているんです。

　ですから西行と定家の間を往ったり来たりしているというのが本音のところでして。で、往ったり来たりしている間は、西行もいいけど定家もいい。どっちもいいとも言えないもので、そのへんで実は苦しいんです。

前　そういうふうに揺れ動いたほうがいいと思いますね。その振幅の中から私たちは実に沢山のものを示唆されるにちがいありません。

久保田　先生は『悪魔と共に』で拝見しますと、定家には少しお厳しいかな、という気がするのですが……。ただ晩年は定家もある意味では苦吟を通り越して、軽くなっているのかな、という気もちょっとしかけてはいるんです。

　それから若い時の定家は、少なくとも俊成よりは自分とは違っているがゆえに、西行の自分とは違った異形の面を認めているのではないか、という気もするんです。「古畑の……」の歌にしてもそうですが、かなりアクの強い、個性的な歌を、定家は『新古今』では選んだような気がする。ですから定家にとっても西行との出会いは決定的なものだったのかな、という気がしているのですが、どんなものでしょう。

前　中世的なものの表と裏かもしれません。「鳴立つ沢」（心なき身にもあはれは知られけり鳴立つ沢の秋の夕暮）の歌は、「見わたせば」（見わたせば花も紅葉もなかりけり浦の苫屋《とまや》の秋の夕暮）に直接の影響を及ぼしていますのでしょうね。小林秀雄（一九〇二

〜一九八三。評論家）がその歌について書いているもの（「西行」）はどう思われますか。

久保田　あの定家評は定家に対して少し気の毒だと思いますね。三夕《さんせき》の歌で、

見わたせば花も紅葉もなかりけり浦の苫屋の秋の夕ぐれ

あれは、ああでもない、こうでもないと御託《ごたく》を並べているようなものだと小林さんは言っていますが、ちょっとそれには私は異議がありますね。

前　そうでしょうね。詩人の傍で審美家がきょろきょろしているようなものだと啖呵を切っています。ただ私は、中世以来、そして今もやたらとこの歌を神話のごとく有難がるのもどうかと思われてなりません。今一つの古今伝授かとも思われます。中世美学のわび・さびの源流にこの歌が祀られるのは、主題が図式的にくっきり提示されているからだと思われます。

若い頃私はどちらかと言えば、定家の歌の優美な象徴性とふくよかな官能性を好みました。今でもそうだと思いますが、あまりにも華麗で無惨な気もいたします。

久保田　ただ確かに定家の時代の京都は、大変な都会だったろうという気がしますね。

前　そうですね。屍の臭いがプンプンするんですから。

久保田　あれもやはり死と隣り合わせている世界のような感じがしますね、『明月記』なんかを見ておりますと。

前　学者としては定家のほうがよい材料なんじゃないですか。西行というとどうもやりにくいんじゃないでしょうか。

久保田　やりにくいですね。

前　亡くなられた歌人で国文学者の安田章生《あやお》さんも研究著作としては定家なんですね。でも御自分の歌は晩年になってくると圧倒的に——最

後の『旅人の耳』（一九七八刊　弥生書房）という歌集はかなり優れたものですが、これは淫するばかりに西行なんですよ。研究者としては定家であって、歌は西行だと。

どんな人も年齢によって好みが変わってくるのは大いにありうることでして、人生の経験の深まりにつれて、西行の、こともなく心深い歌の魅力というものがわかってくるのでしょうね。むしろ二十歳ぐらいで、西行の軽みの境地が好きだなんていうのはちょっと気持ち悪い（笑）。

久保田　若い時好きだという人は、西行の歌の中でも詞書のある、かなり劇的な背景を持った歌なんでしょうね。それも確かにいいとは思いますが……。

定家の歌はひと通り注釈しまして、もうすぐ本になると思いますが、（『訳注藤原定家全歌集』上、下　一九八五〜一九八六刊　河出書房新社）定家を読んでしまうとあと読むものがなくなってしまったかな、なんてはじめは少し気抜けしてたんです。でも考えてみましたら、西行をまだちっとも丹念に読んでいないわけで、またこれから揺り戻しで西行を読もうかなと思ってはいるんです。

前　久保田さんの豊かな学殖をもってされる、これからの西行の研究は凄いものと期待します。教授のような碩学と対話しながら、二、三の重要な問題点を掘り下げることができなくて心苦しいことです。

ＮＨＫの講座でも、一首一首の背景にある資料の豊富さに感佩《かんぱい》しました。

この次の機会には、一首のこまかな表現技法などについてもお話をうかがえるように勉強しておきます。

久保田　研究者というのはいけませんですね、そういう横のことばかり見てしまいまして、なかなか核心のところに到達できないんです。要

前登志夫

するにいつも遠まきにしているわけですね。

やはりこういう風土に生活しないとだめだと思いました。

（了）

定家

〈座談者〉

木俣修

大岡信

木俣修（きまた　おさむ）

1906-1983　昭和時代の歌人、国文学者。明治39年７月28日生まれ。北原白秋門下。白秋の死後「多磨」編集にあたる。昭和28年「形成」を創刊主宰。49年「木俣修歌集」で芸術選奨、57年「雪前雪後」で現代短歌大賞、58年芸術院恩賜賞。昭和女子大、実践女子大教授。昭和58年４月４日死去。76歳。滋賀県出身。東京高師卒。本名は修二。著作に「白秋研究」「昭和短歌史」など。

大岡信（おおおか　まこと）

昭和６年、静岡県三島市生まれ。詩人。東京芸術大学名誉教授。日本芸術院会員。昭和28年、東京大学国文学科卒業。『読売新聞』外報部記者を経て昭和45年、明治大学教授、63年東京芸大教授。平成２年、芸術選奨文部大臣賞受賞。平成７年恩賜賞・日本芸術院賞、８年、1996年度朝日賞受賞。平成９年文化功労者。平成15年、文化勲章受章。著書に「大岡信詩集」（平16　岩波書店）、「折々のうた」（昭55〜平４　岩波書店）など多数。

現代詩人と中世詩との関り合い

木俣　いま定家ブームのような感じがしますがね。いったいそれはどういうところに源を持っているのかというような問題から出発したらどうですか。

久保田　やはりその原因は、こちらにいらっしゃる大岡さんをはじめ、塚本邦雄さん（一九二〇～二〇〇五。歌人・作家）とか、その他、現役の評論家、詩人、歌人などの方々の目で、古典的な歌人、俳人――要するに古典詩人を見直そうというシリーズが、非常に読書界に迎えられたということが、一番大きな原因じゃないかと思うんですけれども、いかがでしょうか。

大岡　僕の名前をお出しになるのは、忸怩《じくじ》たるものがありますが、たしかに、例えば今、塚本さんのお名前が出ましたけれども、塚本さんの作品の読まれ方と定家に対する関心の高まりということとの間には、たぶんある繋がりがあるだろうと思いますね。

現在、日本の詩の世界で大ざっぱに分けて形の上で三つ、短歌、俳句、現代詩という詩形がある。そして現代詩を書いてる人の中では、短歌というものについての関心は、比較的に薄かったというのが、久しい間、特に戦後になってからでも、もう二十年以上たっておりますけれども、その間のだいたいの実情だったと思うんです。ところが、詩の世界から出てきた一つの新しい傾向として、先ほど久保田さんがおっしゃったような、古典詩人についての評論というものを詩人が書くということが、ここ数年来、かなりはっきりした形で出てきているわけです。

それは、現代詩自身の問題とも深く関っていることだろうと思うんです。現代詩というものが、新体詩以来、ほぼ一世紀の歴史を経てきて、今ひとつの反省期にあると言えば言えるような状態があると思うんですね。僕は、自分が今そういう渦の中にいるので、客観的なことに関して言うと、現代詩の未来ということを考えた場合に、過去を振り返るということが、回顧的な意味ではなしに重要なことのように思えてきております。今自分がどういう位置にいるかということを、よほど慎重に考えてみる必要があると感じています。これは僕の場合、かなり前から感じていたわけですけれども、そこにたまたま『紀貫之』（一九七一刊　筑摩書房）という本を書かなければならないという外的な条件が生じてきて、それ以後、今までよりは少し深入りしているという形になっているわけです。外にも、安東次男《つぐお》さん（一九一九〜二〇〇二。詩人・俳人・仏文学者）は『与謝蕪村』（一九七〇刊　筑摩書房）とか『芭蕉』（一九六五刊　同）、特に最近、芭蕉については『芭蕉七部集評釈』（一九七三刊　集英社）の大作を書きましたし、吉本隆明さん（一九二四〜。詩人・文芸批評家）は『源実朝』（一九七一刊　筑摩書房）を書き、現在は、日本の古代歌謡について書かれています。僕らの考えとしては、古い時代のものをやりながら、実は現代詩の問題を考えているという自覚が非常にはっきりある。紀貫之について考えることは、僕の場合、現代詩の問題と重なっているわけです。安東さんの場合にも、『芭蕉七部集評釈』を書いているということは、安東さんにとっては、あの評釈自身が、今の安東さんにとっての、ひとつの詩であるというほどの考えがあると思いますね。

　これはおそらく短歌の世界でもそういうことがあるのじゃないかという気がするんですけど……。

木俣　まあ現代詩歌史の中では、やっぱり明治三十年代前後の新派和歌運動というのが、『古今集』、その流れの桂園派（香川景樹《かげき》の門弟たちの一派）というものを退治するというところから出発しているということは御承知の通り。与謝野鉄幹はヨーロッパ風の一種の象徴詩風というようなものを摂取して新派たらんとし、一方、正岡子規は『万葉集』を典範として、万葉復古を唱えた。その両派の対立抗争の中から新派和歌が成立していったわけです。そして、結局はまず鉄幹の「明星」（第一次　一九〇〇〜一九〇八）派が主導的立場をとって、かの華やかな明星時代を現出したのですね。そしてその主導権はやがて万葉主義の子規の根岸短歌会（一八九八〜一九〇八）にとってかわられるということなって、結局大正期から昭和の初めまでぐらいの間においても万葉主義一辺倒となったおもむきです。つまり浪漫主義は現実主義に制圧されたというわけです。

ところが昭和十年、鉄幹が亡くなった時に、浪漫主義復興の旗をかかげて、白秋が、いわゆる新幽玄体樹立ということを言って現実派に挑戦したわけですね。必ずしも新古今一辺倒ではなかったけれども、しかしその作った歌を見ると、まぎれもない新古今的なものを樹立していますます。つまり彼が考えた近代の幽玄風というものが達成されていると思うのです。もっとも、いま大岡さんが言ったような、現代の詩人たちの考えている考え方と、ずっと時代が違いますからね。北原白秋がどういうふうに『新古今集』を考えたかということは、後で申し上げてもよろしいわけですけれでも、要するに象徴というようなことを詩の第一義にするというさっき述べた、詩人の出発点からの一貫した考え方で、それを日本文学の伝統の中にもとめ、それを近代化しようとしたわけです。『邪宗門』（一九〇九）それから『思ひ出』（一九一一）の頃は『新古今』も何もない。要するにヨーロッパの、ことにフランスの象徴詩についての上田敏《びん》の紹介を媒体とするところの考え方から来たわけです。それがやがて一身上のいろんな変動とともに、こんど芭蕉のいわゆる東洋的な閑寂の「さび」とか「しをり」とかそんなようなところに行き、さらにだんだんさかのぼっていくんですね。そして、結局中世の歌論とその実践としての作品に突き当たるんですね。そして結局は新古今風を日本における象徴詩の根源であると考えるようになるわけです。当時、白秋は中世の歌論などをしきりに読んでいました。

ヨーロッパ風の象徴詩に出発して年を経て、日本にこんなにも立派な象徴詩があるというところに目ざめたわけでしょう。しかしヨーロッパの象徴詩をくぐっていますから単純に幽玄体を模するなどのことはなかった。そこに新をつけて、新幽玄体と自らの歌風を呼んだ所以があるというわけです。彼の歌には感覚も知性も一さい新しいものを持っております。新しい詩の体を作ったということになるわけですね。われわれは若い頃でしたから、今から見れば至らぬものがあったと思うのですが、それに共鳴しそういう世界を自分ながらの解釈によって制作に従ったのでした。白秋が死んでからもう三十何年、その十年前ですから、遠い昔になりますけれど……。

白秋に貫く俊成と定家

久保田　その頃白秋が読んでいた中世歌論というのは、例えば定家なんかのものですか。

木俣　ちょうどあの頃、久松（潜一）先生が校訂された『中世歌論集』（一九三四刊）という岩波文庫本が出ましたね。白秋という人は蔵書家で、そういうものが出なくても、昔の『歌学文庫』（一九一〇～一九一三　法文館）とか、そうしたものをひまがあると読んでいました。改めてまたその文庫本を読んだりしていたことを覚えています。

久保田　じゃあ、『新古今集』の中でも、やはり定家あたりを一番目標としたといいますか、定家から学んだものが一番大きいんでしょうか。

木俣　そうですね。妖艶という理念などはもともと身につけていたが、定家の歌論などによって自信を持ったのではないかと思います。しかしまた一方の静寂美もまたよく体得していたようでしたね。それからもう一つ進んで、歌集で言いますと、『白南風《しらはえ》』（一九三五刊　アルス）それから『黒檜《くろひ》』（一九四〇刊　八雲書林）という、目が悪くなってからの歌集があります。前者には幽暗味《ゆうあんみ》は少ないが、目が悪くなって、もう視界がほの暗くなってしまってからの後者の中に一抹の寂しさが貫いている。しかもまた一面非常に華やかなものが出ているんですね。それはさきにも言いましたが白秋自体が持っていたものであると同時に、俊成、定家あたりから得たものを加えているということが感じられるのですね。

久保田　今お話をうかがいますと、白秋と定家には、ちょっと似たようなところがあるような気がするんです。定家はよく言われておりますように、若い頃は「新儀非拠達磨歌」なんて、よく批判されておりますね。あの頃の和歌というのは、やはり俊成をそのまま継承したものではないという気がするんです。非常に固い枠がありますけれども、その枠の中で冒険をしておりますね。それが、年齢的なことで変わっていったのか、それとも定家の本質は一生変わらなかったのか、研究者の中でもいろいろ意見が分かれておりますけれども、ともかくだんだん象徴的な歌に進んでいったわけですね。

それから、肉体的なことを言いますと、定家もずいぶん目を酷使して、しまいに眼精《がんせい》尽くなどと言っておりますから、ちょっと似たようなところがあるような気がするんですけれども……。

木俣　そうですね。定家という人は弱かったようですね。いろんな病気をしている。

久保田　八十まで生きているわけですけれども、あれは柳に雪折れなしみたいなことで、非常に弱いから、体をかばいながら生きていられたんだろうと思うんですけれども、ただ長寿という点ですと、九十一まで生きた俊成と似ているんですが、わたくしなんかは、俊成の芸術と定家の文学というものはかなり違うような気がするんです。大岡さんはこの頃いろいろ俊成をお調べで、たしか河出の『日本の古典』（一九七二刊）でもお取り上げになったと思いますけれども、どういうふうにお考えでしょうか。

大岡　俊成の『長秋詠藻《ちょうしゅうえいそう》』（歌集）について、数十首現代語に直したものと、それから、注釈というほどのこともない、感想文のようなものをつけたのを書きましたが、その時、今久保田さんがおっしゃったのと同じことを感じましたね。俊成と定家はずいぶん違うところがあるんじゃないでしょうか。まあ定家という人は、肉体的な条件からしても、今話題に出ているように、病気がむちゃくちゃに多くて、とにかく万病の持ち主のような感じがいたしますね。胃弱だし、リウマチのようなものでしょうか。

久保田　膀胱結石なんかもしていますね。

木俣　それから、今の脚気《かっけ》というような病も持っていたようですね。

大岡　手もあまりよくきかなくなるんですね。あれは何ですか。

久保田　中風病みの手なんていうことを言いますけれども、たしかに震えて、肉太の独特の字ですね。

大岡　手は、最後まで非常に疲れるとかいうことが残っていたんでしょうけれども、ただ、五十すぎるとわりあい病み抜いちゃった感じもあるようですね。老境に入ってからは、若い時よりはむしろ病気の悩みが少なくなったんじゃないかという気もするんですけれども、いずれにしても非常に病身で、それと、天性持ってる非常に敏感な感受性とが一緒くたになって、俊成よりもかなり鋭い面が出ているように思うんです。それから、俊成と定家の違いについて、もう一つ思うのは、俊成という人は大病して出家しますね。そして出家してから、あと三十年ばかり生きているわけですけれども、若い頃から親との死別ということも影響してか、信仰心が篤かった人で、歌を見ても、たとえば恵心僧都の作った『極楽六時讃』をテーマにして、俊成が屏風歌を作っておりますけれども、これは俊成の中でも傑作だと思います。そういうものを通じて見ると、俊成というのは信仰が肉体の中に非常に入っているという感じがするんですね。定家の場合は、そういうことがあまりなかったんじゃないでしょうか。歌にとりつかれて、むしろ歌の世界そのものが宗教になりきっている人という感じがするんですけどね。

木俣　たしかに俊成は、仏教の影響を多分に受けてますね。

久保田　そうですね。『極楽六時讃』なんか、実に壮麗な西方極楽浄土というものを生き生きと描いておりますね。あれはたしかに傑作だと思います。

六時讃

日没時

時大衆法ヲ聞テ、弥歓喜瞻仰セム、即時ニ自然ニ、無数妙花散乱ス

いまぞこれいり日をみても思ひこしみだのみくにのゆふぐれのそら

後夜

暁到テ波ノ声、金ノ岸ニ寄スル程、欲曙スル風ノ音、珠ノ簾ヲ過ル際ダ

いにしへのおのへのかねにゝたるかな

きしうつなみのあか月のこゑ

（『長秋詠藻』より）

そういうことを考えますと、俊成というのは、非常に精神的にも健康な人で、ちょっと極端に言うと、健康優良児的な詩人じゃないでしょうか。

大岡　そうですね、奥さんが亡くなってからあと奥さんを偲ぶ歌を作っておりますけれども、あれなんか、なんというか非常に近代的ですね。妻を失った嘆きを、真っすぐに歌い出しています。とらわれていないという感じがする。ああいうところには僕は感心するんです。

久保田　あの俊成の奥さんに対する挽歌は、ずいぶん古典的なものを踏まえているんですね。『源氏物語』を通じてなんでしょうけれども、『長恨歌』（白居易）の影響もある。となると、自分がいわば桐壺更衣を失った桐壺の帝であり、楊貴妃を失った玄宗皇帝であるというような調子で詠んでいるんですね。それがずば抜けて近代的であるというところがおもしろいと思うんです。ともかく、ああいう瑞々しい歌を、あの年になって詠める人は、異常なくらい健康優良児じゃないかと思うんです。

それに対して定家という人は、かなり病んでいるというか、そういう病める魂の持ち主だったんじゃないかという気がするんです。そういう点を石田吉貞先生（一八九〇〜一九八七）は強調されて、定家の美を「死美」というふうに捉えておられますね。死美というのは、必ずしもデスということを意味するんじゃないということなんですけれども、そういう点、石田先生の場合には、ボードレール（一八二一〜一八六七。仏の詩人）なんかとかなり対比して、それに類似している点をいろいろあげておられるようですけれども、これはいかがなものでしょうか。いきなり西欧的なものを較べるのはどうかなということを教室で言ったことがあるんですけれども、そうしましたら、石田先生の論文に傾倒している学生がいまして、お前の石田論文の読み方は違っているんだということを言われて、また少し考えてみたいなとは思っているんですけれども……。

ボードレールと定家は繋げられるか

大岡　どうでしょうか。国文学の論文を読んでいて、外国人の名前が不意に引合いに出されるのを見ると、新鮮な感じもしますが、一方ではそう簡単に結びつけられても、という気がすることが多いですね。僕は大学は国文科を出たけれども、不勉強な学生で、フランス文学や英文学にもひかれました。例えば『新古今』を読む時、それをボードレールと並べて読むというようなことをやってました。僕が高等学校で読んだボードレールのテキストを見ると、いろいろ書き込みがあって、そこに『新古今』の歌の引用なんか書き込んであるんですね。定家という人をも、ボードレールなどと繋げて読んでいたんですね。ですけれども、フランスの詩をもう少し読んでみれば、ボードレールがフランスの社会の中からしか生まれえなかったということは歴然としているわけです。他方定家という人は、平安朝の末期から鎌倉にかけての、公家の世界であああいう特殊な状態でしか生まれなかった人ということも、明らかですね。

ただ、ボードレールが言ってる彼方の世界とか、超自然的、超現実的な世界への予感というものと、定家が現実の彼方にある世界を必死に透視して、言葉の中にそれを繋ぎ止め、造形しようとした姿勢とは、歴史的な条件とか、社会的な条件を一応はずして、個人の思想と言葉の表出形態という面で考えれば共通した点もあると思うんです。しかし、一般的に言って、西欧的なものと簡単に結びつけるのは問題だと思いますね。

木俣　そういうやり方は他にもいろいろありますが、やはり、ちょっとムリじゃないかと私も思いますね。俊成の幽玄性に対する定家の妖艶性について、久松先生は、俊成の幽玄性は時代の宗教的な風潮あるいは伝統的思想から解説できるが、定家の妖艶性はちょっと解説がつきにくいと言っておられますね。つまり妖艶性というものは沈静した寂び《さ》の思想とは反対のもので、中世的文学思想としてはふさわしくないものだという考えです。しかしこれは折しも兵馬《へいば》倥偬《こうそう》の世界で武士たちの花々しい生活や行動が平安朝のものの哀れの優美性に加わったものと理解すべきだろうと言っておられる。久保田さんなんか、どうお考えですか。

久保田　そうですね……やっぱり、どちらかというと、当時の時代精神みたいなものを直接反映しているのは、むしろ俊成のほうじゃないかなという気がするんです。定家はある意味では、非常に進んでいるのかもしれませんけれども、それは言い替えると、非常に回想的、回顧的なんで、当時の中世貴族たちが理想と考えていた平安……貞観、延喜、天暦などのあの頃の平安に思い切って帰ることによって、かえってある意味での新しさを出そうとした。そういう点で、定家は必ずしも時代精神を直接的に反映してないんじゃないかという気がちょっとするんです。幽玄を一歩進めると妖艶になるというものでもないんじゃないか。もっともこれは幽玄そのものをどう考えるかによって、また問題となりますけれども……。

木俣　幽玄にしても、妖艶にしても、いろんな解釈があるようですけれどね。やっぱり公家社会に対する、武士階級の圧迫をはね返すためにも、政治的にはもうたいした勢力もなかったでしょうから、せめて芸術でもって彼らに対抗しようという努力が、ああいう芸術性の深化に向かわせたのではないかというようなことを私も考えているのですがね。

いずれにしても、弱い体で非常に努力し苦心して、あそこまで行ったということは、大したものと思いますね。中年頃から、そんなに仕事は進んでいないけれども、今おっしゃった平安朝初期のような、貴族社会の体面を保つのは歌しかないということが、彼をあそこまでかり立てたんじゃないかという感じがしますね。

詞への執念と伝統の確立

大岡　さきほど久保田さんがおっしゃったお話で、定家ははじめからそうだったとお考えですか。若い時からつまり俊成とはまた違った……。

久保田　いえ、基本線は俊成から出発しているんじゃないかと思います。俊成から、もちろん技法的なことを教わったでしょうし、その技法の背後にあるものは、古典的な世界への憧憬でしょうから、そういう点で、俊成とももともとは同じだったんだろうと思うんですけれども、それを押し進めていく段階で、とても俊成的な境地には安住できなくなったんじゃないかという気がするんです。

大岡　彼の考え方は、『近代秀歌』とか、『毎月抄』とかの歌論にはっきり出ておりますね。『近代秀歌』には「詞は古きを慕ひ心は新しきを求め」るということがありますが、詞においては三代集、つまり『古今』『後撰』『拾遺』を出ないこと、という厳しい考え方を示していますね。勉強のためには、寛平（八八九〜八九七）以前の時代に学べ、と言ってます。つまり貫之以後ではなくて、むしろもっとさかのぼって六歌仙時代ですか……。

久保田　貫之より前になりますね。

大岡　若い頃はやっぱり親父さんの影響もあるでしょうから、そういう考え方があまりなかったんじゃないかという気がするんですが。

木俣　若い時の作品は、やっぱり親父さんに似ていますね。

大岡　もっともああいう人ですから、若い頃から、お父さんのものとは違うものを出したくて出したくていただろうし、事実もう二十代ではっきり出ておりますね、作品では。あれこれ考えてみて、結局言えるのは、まことにありふれた言い方ですが、定家という人の非常な独創性ということで、つまり古典に帰れという厳しい考え方自体が、ある意味では独創的だったと思うんですね。

ただ、定家のそういう歌論が書かれるのは五十代をすぎてからのものでしょう。ところが『新古今集』に入っている定家の歌というのは、四十前の歌ですね。『毎月抄』あたりに出ている彼の考え方は、『新古今』の歌を作っていた頃とちょっと変わっているんじゃないか。どうでしょう。晩年に編纂する『新勅撰』、あそこに選ばれている歌は、『新古今』とは作風が違いますね。

久保田　そうですね、そこが難しいんですけれども……。

大岡　きょうは、そういうことを教えていただこうと思ってきたんですけれども……。

久保田　また俊成との関係のむし返しなんですけれども、晩年においても、歌論を述べる時には、定家はほとんど必ずといっていいくらい、亡父がこういうふうに教えた、俊成もそうなんだということを強調しておりますね。ですからそういう点で、やはり基本線は、もう俊成が引いていたものではないかと思うんです。しかし、それが非常にリゴリスティックになっていくのは定家なんで、俊成はそこまで厳しく言ったかどうか、これはちょっと疑問だと思うんです。

定家自身の中でも、たしかに「千五百番歌合」の判詞で、後の『近代秀歌』や『詠歌大概』なんかで言っているのと、似たようなことを言ってるんですけれども、そこでは、言葉は三代集を出ずべからずというけれども、それはケース・バイケースなんだという、かなり寛容な立場をとっているんですね。それが後年になると、絶対出ちゃいけない、三代集に帰れということを言ってますね。そこは彼の古典主義というものが非常に徹底してきている実例じゃないかと思うんです。だから俊成ももちろんそれを考えただろうと思いますけれども、そこまで言ったかどうか。

大岡　風巻景次郎さんがお書きになっているものを読みますと、定家がそういうふうになったのは、一つには、息子の為家《ためいえ》のために歌というものを一つの「伝統」として確立しておこうとしたためではないか、というようなことが書かれていますね。和歌を「創意」から「伝統」にまで持っていこうとしているというわけです。そういう考えがあったとすれば、それは非常に興味深いなと思っているんです。結局、その後になって、二条家（為家の嫡男為氏《ためうじ》に始まる和歌の宗匠家）の伝統というものができあがるでしょう。そういうことからいうと、定家という一世の巨匠が、晩年は父親としての情もからんで、息子のために、道をかためておこうとし、それが結局何百年もの間の平板な伝統墨守の歌の歴史をある意味で作ることになったのか。そこに、芸術家としての定家、歌論家としての定家、父親としての定家が作り出すひとつのドラマがあるような気がするんです。

久保田　そうですね。たしかに為家のことは、日記なんかで心配しておりますから、もちろん親として、また御子左家《みこひだりけ》（藤原道長の六男、長家を祖とする家系の名称だったが、俊成・定家により歌道家としても確立）の当主として子孫のことを思う気持ちは、ずいぶん働いたと思うんです。ただ、こと歌論に関しては、そうじゃなくて、定家は本当のところ、三代集の言葉以外美しいとは思わなかったんじゃないかと思うんですね。

大岡　そういうことになるわけですか。

久保田　やっぱりあそこにしか理想を見出せなかったからじゃないかと思うんです。

大岡　その場合に、『古今集』はわかるんですけれども、『後撰集』『拾遺集』の三つを並べるとずいぶん違うでしょう。

久保田　違いますね。

大岡　例えば『拾遺集』の頃になると、能因法師みたいな人が出てきますね。

久保田　（藤原）公任《きんとう》あたりですね。和泉式部が一首入ってきますね。能因はちょっとその後になります。

大岡　そうでしたか。いずれにしても、三代集とひとくちに言ってもかなり色合いが違うので、もう少し詳しく知りたいという気がするんですけれども……。

久保田　まあ三代集といっても、言葉の点だったら『古今集』なんじゃないでしょうか。詠われている世界、余情、妖艶の世界という点から言えば、三代集までじゃないかという気がするんですけれども、『拾遺集』の歌なんていうのは、実際言葉の上では、おかしな、まずいものがありますよね。

大岡　ふざけたものもありますからね。

定家の園芸趣味とその精神力

木俣　定家が、非常に植物を愛したということが日記に見えてますね。庭にいっぱい、今のわれわれの侘しい庭なんかの十倍ぐらいいろんな木があって、植木屋とかいろんな者をつれてきて植樹をやらせたり自分でも何か植えたりなんかしている記事が出てくるのですが、そういう自然を観賞するという立場と、それから一方においては、やっぱり人間にもいろいろな興味を持っていたわけでしょう。しかし人間というものは、どちらかというと、非常に俗悪なもので、言ってみれば非常に薄汚いような面があるというようなところから、きわめてノーブルな、みずからの生を全うしたいという、そういう考えと自然とのかね合いの中で、彼が歌を作ったんじゃないかと思いますがね。だから、人間的要素も、自然を詠った中にかなりとけ込んでいる感じがしますね。

久保田　日記を見てますと、定家は、宮廷社会でくたくたに疲れてしまうんですね。疲れてたまらなくなると、嵯峨に行って浩然《こうぜん》の気を養うというか、気持ちを慰めてくるらしいですね。ですから、やっぱり定家にとって、嵯峨の自然なんていうのは、慰藉《いしゃ》されるものだったんじゃないかと思うんです。ああいうものから彼は慰められて、また元気を取り戻して京都の喧噪《けんそう》の巷に帰ってくる。

木俣　当時の嵯峨なんていうのは、家が数軒ぐらいしかなかった。今でも幽邃《ゆうすい》なところがありますけれども、そういうものをまた自分の庭園にも取り込んで、何とか自然の中にめり込んでいこうというような意図が非常に強く出ているように思うのです。

久保田　園芸趣味は非常に本格的ですね。それはやっぱり一つには、あの頃歌材がどうしても拡張されていくというか、増大していく傾向があったと思うんです。いくら〝三代集を出づべからず〟と言っても、三代集以外のいろんなテーマがふえているわけですね。それらのものでも、もちろん美的なものならば容認できないということはないわけで、あれはそういう園芸趣味なんかと関係あるかもしれませんね。作品で言いますと、建久年間（一一九〇〜一一九八）のはじめに「十題百首」なんていうのがありますけれども、物そのものを詠む詠物詩に対して、詠物歌みたいな試みですね。そこで木を十種類詠むとか、草を十種類詠むとか、獣とか、虫とか、いろいろあるんですけれども、ああいう試みの背後に、博物学的な興味みたいなものが働いているかもしれませんですね。

大岡　鷹についての歌があったんじゃないですか。

久保田　「鷹百首」というのは、どうもあれは定家の真作かどうか怪しいんですけれども、あの頃の歌人には、みんな良経でも家隆でも、彼等の作と称する「鷹百首」とか「鷹三百首」とかいうのが伝えられておりまして、放鷹《ほうよう》と和歌というのは結びつくんですね、不思議なことなんですけれども。あれは典型的なスポーツのわけですね。

大岡　定家は、そんなスポーツ的なこともできたのかしら、と思ったりするんですけれどもね。後鳥羽院が熊野へ三十回ほども行幸になりますね。定家もある時熊野にお供して、ひどい目にあいますね。ふらふらになって、下痢はするし、頭は痛くなって、熊野に着いたとたんに動けなくなった。

久保田　重病になって帰ってくるんですね。

大岡　ああいうのを見ると、この人は体がだめなのに、「鷹百首」などがあるのはおもしろいと思っていた人ですが……。

木俣　こういう医学が進んだ時代でも、八十年九十年なんて容易に生きられないのに、とにかくそういう万病を一身に引き受けながら、生き通したというその生命力というものは凄いですね。相当精神力が強い人で、精神によって肉体をカバーしているような感じがするんですよ。いわゆる医学はないといっても、当時お医者さんみたいなものもあったんでしょうけどね。

久保田　ええ、出入りしております。

木俣　どういう生命力か、八十以上の人なんていうのは今でも、もう書いたりする気力はなくなるんじゃないですか。何を食べておったのかということなんかをよく考えたりするのですよ(笑)。

大岡　やっぱり俊成の体質を受けたんでしょうね。

木俣　親子で九十、八十というような年齢を生きたんですからね。

久保田　『新古今集』の選歌を命じられてやっている頃なんていうのは、非常に調子の悪いころですね。ちょうどその頃、「石痳《せきりん》」と書いてあるんですけれども、どうも石痳というのは、今の膀胱結石らしいんですが、それをやっておりますからね。しかもその頃、日吉神社に参籠《さんろう》していますす。どうも彼の日記を見てますと、日吉神社にお参りするのは現世利益じゃないかと思うんですけれども、官位昇進を祈願しているようなんですね。その際に膀胱結石をやる。その前後に選歌をやるということで、たいへん悪いコンディションで、『新古今』の華麗な歌が選ばれてくるというのが、わたくしなんかおもしろいと思うんですけれども、木俣先生、選歌というのは、今でもやっぱり大変なことなんでしょうね。

木俣　選歌というのは大変なことですね。まあ新聞や雑誌の文芸欄などの選歌というのは何百何千あっても、その中から何首か選びだす作業ですが、門人なんていうものを持っていて、その門人の歌の選ということになると、その個々をいかに生かし、その個の特性を鋭く見つけてやろうなどという努力をしなければならない。だから一首一首細心に見なければならないわけです。それでなくてはよい作者を発見することも、才能をのばしてやることもできないわけですから、大変なことですね。当時俊成や定家がそういうことをしたのかどうかはっきりしませんが、彼らは歌を考え歌を作っていればいいという生活、つまり歌人プロパーだったでしょうからそういうことを苦もなくやってのけたのじゃなかったのか。生活はそんなに豊かではなかったと思われますけれど。

久保田　ええ。やはり彼は、公的には貴族ですね。はじめは下っ端ですけれどもね。ですから結構忙しかったんじゃないかと思うんです。これはいつの記録でしたか、建仁二年（一二〇二）か三年ぐらいなんですけれども、建仁二年か三年と申しますと、定家が四十一、二ぐらいの頃ですね。その頃なんていうのは、どうも気の毒なくらい後鳥羽院にこき使われているんですね。たしか俊成の九十の賀（後鳥羽院の主催で俊成の九十歳を祝う賀宴）を詠む頃ですから、建仁三年ですか、石清水に行って、それで急いで都にとって返して、また歌を詠むなんていうことをやっているんですね。そしてその際に、こういうふうにこき使われても、現実的には報われることがないなんて愚痴をこぼしているんですけどね（笑）。ですから、かなり役人としても忙しかったんじゃないかと思うんです。その合間に詠んでいるんじゃないでしょうか。

　ですから、建保三年（一二一五）、これは五十四歳の時ですか、この年には百首歌を三編引き受けているんですね。詠進（詩や和歌を詠んで神社や宮中に差し上げること）を命ぜられているわけです。昔の主人の良経の息子が道家ですね。その道家が、自宅で百首歌会をやるから詠めと言います。それから順徳天皇が、内裏で百首をやるので詠め、さらに追い打ちをかけるように、後鳥羽院が百首を召す。短期間に百首立て続けに詠まなきゃならないというので、彼は、こうつづけざまに百首を詠ませられてはとても風情なんか得られないなんて言ってます（笑）。やはりわれわれが思っているよりも忙しい生活の合間に詠んだんじゃないでしょうか。

木俣　それは中年以前のことですね。

久保田　そうですね、年齢的にもたしかに忙しい働き盛りだろうと思うんですけれども……。

後鳥羽院に鬱陶しがられた定家の人柄

木俣　しかし、非常に孤独な人であったというような感じを受けるんですがね。

久保田　そうでしょうね。

大岡　人柄としてはそうでしょうね。あんまり人に好かれなかったでしょうね、ああいう性格は。

木俣　孤独であり、一方においてはかなり気の強いところを持っていた。一種の矛盾をはらんでいますね。その矛盾の中で、ともかく自己主張というものは一切曲げないというような、意思の強固なところがあったのですね。そこからああいう仕事をしたんじゃないかと思いますが……。

久保田　激情にかられやすい。

木俣　あれもそうだったんじゃないですか、燭《しょく》台《だい》の……。

久保田　源雅行という、友だちというほどの友だちでもないんですけれども、若い頃、その雅行にからかわれたというので、燭台で殴ったんですね。それでしばらく除籍されまして、俊成が躍起となって歎願し、やっと許されるというようなことをしでかしておりますけれども、どうも彼のカッとなる性格というのは変わらなかったんだろうと思いますね。それから、非常に潔癖のようですね。

ですから自分に対してもおそらく厳しかった

んだろうと思いますけれども、また人の欠点を寛容に見逃せない人だったんじゃないでしょうか。だから後鳥羽院の行動なんていうのは、ことごとに定家には癇にさわるようなことが多かったでしょうね。

木俣　後鳥羽院を誹謗してるような言葉が随所にありますね。

久保田　ずいぶんありますね。もちろん自分の和歌の才能を認めてくれたという点で、後鳥羽院には感謝しており、しょっちゅうそういうような時には最大級の賛辞を呈するわけですけれども、後鳥羽院を、あからさまにそれとは言わないですけれども、こんなに社会が混乱しているのに、権門貴人は豪勢な遊びばっかりしていてどうなんだというようなこともしょっちゅう書いておりますね。そういう一種の公憤みたいなものは抱いていたんじゃないでしょうか。となると、それは日記に書いているだけで、決して言わなかったんだろうとは思いますけれども、いつかしら後鳥羽院のほうでも、あいつは心の中でへんなことを思っているらしいということを感知して、だんだん溝があいてくるというのも、ある意味では必然的なことではなかったかと思うんですけれども……。

木俣　同時代人でも、公家で非常に贅沢、華麗な生活をしていた者もあったわけでしょう。

久保田　ええ。

木俣　その中で、さきにも言ったことですが定家はそんなに豊かじゃなかった。貧乏とまではいきませんがね、別荘なんかもあるわけですから。けれども、生活そのものは上等ではなかったのですね。自分よりだから豊かなものに対する反感が、相当あったように思うんですけれども……。

久保田　しかも、身近なところで、縁筋に当たる西園寺家（藤原公実《きんざね》の三男、通季《みちすえ》を祖とする）や、主筋の九条家（藤原忠通《ただみち》の三男、兼実《かねざね》を祖とする）などではたいへん豪華な生活をしておりますね。そういうのを身近に見せつけられるのですから、定家としてはおもしろくなかったろうと思います。

大岡　同じ藤原ですからね。

木俣　そのために、今に見ていろ、お前たちは華やかな生活をしているけれども、自分は歌でいくんだからというような気持ちもあったんじゃないかと思うんですがね。

大岡　この間、丸谷才一（第一巻にて対談収録）さんが『後鳥羽院』（一九七三刊　筑摩書房）という本を書かれたんですけれども、あそこで大きなテーマになっているのは、後鳥羽院と定家の対立ですね。後鳥羽院の帝王振《ぶ》りの歌と、定家の純粋詩的な歌と。院は非常に気性の強いところがあるけれども、そういうものが、定家のように神経質な形で出てくるんじゃなくて、自信にあふれた態度、もの腰、ことの処し方というので、最後には承久の変にまでいっちゃうわけですね。定家というのは、後鳥羽院から見ると、才能は認めるけれども、何かそばにいると鬱陶《うっとう》しくてしようがないという感じがあったんだろうと思うんです。『後鳥羽院御口伝《ごくでん》』などには、それが非常にはっきり出ておりますね。西行については、天性の詩人と言う一方で、定家については、歌才は並ぶ者はないけれども、人柄については、ことにより折りによってのわきまえがぜんぜんない、自分がこうと思ったら、どんな場所でも自己主張を通そうとする。自分の歌が褒められても、自分がいいと思っている歌でないと非常に不機嫌になるというようなこと。あれはおもしろいですね。人に褒められても、自分で納得できない歌だと不機嫌になるというのは、芸術家としての定家の性格をじつによく表しているんじゃないでしょうか。だいたい宮廷で、風雅な生活をしていくためには、こういう折りにはこういうふうに人と合わせいく、そういうことが絶対大切なことでしょう。それが彼にはできない。ゆずれないものはゆずれない。だから、後鳥羽院のような人から見ると、ほんとうに困ったやつという感じがするんでしょうね。

木俣　度《ど》しがたい人間だったんでしょうね。

久保田　やっぱり宮廷和歌は場が一番大事なんですね。生まれた作品より場が大事なんだと思います。それを彼はわきまえないというか、作品で勝負したい。これは本当の詩人だろうと思うんですけれども、そういう点が違うんでしょうね。

大岡　丸谷さんの本で、定家は純粋詩人の始まり、後鳥羽院は古代詩人の終りと言っている、あれは鮮やかな規定だと思いますね。

久保田　実に鮮やかですね。

大岡　たしかに純粋詩という概念を適用すればそうした規定のできる人であると思いますね。

木俣　宮廷における公家的な位置に対する野望は、まったくなかったんですかね。

久保田　そうですね……。あのうちは名家なのに、だんだん斜陽化していって、一番落ちぶれているのが俊成の代ですね。ですからせめて父祖の代、俊忠、忠家ぐらいまでには盛り返したいという気持ちは悲願として持っていたんじゃないでしょうか。となりますと、権中納言(従三位相当)、ないしは権大納言(正三位相当)ぐらいまでは行きたい。だいたい俊成がそういうふうに教育したんでしょうし、結局彼も頑張って、正二位権中納言になったわけですからね。そういう意味では、望みは達したんだろうと思いますけれども、ただそれが実際に、貴族社会において、実質的なものであるというような楽観なんかは持っていなかったろうと思うんです。たとえそういう権中納言ぐらいに出世しても、それだってしょせん形骸《けいがい》的なものにすぎないんだという、あきらめ的なものは抱いていたんじゃないかと思います。でも、なにしろいじらしいぐらい栄達への野望というものは出ておりますね。

木俣　やっぱりあったわけですね。

久保田　はい。それで、実に敏感に、それが作品に出ているようにわたくしは思うんです。定家が一番意気消沈していたのが、『新古今』ができる直前ぐらいから、できて、それからしばらく切継がありますね。それが終って、順徳天皇の代になるんですけれども、その順徳天皇の代のはじめぐらいというのは、彼も最も精神的に参っていた頃じゃないかと思うんです。そうなると、そこで和歌など作ってもしようがないやという意味の歌を作りますね。それが、その後参議（正四位下相当だが、これ以前従三位に叙されている）に任ぜられますと、打って変わって、非常にロマン的な、伸び伸びとした歌を詠み出す。このへんがまるで掌を返すようで、非常におもしろいんですけれども……。

木俣　感覚的にも鋭くなっているようですね。

久保田　彼が一番参っていた頃の作品としては、こういう歌がありますね。

天地もあはれ知るとはいにしへの誰がいつはりぞ敷島の道

これは詠まれた時期は確かにはわからないんですけれども、わたくしの推定では或いは問題があるかもしれませんが、彼が参議に叙せられるのが建保二年（一二一四）、五十三の時ですけれども、おそらくその直前ぐらいじゃないかと思います。ここで定家は、貫之の「古今序」の「力をも入れずして天地を動かし」というのに最大の抗議をしているわけですね。だれがあんな嘘をついたのか、歌なんか詠んだってちっとも現実に実効はないじゃないかということを言っているわけです。この頃の歌は、だいたいこういう暗い調子なんですね。ただ暗いのが作品としてダメとは言えないんで、暗い中でけっこういい歌もできているんですね。それが建保二年二月に参議になります。参議はいわば今の閣僚級でしょうから、出世といってよいでしょう。これから打って変わって非常にロマン的な歌をまた詠み出す。そういうことで、形骸化したとはいっても、公家社会の栄達というものが彼の作品には非常に強く影響しているのではないかという気がします。

木俣　一般のだれでもそういうことになるんだろうと思いますけれども、相当顕著なところが見えますね。その定家以降の時代になると歌道がいわゆる秘伝化していきますね、その契機はいったいどういうところにあったんですかね。

久保田　そうですねえ……定家自身は、そんなに秘伝思想にとらわれてはいなかったと思うんですけれども、さっき大岡さんがおっしゃったように、やっぱり子孫のためを思って、やたらに教えたくはないという気持ちはあったかもしれませんね。それはどうなんでしょうか。やっぱり指導者というのは、そういうのを持ちやすいものでしょうか。

木俣　さっきちょっと触れたことですが。みずからの優位を自分で信じることによって、貴族の華やかな生活をしている者、それから武士階級なんていうもののわけのわからないやからがはびこり出してきたのだから、後生大事として、自分が営々として築き上げた歌論、あるいは歌に対する解義などは、めったやたらにそういうものらには伝えたくないというようなところがあったんじゃないかとも考えるのですがね。

久保田　まあ、定家の添削例なんていうのはあまりたくさんはないと思うんですけれども、いくつか残っているものを見ますと、例えば順徳院の百首（『順徳院御百首』）に加えた評語とか、藤原長綱《ながつな》、これは晩年のお弟子ですけれども、彼の百首歌（『長綱百首』）に与えた評語や、長綱が定家や家隆の談話を筆記したもの（『京極中納言相《そう》語《ご》』、『定家物語』『先達《せんだち》物語』とも）がありますけれども、やはり定家という人は、教え方がうまいんじゃないかと思うんです。非常に実作に即して、また巧みな比喩を使って教えているんですね。ですから、やっぱり定家は宗匠としてもかなりの人だったんじゃないかという気がします。だから、それをどこまでオープンにやったかですけれども、ただ長綱という人は、それほどたいした人ではないのに、懇切丁寧な教え方をしているんですから、定家の代では、それほど秘伝というものはなかったんじゃないかという気がするんです。ただこいつはここまで言えばいいだろうとか、これはもっと進んでいるから、もうちょっと教えてやろうというような、ケース・バイ・ケースの教え方をしたんだろうと思うんです。となると、やはり子孫のせいじゃないでしょうか、秘伝は。

大岡さん、（源）実朝と定家の関係は、どういうふうにお考えですか。

貴族文化へ憧れた実朝と定家

大岡　僕は、まだあまり深くそこのところは考えたことがないんです。どうなんでしょうか。実朝歌について、定家がどう思ったかということは、僕はちょっとわからないところがありましてね。

久保田　わからないですね。本当にわたくしもわからないんです。

大岡　久保田さんにわからなければ、僕にわかるはずがない（笑）。

久保田　また実朝という人がわからないです

ね。

大岡　どこに本筋があるかよくわからない。

木俣　だいたい万葉調になるのは晩年のほんの一時期ですからね。

久保田　作品の数からいってもほんの少しですしね。

木俣　実朝を一口にみんな万葉調歌人と言う。正岡子規なんか、

　人丸の後の歌よみは誰かあらん征夷大将軍
　　みなもとの実朝

などと言ってますけれどもこういう歌から誰もみな実朝の歌を全部万葉調の歌と思いこんでしまったのじゃないかと思うのです。「大海の磯もとどろに」なんていう歌はもちろん万葉調の歌に違いないけれども、大部分は『古今』『新古今』の調子ですからね。

久保田　実朝の場合も、だいたいそういう万葉調の歌人というふうに捉えようとすると、見落とされてしまう『金槐集《きんかい》』の大部分の題詠の歌、あれがかなり大事なんじゃないかと思うんです。ただ実朝における題詠の意味と、定家における題詠の意味が、どうも違うような気がするんですけれども、じゃあどう違うかと言われると、ちょっと説明できませんね。わたくしなどは、実朝の場合は、歌題というものが、一種文化の窓みたいなもので、その窓を通して実朝はわずかに京都の文化、貴族文化というものを吸収しようと、精いっぱい努めていた。何か明かり窓からこぼれてくるわずかの明かりで、それをできるだけ精いっぱい吸収して詠もうとしたのが、ああいう作品なんじゃないかという気がするんですけれども……。

　それに対して、定家における歌題は、そういうものじゃなくて、一つの題が与えられると、その題の持つイメージ、その素材の持つさまざまなイメージが重なってくる。ある題の背後に

はたくさんの古歌の累積が直ちに思い浮かぶわけなんで、それから彼は自分のものを再構成していくというので、ちょっと実朝とは違うんじゃないかと思うんです。実朝も、見ていけばいろんな古歌の継ぎはぎをやっているわけですけれども、ちょっと定家の場合とは違うように思うんです。それをどう説明していいか……困るんです。

大岡　実朝は若いうちに死んでいるんだし、勉強するということが非常に大切なことだったはずですね。定家も恐るべき勉強家ですね。物語類はもちろん何でも読み尽くしていたでしょうし、また官吏として昇進するために、『小右記《しょうゆうき》』（藤原実資《さねすけ》の日記）とかいろんなものを写して勉強したという話があるくらいで、恐るべき勉強家ですね。そういう意味で、定家の場合には、自分の頭の中に古典の重要な言葉と結びついているイメージの大貯蔵庫があるという自信があったと思うんです。その大貯蔵庫のどこを押されても、自分は当代随一だという自信があって、それがあの人の狷介不羈《けんかいふき》の態度になっていると思うんですね。そういう意味では、おそらくほかの連中の作っている歌はたいていかすかすに見えたと思うんです。自分が作れば、これよりもっと密度の濃い、ちょうど油絵でいえば、絵の具がみごとにくっついている絵を描けるのに、ほかの連中が描くとへんなかすれたように絵ができている、その不満はずいぶんあったと思うんですね。で、実朝との関係を考えると、九条家、西園寺家という定家と非常に深い縁のある家が、関東と強く結びついておりましたから、実朝に対しても丁重な扱いをするのはよくわかるんで、熱心に教えただろうと思います。でも、その実朝の歌も、定家にすれば、やはり初心者の欠点の多い歌と見えただろうと思うんです。ただ現代人の目から見ると、実朝の歌のかすかすなところが、かえって魅力に見えるところもあるんですね。油絵よりデッサンのほうがおもしろい絵描きもいますからね。そういうところが、実朝の、久保田さんがおっしゃった題詠についての違いなんかに出ているという感じが僕はあるんです。実朝が、例えばあと十年生きていたら、どんな歌になったかということは、僕は非常に興味があるんですね。あの人は、天性持っているものがあることはたしかですから。

久保田　そうだと思います。

大岡　あれだけ若いうちに、古今調、新古今調、それに、万葉調というものは実はどういうものか僕にはよくわからないんですけれども、万葉振りと言われているものまで作っていますからね。

久保田　そうですね。たしかに長生きしていたらという興味はあるわけなんですけれども、実朝の場合は、あの程度の古典的教養だったから、ああいう世界ができたんじゃないかという気がするんですね。あれが定家風にどんどん古典の貯蔵庫をこしらえていったら、あるいはダメになっちゃったかなという気もするんですね。非常にわずかの、しかし優れたものを得ようとして、それに自分の資質があって、ああいう純粋な世界になったんじゃないか。

木俣　体質もありますね。

久保田　弱いでしょうね。

木俣　だから、センシブルなものがやっぱり体質の中にあって、あの若年の中で、いまおっしゃったようないろんなものを摂取していったんじゃないかと思いますね。

大岡　そういう意味では、関東から窓を通して見るという、さっきの比喩はとってもおもしろかったんですけれども、そういう位置にいたことが、彼の歌にはある意味で幸いだったんじゃないですか。

久保田 ちょっとかわいそうみたいになっちゃうんですね。たとえば賀茂祭りなんか詠んでいるんです。いかにも見ているように詠んでいるんですけれども、彼は一度も見てないわけです。それは、いくら題詠の世界でも、京都の貴族が賀茂祭りを詠むのは実感があるわけです。いくら題詠で、たとえ行ってなくたって実感があるわけですね。そのへんが違うんじゃないかと思うんです。

現代の詩歌に於ける題詠を探る……

大岡 題詠というのは、近代になると、題詠という言葉を聞いただけでも怖気《おじけ》をふるっちゃうような風潮があるんですけれども、あの時代は、題詠というのは、伝統と現実の実感とが結びついたものとして存在しているわけでしょう。だからちょっと違いますね。

久保田 だいたい生の現実を、生のままで詠わない。生のままでも、一旦は歌題化して詠っているところがありますね。『古今集』の時代からそうだと思うんですけれども、宇多法皇の西川御幸で、西川、つまり大堰《おおい》川に行って猿が山で叫んでいるのを聞いても、それをいきなり詠まないわけですね。「猿山の峡《かひ》に叫ぶ」という題を詠めという。一旦観念化して詠むことをやっておりますね。それが、先ほども話題に出た、熊野御幸の際にも見られると思うんです。行った先で歌会をやって歌を詠むんですけれども、それを直接属目の景として詠むのではなくて、一応それを歌題化して詠む。そのへんがおもしろいと思うんですけどね。

ただどうなんでしょうか。今の短歌ではそういう方法はおとりにならないんでしょうか。

木俣 そういうことはほとんどないですね。つまり題詠が残っているのは宮廷や神社関係だけだといっても過言ではないでしょうか。余技的に、歌の会なんかの時に、即題というものを出して即詠をやるなんていうことはありますけれども、歌人をもって任ずる人々は題を設定して作るなんてことはまったくしていない、と見ていいと思いますね。宮廷でも、昔は「寒月照梅花」とか「社頭杉」とかあるいは「松上の鶴」とかいうような、まったく世間離れした勅題というものが出ました。が、ああいう題を出したんでは歌会始《うたかいはじめ》などはますます歌壇、民衆と離れてしまうというようなことを、終戦直後にわれわれは進言しましたが、その頃から簡単な例えば「窓」「子ども」といった御題になりました。これなら題詠といっても題詠意識を持たないで歌い得るわけですからね。そういっても「朝」ならやはり「朝」という文字が入っていなければいけないというような制限はあるのです。

久保田　どうも、わたくしは商売柄、題詠の歌ばっかり読まされているものですから、そうなりますと、だんだん題詠の技法というのがおもしろくなりまして、こういうのはへんなのかもしれませんけども、いまおっしゃった題の字は必ず詠み込まなければいけない、詠まなければ落題であるとか、最初に題の字を詠み入れちゃいけないとか、上句と下句に分けて詠めとか、いろいろありますね。ああいうのにだんだん親しみをもってしまうんですけれども、そういう非常に技法的なことに関して、今の詩人たちはどうでしょうか。ご自分の詩の世界で、一種の言葉遊びみたいなこととか……。

大岡　題詠的なことは、まず現代詩の世界ではやらないと思いますけれども、僕は今、古い時代の人が作った詩の中から好きなものを持ってきて、それを自分の詩の中に入れてしまうということを、ここ二年ばかりやってるんですけど

ね、試みとして。『(柿本)人麿歌集』の

玉津島磯の浦廻《み》の真砂《まなご》にもにほひてゆかな
妹が触れけむ

という歌を五七五と七七に分けて詩の冒頭において、三十行ほどの詩を書いたことがあって、それが最初の試みで非常に興味があったものですから、それから江戸の加舎白雄《かやしらお》(一七三八〜一七九一)の

行く秋や情に落入る方丈記

のようなものを取り込んで作った詩もあります。

それからまた加藤楸邨《しゆうそん》(一九〇五〜一九九三)の俳句を五句選んでその五つの句を、それぞれ一句ずつ五行詩の中に入れて、五つの短詩を作ったこともあります。

木俣 そうすると本歌取《ほんかどり》ですね。

大岡 そうですね。それも丸ごと頂いちゃうわけです。楸邨さんの俳句に関して言えば、この句をどういうふうに僕は読んだか、ということもそこで出てくるわけですね。さらに、この俳句は楸邨先生がどういうふうに考えて作ったか、ということについての僕の推測も出てくるわけですね。そして、そういう点も含めて、僕のほうに盗みとって作ろうというわけです。

木俣 それは詩だからできる。短歌は現代で本歌取みたいなことをすれば一種の剽窃《ひょうせつ》になっちゃうわけです。「主ある言葉」ということを言いますがそういう言葉をちょっとでも使うとやかましいんですね。例えば私が白秋とか茂吉なんかの言葉でも使うと、あいつはあれを盗んできたんだということですね。第一、その白秋や茂吉自身がそういうことを極度におそれていましたね。いわゆる発明が大切だというわけです。

本歌取の話になりましたけれども、定家ほど本歌取をやってる人はないと思いますね。それが全歌の何パーセントぐらいなのか調べたことはないんですけれども。

久保田　やっぱりわたくしたちの気がつかないところでもっともっとやってるんじゃないかと思いますね。ですから、よくパーセンテージ出すんですけれども、おっかなくて本当は出せないんですね。もっともっと多いんじゃないかと思います。

大岡　ヨーロッパの詩だと、現代詩では、そういうことは当り前の一つの技法になっているんではないかと思います。例えばT・S・エリオット（一八八八～一九六五。英の詩人・批評家）は、二十世紀の詩人としては最大の詩人の一人ですけれども、彼の代表作の『荒地』（一九二二）などにそういう態度がはっきり出ていますし、小説のほうでも、ジェームス・ジョイス（一八八二～一九四一。アイルランドの小説家）の『ユリシーズ』（一九二二）のようなものは、古典を踏まえているということが作品の根本にあるわけですね。フランスの詩人などでも、そういうことを考えている人は少なくないと思います。例えば超現実主義というのは、日本ではモダンなものと思われているんですが、その方法の一つは、集団制作ということを重んじるわけですね。一人の人が、一つの作品を作るんじゃなくて、一つの作品を何人かが寄ってたかって作るということに大きな意見を見出していく。それから夢の世界を非常に重んじるんですが、催眠状態の夢うつつのところで喋る言葉を記録するとか、夢を見た瞬間にパッと起きる訓練をして、今見た夢を記録的に書いていく。それは「個性」ということについての新しい考え方にもとづいているわけです。人間が醒めた意識で考えることには、その人が生きている環境とか、自分が持っているさまざまな問題とかが反映されますけれども、そういうものを越えた世界に、もう一つの表現の領域を見出そうとする。夢とか、集団制作では、いわゆる個性の表現といったものだけではないものが出てくるわけですね。みんなでいいものを作る。ある人がいいものを作ったら、それを踏まえて次の人がそれに続けて書いてみる。そういう考え方でいきますと、必然的に古い時代のものも新しい意味をおびて甦ってくる。今の話題の題詠というのも、新しいあり方を考えると、一つの方法でありうるかもしれないという気もするんです。ただこういう場合、ミイラ取りがミイラになる可能性も強いと思うんですね。クラシシズムというものはそういうところが危険で、古典の世界に入るのはいいんですけれども、非常に入り方が難しくて、うまく入ったけれども創造力がなくなっちゃったということになるかもしれない。僕が今やっていることというのは、自分で人体実験しているようなつもりなんですけどね。

古典をくぐらずして詩人の練成はない

木俣　白秋は、さきほど既に触れたように中世の幽玄体をふまえた詩をなしたあと、更にもう一つさかのぼって上代の『古事記』などに興味を持ち出し、古代神などを詩の中に呼び出していますね。白秋は頑強に最後まで、古典というものを忘れた歌人はダメだと言っていました。その古典の受け取り方が問題ですけれどね。例えば『万葉集』を発見して、『万葉集』にじかにせまっていったものは本物だが『万葉集』の影響を受けたものの作品を手本として、それをまねすることによっていかにも自分は『万葉集』を読んだような顔をしているやつが一番いけない。ニセ者なんだよそれは、というようなことをよく言ってました。それで、みんな原典を良く読め。俺がどういうふうに古典に迫り、それをぐってきたかを考え、その源流をちゃんと弁《わきま》えなければいけないのだ、ということになりますかね。もう今から三、四十年昔のことですがそういうことを言った人は余りいなかったように思うんですよ。しかも彼はヨーロッパをくぐっておりますね。それだけにいろんなことを内質に持っていたわけです。『新古今集』などその当時、ほとんど顧みられなかった頃のことです。戦後の歌壇はいろいろな複雑な様相を示しましたが、みずからの詩人的な練成を、深く古典を読むというようなことから、独自な歌風を立てた人が出てきたようですけれどね。万葉派の歌人の中でも、いろんな人がありますけれども、斎藤茂吉などは万葉的な写生々々と言いながら、実はけして『万葉集』だけではない、もっと豊かな他のものを導入していますね。「アララギ」派の歌人でも、例えば（島木）赤彦などは若い時にいろいろな時流の影響を受けましたがのちには頑強な歌人となったわけですね。子規が『古今集』などはくだらない、『新古今集』はちょっとは見られるものも無いではないが、それもほんの僅かなものだというようなことを言っていますが、その言葉を金科玉条《きんかぎょくじょう》として来たのですね。ですから立派な歌人であったことには違いないが、茂吉ほどの振幅が無いということになりますね。白秋は新古今風などと言っても一切をそれで律することのできないことは先ほどから述べた通りですが『万葉集』も尊信しないわけではないと言っているし、実際それを良く読んで摂るべきは取っています。

今日は定家を中心とした話し合いですから話を元に返します。本歌取などと言うことが歌の技法という上には考え直されても良いと思いますね。昔そのままをと言うのではなく微妙な味わいのよってくる所を考えて、近代化できるものは近代化するということですね。

新古今調への偏見と思慕

久保田　定家の時代はたしかに古今的なものと万葉的なものは、違うものと意識されていたとは思いますけれども、われわれが考えるほど対立的には考えなかったんじゃないでしょうか。まあ『万葉集』の歌風は、上達するまでは学ぶなっていうことは言っておりますけれども、上達するまではということであって、『万葉集』でも、いいものはやはりよかったんじゃないかと思うんです。そのへんはどうなんでしょうか。

木俣　『万葉集』を単なるリアリズムの歌集、写実の歌集というふうに考えてしまったのが、正岡子規の偏見だったと思いますね。『万葉集』は、ある意味のロマン歌集だと言ったってよいと思いますね。

久保田　定家だってずいぶん使っておりますよね。大岡さんも、前に「国文学」の日本の詩歌の鑑賞で取り上げていらしたと思いますけれども、

　白妙の袖の別れに露落ちて身にしむ色の秋風ぞ吹く

なんていうのは『万葉集』の本歌取なんですしね。それにもう一つは『古今六帖』の歌を取り合わせているわけで、私の考えでは、定家に限らないと思いますけれども、定家、良経、寂蓮《じゃくれん》、あのへんの世代の歌人が『万葉集』を相当読んでいるんじゃないか。われわれが考えているより『万葉集』を読んでいるんじゃないか。そして今、先生がおっしゃった、ロマン的なものからも得ているものが多いんじゃないかと思うんですよ。

木俣　私もそのように考えるんですけれどね。

大岡　〝万葉調〟という言葉ができちゃったので、おかしなことになっているんですね。結局、『万葉集』のどんな歌を万葉調と言ってるのかと

いうのは、非常に難しい問題で、例えば、人麿の歌と（高市）黒人の歌を並べてみただけでも、そういう問題を感じてしまいますね。例えば島木赤彦だったら山部赤人を連想するのですが、しかし、赤人が万葉を代表できるかと言えば、そうではないと思う。

久保田　むしろ『古今』に近いですね。

木俣　『新古今』は明治以来その流布が『万葉』に遅れました。『新古今』の芸術性の探究などはずっとのちだと思います。ですから歌と言えば『万葉』ということになってしまったのでしょう。それだって今言ったように決してリアリズムプロパーじゃないのですが、リアリズムと、はじめに言ったことに右へならえをしてしまった傾向がありますよ。

大岡　結局、万葉調という言葉が出てきたのは、古今伝授のような伝統ができちゃって、非常に悪い面を持っているということがあって、それに対する反対のために『万葉』ということを言い出したからでしょう。古今調というものはたしかにありますね、『万葉集』を見ればそれはわかる。古今調というのは、明確だと思うんですけれども、それに対して万葉調ということが言われてきたんだと思うんです。万葉調とはこういうものだという規定があって生まれた言葉ではなくて、「古今集の悪しき伝統というもの」をやっつけるために、万葉調を言い出した。だから万葉調と言われても、古今調のようにははっきりしないわけですね。そのへんは、もっと自由に考えるべきじゃないかと思いますね。

木俣　その緊縛を作ったのはやはり正岡子規だと思いますね。その後、『万葉集』は学問的な研究対象に、それで学会の傾向としても、『新古今集』の研究などは非常に遅れましたね。

久保田　どうも『新古今集』を研究している者は、いつもひけ目を感じていなきゃいけないという状況まで出てきましたね。

木俣　それはおかしい。

大岡　今はどうですか。

久保田　今はそうでもないんですけれども、戦前でもそういう傾向があったんじゃないでしょうか。戦後間もなくは、日本の古典の中で『新古今集』が一番悪かったんですよ。

木俣　戦後どころじゃない。戦前も、『新古今集』なんていうことを言うと、人が笑うというような……。

大岡　窪田空穂《うつぼ》先生の『新古今和歌集評釈』(一九三二〜一九三三刊　東京堂)はじつに立派な本ですけれども、たしかあれの前書きか後書きに、今窪田さんが『新古今集』の評釈をやっているということを、ある人が釈　迢空《しゃくちょうくう》さん(折口信夫、一八八七〜一九五三)のところに行って言ったら、釈さんが不思議そうな顔をしたという話を、その人がうちに来て言ったというんですね。そういうことがちょっと書いてある。昭和のはじめ頃の感じというのは、そんな感じだったんでしょうかね。釈さんなんかも、根本的には『万葉集』でしょうからね。

木俣　しかし、釈さんは、必ずしも『万葉集』一辺倒じゃないと思いますね。『新古今集』などにも深い理解がありました。白秋の新幽玄体の歌を大いに高く評価していますからね。釈さんの歌について話がはじまると大へんなことになりますが、独自な個性の中には、その学問とともにさまざまな古典との繋がりがあったことは今更言うまでもないことで、私は万葉的歌人とは思っていませんね。

　その若い時の先生に服部躬治《もとはる》(一八七五〜一九二五)という人がいますがね、この人なんかいわゆる万葉調の歌を作っていますが、その歌の中には、王朝に対する思慕というものが非常にあるんですね。ですから『万葉集』優位を誇った時代があっても、心ある人は、やっぱり『新古今集』等も見ていたと思うし、尾上《おのえ》柴舟《さいしゅう》（一八七六〜一九五七）なども、ハイネ（一七九七〜一八五六。ドイツの詩人）の詩を訳したり、『新古今集』の評釈をやっておりましょう。だから、あの柴舟の歌の中にも「反明星」という旗を掲げて作家行動したんですけれども、ちゃんと新古今的なものが豊かにあるわけですよ。鉄幹、晶子のいわゆるロマン主義運動の中には、『新古今集』というものをあらわに表に出していないけれども、やっぱり様式の上から言えば一応新古今的様式だということは言いうるわけだと思いますね。『新古今集』ができた時代の背景と、「明星」のそれとは全く異なっている。「明星」の時代は近代日本の興隆期の明るい時代であったわけですから、『新古今』のもつ暗さとかかげりとかいうものはほとんどない。大っぴらに胸を開いたような歌ですけれども、妖艶的なものなどまさに『新古今』と言ってよいかと思いますね。

定家と芭蕉は結べるか

久保田　もうちょっとさかのぼって、俳諧との関係だとどうでしょうか。まあ芭蕉は文学の先達として釈阿（俊成）・西行をあげていますね。定家とは言わないですね。そして其角《きかく》を評して「かれは定家の卿なり」なんていうことを言っていた（『去来抄』、先師評）と思いますけれども、例えば芭蕉なんかでは、どういうふうに考えられているんでしょうか。

木俣　定家は連歌をやっておりましょう。ああいうところからもやっぱり問題があるんじゃないでしょうか。

久保田　定家の連歌をちょっと読んでみたことがあるんですけれども、作品はほんの少ししか残っていないのですが、それらは形の上では連歌でも、歌とほとんど同じような気がするんですがね。

木俣　まあそういうことですね。

大岡　短連歌ですね。

久保田　いや、長連歌をやってるんです。ただ長連歌として残っておりませんで、前句と付句だけが抜き出されて『菟玖波集《つくば》』に取られております。これは荒木良雄さんが研究されたんですが、あちこちに散らばっている付合《つけあい》を見ると、いくつかが繋がるらしいですね。ですから、もともとは長連歌で、百韻ぐらいだったんだと思うんです。それを見ますと、『源氏物語』なんか利用してるんですけれども、まったく物語的な世界で、歌とあまり違いないんですね。ああいうものと俳諧的な捉え方というのは、はっきり違うと思うんですけれど。

大岡　定家という人は、やっぱり宮廷社会の人で、物語的な世界を和歌の中に実にみごとに転じた名手だという気がするんですね。あの人の持ってる妖艶体にしても、物語的な情緒の世界を背景に置いて読むと、実に良く見えてくるようなものでしょう。そういうものと芭蕉の俳諧とは、やはり切れているんじゃないか。

　この間も、「群像」で座談会をやった時にもその話が出たんですが（「西行と新古今」山本健吉・中西進、一九七四・三）、西行と定家の違いというのは、やっぱり定家は都の人で、西行は都から外に出ちゃった人で、歌壇の外部の人と内部の人という違い。そして定家という人は、言葉を一つ持ってきても、イメージの層をいくつも創っていくという意味で、重いですね。西行は、むしろそういうものを捨てて、軽く歩いていくというタイプですね。そして、芭蕉という人は、この二人の双方を見ていたと思うんです。定家の良さも、芭蕉は取り入れているに違いないという気がするんですけれども、表向きの言うところは、西行と言ってるわけですね。まあ、芭蕉以前の歌人や連歌師たち、正徹《しょうてつ》とか心敬《しんけい》とかが、定家を神様にする。定家卿を悪く言うやつはそれだけでも失格ということを言いますね。ただ、心敬などの書いたものを見てみると、定家をそれだけ尊んでいながら、物語的情緒の世界は、もはや彼らの地盤になくなってきて、荒々しい現実の迫力をひしひしと感じていることがわかりますね。そうすると、いきおいああいう世捨人の道を選んだ人はどこに行くかと言うと、いわゆる侘《わび》とか寂《さび》的なものを、定家の妖艶なものと結びつけるということをやるわけですね。例えば「氷ほど艶なるものはない」という言い方。満月蕭条《しょうじょう》として氷が田にはっている、そういうものを一番艶なるものと言うわけです。定家の言う妖艶的なものをいわば百八十度ひっくり返して、強烈にアイロニカルな世界を考えている。そして、何もない氷の世界が最も艶を持っているということは、言ってみれば、和歌をひっくり返して、俳諧にしたという、あの転換にも繋がっているように思うんですね。そこにカチッと歯車が一つ転換しているんじゃないか。この氷の世界にもう一回色をよみがえらせると、芭蕉の世界に行くんじゃないか。筋道としてはそんなふうに思ってるんですけどね。芭蕉は人間世界に対して非常に興味があったし、出家ではないし、そこにいろんな色彩があるわけですね。そういうことで、定家の世界を一たんひっくり返したものを、もう一度人間世界に持ってきているという感じがするんですね。だから、否定して、否定したところに成りたっているもののように……。

久保田　否定して、さらに否定したことによって、ある意味で人間を回復するわけですね。

大岡　ただ定家の世界にはもどらない。

木俣　まあ、芭蕉の「寂・しをり・細み」というようなものね、そういうものは、むしろ俊成の静寂美みたいなものから摂取したものがあるんじゃないか。そういう考えを持ってるんですけれどね。白秋が新幽玄ということを言い出した時に、こういうことを言ってるんですよ。俺のやってるのは第四期の象徴詩運動だ、第一期が『新古今集』、第二期が芭蕉の俳諧、第三期がヨーロッパの象徴詩風を摂取した「明星」の詩歌運動、そして俺が第四期の象徴運動をやるのだとね。要するに、日本の芸術で最高の芸術詩というものは『新古今集』から起こったのだ。幽玄という理念はヨーロッパのサンボリズム（シンボリズム＝象徴主義）とはいろんな違いがありましょうけれども、一応象徴詩風の流れということから考えて、そういう風になるのだという自信に満ちた発言をしているわけです。これは有名な言葉なんです。ですから、やっぱり白秋は、はじめはヨーロッパから出発したんですけれども、だんだん芭蕉に行って、芭蕉から中世に行ったわけですね。ですから彼は芭蕉と中世の繋がりを、そういった形で捉えたのだと思うんですけどね。芭蕉の精神を短歌に投入した人としては、太田水穂（一八七六～一九五五）が考えられますね。「潮音」という雑誌をおこした人です。この人はもともとヨーロッパなどをくぐってはいない。『万葉集』も『新古今集』も早く読んでいて芭蕉に入った人です。幸田露伴《こうだろはん》の影響もあるのではないかと思うんですけれど。この人の歌は、近代的なものは持っていないと言うと叱られるかもしれませんが、同じく芭蕉を一時摂取した白秋などとはその点で違うんですね。白秋と水穂はそういうことで論争したことがあります。しかし白秋を高く買っていたことは事実です。水穂は芭蕉から取ったものをあらわに出している。一種の本歌取をやっているんですね。例えば、

野は花の極楽日和旅日和馬ほくほくとゆく

すがた見ゆ
深川やその古池の水を出ておどろく眼して
蛙はゐたり
枯枝に一羽のからす来て啼けば野もさめざ
めとうれふる色なり

とかですね。その一時期は芭蕉の短歌化に努力しているわけです。その水穂もまたやがて新古今風に近づいていくわけですが、その方法も白秋などとは大いに違っています。『新古今集』を調べたり、西行を研究したりした歌人はたくさんいましたね。空穂さんはさきに出ましたが尾山篤《とく》二《じ》郎《ろう》(一八八九～一九六三)、川田順(一八八二～一九六六)、大岡さんなんかでも学者として『新古今』その他を読んでおられるわけじゃないと思うのです。自分の詩心を豊かにし、あるいはそこからひっぱり出したものを一つの契機として作品を書くということでしょう。中原中也なんかでも、新古今風のものを多分に持っていると思うんですけれどもね。

しかし、今の若い歌人というものはそういうことを真剣に考えたり、実際に古典に取り組んだりしている人はわりあいと少ないんじゃないかと思いますね。歌人人口と詩人人口とどちらが多いかそれはやはり歌人人口のほうが多いでしょう。さらに俳諧人口と短歌人口とを比べれば俳句のそれのほうが多いと思います。俳句の今の本流は何であるかわかりませんけれども、俳句と短歌とをいつでも短詩型文学などといって相似たもののように考える傾向がありますが、私は似て非なるものだと思うんですが、どうでしょうかね。

大岡　そうですね、僕はよくわかりませんけれども。今の歌人と俳人の場合、俳人は、自分をこうやって古典をわがものにしようとしているというようなこと、あまり言わないんじゃないですか。歌人はわりあい言い出してる人が多いですね。

木俣 そうですね。安東（次男）さんは俳人というわけじゃないけれども、あんまり言わないようですねえ。

大岡 俳句の若手の実作者でそうしたことをおっしゃっている人というのは、少ないように思いますね。

木俣 俳人が『新古今集』などを問題にしたというようなことはちょっと無いのではないですかね。

連句に一番遠い現代俳句

大岡 子規や内藤鳴雪《めいせつ》（一八四七〜一九二六）が連句の世界を否定しましたが、子規が死んでから数年して、（高浜）虚子が立派な連句論を書き、連句に対して強い関心を示した。そして夏目漱石と俳体詩なんていうのを試みたり、明治三十七、八年頃の「ホトトギス」を見ますと連句もわりあい試みているのですね。虚子はその後一時期小説に熱中したわけですが、俳壇に復帰して以後になると、表立っては連句について積極的な発言はしなくなっちゃって、俳句一本でいくということになる。しかし、虚子が子規の否定論に異議を唱えたあの時代を考えてみると、なかなか重要な時期だったんじゃないかという気がするんです。連句に対して非常な関心をもった虚子のあり方と、俳句だけに世界をしぼっていくという近代俳句との間には何だかよく解明されていないものがあるような気がしますね。虚子のそういう連句に対する興味のことを、もうちょっと真面目に考えてみると、『新古今』であろうが何であろうが、バリバリ食べちゃうということに行くはずなんですよ。ところが連句の世界を切り捨てて俳句一本になったものですから、例えば和歌的な情緒というのは絶対に許しがたいことになる。そこに一つの筋ができたわけですね。そのへんのところをもうちょっと考えてみると、例えば伝統派と前衛派というような区別をする場合に、季節とか季語を重んじるか否か、そういうことが常に問題になっているんですけれども、連句を考えずに季題、季語を論じるのは、どちらの側にとっても、どうせ片手落ではないかという気がしているんです。連句の世界では季語は絶対的に重要なんですね。無季の句も連句の中には当然出てきますけれども、無季の句と並んで、季の句が出てくる時には、その季語は実に重要ですね。季語とか季題が重要視されてきた歴史は、言ってみれば連句があったからこそなんで、連句をすっぽかしておいて季語、季題を言うのはどうも妙だという気がしているんです。連句の世界を捨ててしまってからの俳句にあって、季語、季題というのはどういうことなのだろうか。そこのところが、僕のような門外漢にはまだどうもはっきりしない点があるんです。もう一度連句のことについても突っ込んで考えてみたらどうかという気がしてるんですが。

木俣　現代の俳人は、連句なんかやると、あいつは遊んでいるというふうに、非常に軽蔑されるのではないですか。われわれは連句には素人ですけれども、奥野信太郎さん（一八九九〜一九六八）、池田弥三郎さん（一九一四〜一九八二）、或いは学者の井本農《のう》一《いち》さん（一九一三〜一九九八）、暉峻康隆《てるおかやすたか》さん（一九〇八〜二〇〇一）、作家の杉森久英さん（一九一二〜一九九七）とかそういった人々と一ぱい飲みながら連句をずいぶん古くからやってきているんですがね、こんなに楽しいものはないと思いながら。みんないわば素人なんですが、芸に遊ぶ楽しみを味わって来たわけです。俳壇第一線の俳人達は連句なんかやらないのでしょうね。連句をやるやつは本物じゃないというような傾向があるんじゃないか。

久保田　やってらっしゃるのは、大岡さん、丸谷（才一）さん、安東さん、そういう詩人の方々ですね。あるいは作家の方々。

木俣 私たちの場合、みんな俳号を用いてその時はいっぱしの俳諧師気取りでやるわけですが、案外おもしろいものが出来ることがあります。歌人でもあまりやってはいませんが付合のおもしろさ、そうしたものを歌人も知っておくといいと思いますがね。

久保田 だんだんそうした風潮が歌人の間に広がって行くと、芭蕉が解り……また俳人も連句から入って、さらに連歌に到達すれば、連歌から『新古今』はある意味では一足ですからね。そういうことからも『新古今』なんかも見直していいですね。

木俣 一度、大岡さんたちと連句をやってみたいですね。

大岡 いやいや、まったくのとうしろうですから。

木俣 いや、みんな素人です。俳人ならざる者ばかり集まって連句をやるなんて一つのムーブメントになりますよ。連句復古ということを、ずいぶん前に書いたことがありますが、俳人から軽蔑されちゃったですね。

木俣 迢空も白秋も、柳田国男さんらもやっていますね。

大岡 まあ、現代俳句は、連句に一番遠いと思いますね。俳句と連句はぜんぜん別のものだと思います。僕みたいな連中のほうが、入りいいかもしれない。

（了）

郵便はがき

料金受取人払郵便

神田支店
承認

3455

差出有効期間
平成25年2月
6日まで

101-8791

504

東京都千代田区猿楽町2-2-3

笠間書院 営業部 行

■ 注文書 ■

◎お近くに書店がない場合はこのハガキをご利用下さい。送料380円にてお送りいたします。

書名 冊数

書名 冊数

書名 冊数

お名前

ご住所 〒

お電話

読　者　は　が　き

●これからのより良い本作りのためにご感想・ご希望などお聞かせ下さい。
●また小社刊行物の資料請求にお使い下さい。

この本の書名＿＿＿＿＿＿＿＿＿＿＿＿＿＿＿＿＿＿＿＿

本はがきのご感想は、お名前をのぞき新聞広告や帯などでご紹介させていただくことがあります。ご了承ください。

■本書を何でお知りになりましたか（複数回答可）

1. 書店で見て　2. 広告を見て（媒体名　　　　　　　　　）
3. 雑誌で見て（媒体名　　　　　　　　）
4. インターネットで見て（サイト名　　　　　　　）
5. 小社目録等で見て　6. 知人から聞いて　7. その他（　　　　　　　　　）

■小社PR誌『リポート笠間』（年1回刊・無料）をお送りしますか

はい　・　いいえ

◎上記にはいとお答えいただいた方のみご記入下さい。

お名前

ご住所　〒

お電話

ご提供いただいた情報は、個人情報を含まない統計的な資料を作成するためにのみ利用させていただきます。個人情報はその目的以外では利用いたしません。

藤原定家の世界

〈対談者〉松岡心平

松岡心平（まつおか　しんぺい）
昭和29年、岡山県生まれ。東京大学大学院国語国文学博士課程満期退学。能楽研究者。東京大学大学院総合文化研究科教授（日本中世演劇）。たまたま観世寿夫の仕舞「藤戸」を見て、寿夫の“劇”そのものという“身体”に魅入られ、能の世界に入る。「橋の会」運営など創造的研究とともに実践を重んじ、能の復曲（「重衡」「箱崎」）を手掛け、能の研究誌の編集もこなす。また曲の典拠となる“場”を体現すべく、フィールドワークを心がける。著書に、「宴の身体ーバサラから世阿弥へー」（平16　岩波現代文庫）、「能ー中世からの響きー」（平10　角川書店）、「中世芸能を読む」（平14　岩波書店）など。

定家のイメージは？

松岡　今日は久保田先生をお迎えいたしまして、藤原定家、式子《しよくし》内親王の話から、謡曲の『定家』のあたりまで、幅広く、いろいろな話をざっくばらんにお聞かせいただけたらというふうに思います。

この間、冷泉家《れいぜい》(定家の孫、為相《ためすけ》を祖とする)の展覧会に行ってまいりました時、今まで門外不出であった藤原定家が神様のごとく扱っていて、今まで門外不出であった藤原俊成の画像が出ていまして、それを初めて見たんですけれども、やっぱりこれは九十歳ぐらいまで生きて、しぶといと言うのも変ですが、恰幅《かっぷく》がよくて、首もしっかりしているというような感じの俊成像で、ぱっと見た瞬間に、私は久保田先生に似ているんじゃないかと思ってしまって(笑)。藤原定家の方は、五味文彦さんに似ているかなと思ったりしたんですけれども。

久保田　それは逆ですよ(笑)。今年(一九九七年)の八月の末に行われていました「冷泉家の至宝展」ですね。あれは私も二度ぐらい見に行ったんですが、最初は、ちょっと「冷泉家時雨亭叢書」(一九九二〜二〇〇九刊　朝日新聞社)の刊行のお手伝いをしているものですから、オープニングセレモニーの時に見せていただきまして、あとまた一度行ったんです。もう少し繁々と行こうと思ったんですが、結局二回しか行けませんでしたが。今おっしゃった俊成の画像は、私も初めてで、全く意外でした。俊成だけではなくて、あの時は、定家、為家、それから冷泉家の直接の祖であります為相と、御子左《みこひだり》三代と冷泉家の初代、中世では四代の肖像が出ていたわけです。もちろんそれ以外の肖像も初めてでしたけれども、特に印象的だったのは俊成ですね。

定家の場合ですと、初めてとは言っても、大体定家の風貌というのは、相当神経質な細面の、というのは、イメージとしてはあったんです。イメージだけじゃなくて、時雨亭の肖像、御影《みえい》と冷泉家では言っておられるようですけれども、あれは門外不出で初めてなんです。おそらく定家の場合は、その模本のようなものが世に出ていたのかもしれません。それから、これは非常によく知られている建保六年（一二一八）八月十三日夜の「中殿御会絵巻《ちゅうでんぎょかいえまき》」に、これは定家一人ではなくて、主催者が順徳天皇ですから、順徳天皇を初め、定家、家隆、その他、大体あの時代の現役の歌人が似せ絵の手法で書かれておりますね。それを書いたのは、やはりその時参加していた一人である藤原信実《のぶざね》、似せ絵の名手信実（隆信《たかのぶ》の子）です。あの「中殿御会絵巻」なんかで、定家の風貌はうかがわれるわけです。そこでイメージしていたものと余り違わない。やはり神経質な、ぴりぴりするような細面という感じだったと思うんですけれども、俊成の肖像というのは本当に初めてなんですね。百人一首の肖像なんていうのはあるわけで、いわゆる歌仙絵（名歌人の姿を描いた絵）ではいろいろ見ていますけれども、歌仙絵はあてにならないのでね。どうも俊成の風貌はイメージとして描きようがなかったわけです。

ただ、手がかりとしては、俊成自身の残した筆跡、枯枝みたいなポキポキ折れるような感じの、または目に突き刺さるようなと言われるあの印象から、俊成は非常に細い、鶴のような老人と思っていたら、とんでもない、ちょっと重役タイプといいますか、でっぷりした、相当恰幅のいい老人で、あれあれと思ったんですが。

ただ、俊成が九十一歳という、当時としては大層永い生涯でやった仕事を考えると、この体だからできたんだなという気もしましてね。本当におもしろかったですね。風貌からその人の仕事を考えるというのもどうかとも思いますけれども、でも、やっぱり人間、肉体があってのことですから、そういう点では大変おもしろいという印象を受けました。その俊成の歌のお弟子が式子内親王で、息子が定家ということですからね。

俊成最愛の妻、美福門院加賀

松岡　俊成の歌論『古来風躰抄《こらいふうていしょう》』なんかは、式子内親王に捧げられておりますね。

久保田　式子も本当にいいお弟子だったんだなという気がします。これは余り広くは読まれていないと思いますけれども、俊成の家集『長秋詠藻《ちょうしゅうえいそう》』、これがまたいろんな本があるわけですが、そのうちの『長秋草』と呼ばれる一本に、俊成の最愛の妻、美福門院加賀《びふくもんいんかが》が亡くなった後の俊成自身の哀傷歌がありますね。その時の俊成の悲しみを慰めたというか、弔問した式子の歌が幾つかありまして、それを見ると、実にこまやかに慰問している。俊成自身、奥さんが亡くなった時は相当の年（八十歳）です。だけど、みずみずしい挽歌を詠んでいるんですよね、哀傷歌を。それが玄帝皇帝と楊貴妃の関係、つまり「長恨歌」の世界を借りながら詠んでいたと思いますけれども、そういう俊成の心を式子はよくわかっていて、慰めの歌を詠んでいます。

松岡　これは少し離れますけれども、美福門院加賀という人は大変おもしろい人ですね。俊成の二番目の奥さんだけど、最愛の奥さんで、美福門院加賀から定家が生まれて、式子内親王もその死を悼むというようなことですね。興味深いのは、美福門院加賀が源氏供養（『源氏物語』を作ることで妄語《もうご》の罪を犯し、地獄に堕ちて苦を受ける紫式部の供養）を最初にやった女性で、源氏供養の歴史を見てみますと、やっぱり女性が担っていて、『源氏物語』に骨絡みになってしまった女性が、『源氏物語』の呪縛から何とか逃げ出したいというような願望も込めて源氏供養をする。そういう女性に俊成が恋をして、俊成ももちろんその前から『源氏物語』は読んでいるとは思うんですけれども、そういう『源氏物語』にズブズブにつかってしまった女性に恋し、一緒に暮らした。それから、『源氏物語』と骨絡みの女性をお母さんにもつ定家というふうな、そのあたりで日本中世の美意識が大きく変わるのではないか。俊成が提唱する幽玄の観念も『源氏物語』を読む中から豊かに肉づけられてくるわけですよね。だから、美福門院加賀というのは、結構ブラックホール的な、ものすごく大きな存在……。

久保田　そう思います。本当におっしゃるとおりでね。まず俊成と加賀との恋愛というのは、大変なものだったと思うんですね。非常に近い関係でしょう。加賀の前の夫は藤原為経《ためつね》。

松岡　寂超《じゃくちょう》。

久保田　常盤三寂《ときわさんじゃく》（洛西の常盤に住んでいた藤原為忠の子息、寂念・寂超・寂然の三兄弟）の寂超ですよね。その子どもが隆信でしょう。為経の姉妹の一人が、俊成（当時は顕広《あきひろ》といっていた）の奥さんですから、やっぱり義兄弟の奥さんということで、それは為経が出家しちゃったから、すぐ再婚できるというものでもないと思うんですよね。それから、出家したから再婚したのか、奥さんと顕広の恋愛が起こったから出家しちゃったのか、それは本当のところわからないでしょう。いずれにしても、非常に近い間柄であるだけによく知っている、けれども苦しい恋で、しかし俊成が熱烈だったと思うんですね。残された歌を見ると、大体恋歌の伝統で、男はひどく熱心で、女はある段階までは拒むのは当然ではありますけれども、でもやっぱり俊成は非常に執拗に口説いて妻にしたんだから、相当な才女でしょう。そういう人だから、『源氏』もよく読んでいただろうし、源氏供養なんてことを考えるんでしょう。本当におっしゃるようにみんな巻き込んじゃうんですね。自分の娘婿なんかまでみんな参加していますよね。だから、おそらく夫の俊成も、女房がうるさく言うからというか、一生懸命やるからつい引きずられてということもあるかもしれないと思いますよ。

式子はいつも後ろ向き

松岡　そこの話をあまりしていると、謡曲の『定家』まで行きそうもないのでこのくらいにいたしますが、ともあれ、長生きの俊成を中心に、その和歌の弟子が式子内親王で、その息子が定家という形ですね。定家の場合は病弱とは言いながら、これも八十歳ぐらいまで生きたわけですよね。

久保田　長命ですよ。

松岡　定家の場合、自筆もちゃんと残っていて、肖像も残るんですけれども、式子内親王には自筆の短冊とか、肖像とかいうのはもちろん残っていない……。

久保田　自筆は全くないんじゃないでしょうか。それから、また歌仙絵の話ですけれども、歌仙絵ではほとんどが後ろ向きですね。

松岡　式子は後ろ向きですか。

久保田　でも、前に書いているのもあるんですね。岡田為恭《ためちか》（一八二三～一八六四。江戸末期の画家。冷泉為恭とも）の書いた『聯珠《れんじゅ》百人一首』はどうだったかな、あれはあるいは顔があったかもしれません。それから、今うろ覚えなんで、後で確かめますけれども、昔出た、日本古典全書（朝日新聞社）の『中古三女歌人集』（一九四八刊）というのが式子内親王、俊成卿女《しゅんぜいきょうのむすめ》、建礼門院右京大夫《うきょうのだいぶ》の三人の家集ですね。あの口絵に白描の式子内親王の絵が出ているんですよ。後の人の描いたものですけれどね。あれも後ろじゃなかったかと思うんです。（自注・これも岡田為恭《ためちか》の画稿で、口を袖で覆っている前向きだった。どうも記憶はあてにならない）だけど、いずれもそれは先ほどの話のように、全くよりどころはないと思うんですね。大体ああいう身分の人の素顔なんていうのは、絵師が見られたとは思えないので、想像で描いているだけでしょう。とすると、まず風貌を肖像画から想像することは望み薄で、それから字も全くないんじゃないでしょうか。その辺、皇室関係の研究がこの頃盛んだから、わかりませんけれど。もちろん、伝式子内親王筆なんていうのはありそうな気がしますけれどね。

松岡　伝式子内親王筆すら余りないんじゃないでしょうか。

久保田　伝も聞かないんですけどね。その辺はわかりませんけれども、信憑性のおけるものはないと言っていいと思いますね。

定家の恋心

松岡　このところ私は個人的に式子の歌が非常に好きになっておりまして、定家はもちろん天才歌人ですけれども歌作りというところがあって、ところが式子は歌詠みとしてすごい才能だなと思うんです。その二人のスキャンダラスな恋愛というのが謡曲『定家』の主題になるわけです。実際に史実の上で定家と式子の関係というのはどんなものであったのか、これは先生、いかがでしょう。

久保田　我々は野暮ですから、残されたものから考えるほかないので。そうすると、残された資料そのものが非常に少ないわけですけれども、その中では、定家が、ある意味では幸いにして、非常に筆まめな人でしたから日記を残していますね、『明月記』を。その『明月記』も、ただ惜しむらくは、大事なところがところどころ抜けていますから、定家と式子のかかわり合いというのを完全に調べることは到底不可能なんですね。私なんかが一番知りたいところは、式子内親王が亡くなった時の定家の感想ですよね。大体定家という人は、人が亡くなったということを聞くと、それをすぐ書きとめます。誰それが亡くなったそうだ、何で亡くなったか、何歳かということを書いて、それから、その人に関する人物評をやります。世間ではこう言っているというのもあるし、自分がこう思うというのもありますけれども。だから、式子内親王と定家のそれまでの関係を考えたら、相当の記事があったに違いないと思いますが、そのところがないわけです。まず、式子がいつ亡くなったかということからして、直接資料がない。式子の没年月日として言われておりますのは、建仁元年(一二〇一)一月二十五日です。でも当日の『明月記』の記事はない。にもかかわらず、これが式子の命日であるというのがわかるのは、翌年の建仁二年(一二〇二)一月二十五日の『明月記』の記事で一周忌の法事をやっているからわかる。一周忌の法事を書いているんですから、亡くなった時のことを書いたに違いないと思うんですけれども、それがない。

松岡　これは出てくる可能性はありますか。

久保田　あると思いますね。全くないとは言えないと思います。というのは、その前後はかなりあるんですね。建仁元年の少し先の方から残っていると思います。そこから、このあたりがちょっと部分的に断簡《だんかん》(切れて不完全な文書)かなにかで、仁和《にんな》寺じゃなかったかな、どこかにあると思うんですよ。だから、ないとは言えないけれども、それは何ともわかりませんね。ただ、そのために、今までは式子の伝記の基本である、何歳で亡くなったかということがわからなかった。もし残っていれば、きちっと書いてあったから、すぐわかったはずです。私を含めて、『新古今』前後の和歌を研究している連中は皆当て推量していたわけです。

　その推測の仕方というのは常識的なことなんですけれども、お父さんは後白河天皇で、お母さんは大納言藤原季成《すえしげ》の娘、成子《せいし》とか言いますけれども、高倉三位ですよね。高倉三位が産んだ男御子、女御子がたくさんいます。だから、高倉三位は愛されたわけでしょう。生年のわかる人を調べていって、式子はこの間に生まれているだろうという、そういう推論ですね。それで今まではいろんなことが言われていて、ここに持ってきたのは、石丸晶子さんの『式子内親王伝―面影びとは法然―』(一九九四刊　朝日文庫)なんですが、これは大変丁寧な年譜がついているので、便利でちょっと借用するんですけどね。石丸さんは、一一五三年(仁平三)に一歳というふうに推測しておられるんですね。この辺が人によって少し幅があったんですけれど、大体こんなものだとすると、亡くなった年が建仁元年(一二〇一)ですから、四十九歳という数字が出てくる。

　ところが、これがちょっと前に、年齢がはっきりしたんですね。結論的に申しますと、亡くなった年が五十三歳ということです。これは我々の間ではショッキングなことだったんです。歴史家の上横手雅敬《うわよこてまさたか》さん(一九三一〜)が紹介された、『兵範記《ひょうはんき》』(『人車記』とも。平信範《のぶのり》の日記)の断簡の紙背に、式子内親王が斎院を退下した時の年が二十一歳であるという記述がある。

松岡　それは初耳です。

久保田　それを『兵範記』の影印版《えいいんばん》(写真などで複製した書物)の解題(陽明叢書『人車記　四』、一九八七刊　思文閣)で紹介されたんですね。嘉応元年(一一六九)の七月に式子は病気によって斎院を退下した。これは例えば今までの石丸さんの推定だと、十七歳だった。だけど、その時は二十一という数字が出ているんですね。それから逆算して生年が決まる。そうすると、生年が一一四九年(久安五)ですか。それで、亡くなった時の享年が五十三歳だと。

ただ、これは後で考えてみると、上横手さんが紹介された資料とは別に、国文学者がみんな知っている資料があったんですね。それにちゃんと書いてあるんです。それがわからなかったんですね。それはほかならぬ定家が書いているんですよ。式子が斎院を退下した時の年を明記したものがあるんです。晩年の定家自筆なんですね。「定家小本」と言っています。これは随分前に紹介された資料なんですね。「定家小本」というのは仮の名前で、要するにノートですね。これもまた資料としていろいろおもしろい内容を持っているんですけれども。そのノートのトップに歌が一首書いてあって、嘉応元年(一一六九)七月二十四日に「賀茂斎内親王式子御悩に依り退出」とあって、「内親王」の横に二十一という数字が書いてあるんです。こういう数字「廾一」で書いてあるんです。漢数字の「二十」じゃなくて。ところが「廾一」をみんなが二十一と読まなかったんですね。「卅一」(三十一)と読んでいたんですよ。定家の晩年の、しかも、中風か何か患ったような筆で書いてあるので、筆の先が割れているんですね(笑)。「廾」の縦の一本が太いんですよ。それで二十一を三十一と読んじゃった。三十一だとすると式子内親王は斎院としてたしか三十一代目なんです。

松岡　そっちの方を読んじゃった。

久保田　だから三十一代の賀茂斎内親王が退下したと読んじゃったんですね。みんなそう読んでいるんです。悔しいんですが、僕もそう読んでしまった。

憧れの女性

松岡　そうすると、なぜ定家のノートの最初に式子の話が来るのか、というのが問題ですね。

久保田　そうです。だから、それはこだわりですよ。ですから、そこに定家の心理を読めば、それだけ気にしているということ。晩年ですよ。結局、定家と式子は十三ちがいですよね。式子の没年は五十三歳です。一二〇一年。その時の定家の年齢がちょうど四十歳ですから、式子のほうが十三年上です。幾ら年上でも、恋愛は自由だと思いますよ。だから余り年のことだけでは何とも言えないけれども、結論的に言うと、私はやっぱり恋愛ではなかったんじゃないか。今言うような恋愛。少なくとも行動を伴うような恋愛はなかったと思っているんです。だけど、精神的な恋愛というか、一方的というか……。

松岡　憧れみたいな……。

久保田　まず定家はそれは抱いていたんじゃないか。それから式子のほうだって、定家のことは知っているはずなので、式子のほうも意識していたんじゃないかという気がするんですね。式子は定家を直接は見ていないかどうか。これ、皆さんおっしゃっていることで、和歌の研究者の間では今さらなんですけれども、先ほど申しました『明月記』に式子のことが登場するのは、定家が二十歳の時ですね。治承五年（一一八一）の正月です。お父さんの俊成の指示によって式子のところへ行くわけですよね。

松岡　『明月記』に「仰せに依るなり」とあるわけですね。

久保田　正月三日に、当時三条にいた式子のところに行っていますね。いろいろ年始回りみたいなことをして、「次いで三条前斎院に参る」。それで「今日初参」とあります。「仰せに依るなり」、これはお父さんの命令で行っているわけですね。それで「薫物《たきものの》馨香芬馥《けいこうふんふく》たり」、何かいい香りが、すーっと几帳の奥か何かから漂ってきた。だから、もちろん見ちゃいないわけですよね。それから同じ年の九月二十七日に、「入道殿」、お父さんの俊成ですね。「例の如く引率して、萱《かや》の御所斎院に参らしめ給ふ。御弾箏《ごだんそう》の事有り」、これはお父さんが連れて、萱の御所と言われた式子の御所に行っている。そうすると、中から箏の琴の音が聞こえてきたというのです。だから、定家にしてみれば、薫物の香りに酔ったり、琴の音を聞いたりというだけで、姿はもちろん全然見ていない。

　式子のほうはどうでしょうか。昔の一般の高貴の女性や、そうでないまでも、女房なんかの生活習慣だと、几帳の隙から外は見えますよね、見ようと思えば。だから、見たかどうかわかりませんけどね。見ないにしても、式子のところには定家のお姉さんが二人も宮仕えしているから、定家のことは聞いていると思うんです。だから存在は明らかに知っていたと思いますね。

松岡　今村みゑ子さんの「定家と式子内親王」という論文（『文学』一九九五・秋号）だと、定家が自分の娘を連れて式子のところに上がった時に、娘が月次絵《つきなみえ》（毎月の行事など十二ヶ月にわけて絵があり、それにちなんだ詩歌を色紙に書いて貼ったもの）かなんかの式子直筆の絵詞をもらっているというのは……。

久保田　いつ頃の時期ですか。かなり後ですかね。

松岡　後だと思います。娘ができて……。

久保田　娘ができているんですから、相当後ですね。

松岡　正治元年（一一九九）頃のようです。ただし、それがわかるのは、だいぶん後の『明月記』の記事かららしいんですけれども……。

久保田　そういうことはあり得るでしょうね。

最初、こんなぐあいで登場するわけですけれども、その後、『明月記』そのものもいろいろ抜けがありますよね。だから、詳しくはたどれないんです。ただ、式子が亡くなる少し前ぐらい、病気になってからの記事というのはかなり残っていて、それを見ると、やはり定家は随分気遣っていろいろ書いていますね。これは読み方によってなので、石丸さんは式子のことに関する記述も事務的だとどこかに書いておられたような気がするんです。でも私はそんな事務的じゃないと思うんですけどね。

松岡　建久の政変（建久七年〈一一九六〉）で、式子の住宅を定家が世話をするということがありますね。そういう際にも直接会うということはないんでしょうか。

久保田　その辺はわからないですけどね。吉田経房《つねふさ》（勧修寺流藤原氏。実務官僚として活躍し、正二位権大納言まで至る）が実にまめまめしく働いていますよね。定家のお姉さんのところにちょっと仮住まいするということがあるでしょう。そういう時にはあり得ますね。だから、初めの頃はともかくとして、後にそういう接触の機会もあったかもしれないとは思いますけれども。またまた散文的なことを申しますと、何しろそのころは幾つかと言うと、建久七年の政変の頃は彼女は四十八歳ですよね。しかも、近くに出入りしていた人間が後白河法皇の霊が乗り移ったと称して、妙なことを言い出すなんて事件があって、相当精神的にもまいっている時ですよね。

松岡　式子を考える際に、八条院という独身の皇女の存在も重要ですね。鳥羽院の娘で、父からものすごく寵愛されていて、莫大な皇室財産がそこへ行くわけですね。もっとも、独身の皇女が受け継ぐことで、皇室の財産は分散することなくまるごと安泰となるわけですが。その八条院のところに式子が同居していて、それで八条院を継ぐんじゃないか、その財産の相続人になるんじゃないかという世間の見方もあって、それに対していろんな根も葉もないような噂がたってしまい、それで結局出家してしまうみたいな……。

久保田　八条院を呪詛したというような、そういう噂が立ったということがありますよね。

松岡　結局八条院の財産は継がなかったけれども、式子自身も後白河院から受け継いだ財産をちゃんと持っていて、定家のような人たちが、ある種家司《けいし》（三位以上の家で、家政の事務をつかさどった職）といいますか、中級の貴族として式子内親王家に仕えるわけですね。

久保田　やっぱりまめに世話したのは吉田経房だろうと思うんですね。ですから、定家は生活の世話まで余りしなかったというか、できなかった。むしろこれは石丸さんの本に詳しいんですけれども、やはり住居問題で、九条兼実《かねざね》一族と式子は利害的に対立するところがありますよね。後白河法皇が式子に遺産として与えた大炊《おおい》御門殿《みかどどの》というのを九条家に貸してやっていたのだが、兼実は借りたままなかなか立ち退かないということがあるでしょう。定家はその九条家の家司ですから、式子のために定家自身が働くことはなかったというか、働きにくかったろうとは思うんです。だから私は、生活レベルよりは、歌のほうで意識し合っているんじゃないかなと思うんですけどね。

歌人としての定家

松岡　式子の歌を定家が変奏する場合と、それから、定家の歌を式子が変奏する、どっちのケースが多いのでしょうか。

久保田　やはり歌人としての出発を考えたら、式子のほうが前ですからね。式子の歌を定家が見て、影響を受けるというのが、最初は自然じゃないかと思います。これまた機会はあり得たと思うんです。式子の詠草が父俊成のところへ届けられる、あるいはお姉さんを介して見る機会もあっただろうと思うんですね。だけどそのうちに、例えば姉さんが、弟もこんなの詠んでいますみたいなことで見せることも、もし求められればできたわけでね。定家の歌から式子が影響を受けるということも、間もなく生じたんじゃないかなとは思うんですけどね。

松岡　定家の側からすると、式子に対して憧れに似たような感情みたいなものは、二十歳で初《うい》参《ざん》したころから持っていて、両者の間で歌のやりとりもあっただろうということなんですけれども、一つは、これは定家葛伝説の話にもちょっと入りますけれども、

　生きてよも……

久保田　……明日まで人はつらからじこの夕暮を問はば問へかし

松岡　その歌が『後深草院宸記《ごふかくさいんしんき》』という、鎌倉時代中期の後深草院の日記に書きとどめられていて、そこでは、定家の弟子である西園寺実氏《さいおんじさねうじ》が後深草院のお父さんの後嵯峨《ごさが》院と歌の問答をしている時に、式子内親王が「生きてよも～」という恋の歌を定家に送ったんだみたいな話を実氏がしたことが載っています。それを佐藤恒雄さんがご紹介になったわけですけれども（「後深草院御記の一断面」『和歌史研究会会報』五二号、一九七四）、その話というのは、先生はどういうふうに思われますか。

久保田　佐藤さんの紹介も本当に貴重で、伝承としてもそれは随分早い時期からこういうものは生まれていたんだなということをまず知らされて驚くんですけれど、確かに役者がそろっているという感じですね。書きとどめているのは後深草院。後深草院というと、すぐ『とはずがたり』で、後深草院二条との間柄、それから、

かなり性的に無軌道な上皇という印象がありますよね。その後深草院が書きとめている。話はお父さんの後嵯峨院と西園寺実氏、常盤井入道相国実氏との間に交わされている。後嵯峨院というのはまた『鳴門《なると》中将物語』（なよたけ物語）では、人妻を宮中に引っ張り込んだりする帝王ですからね。それから西園寺実氏は、公経の息子、つまり定家の正妻の弟の息子で、直接知っている間柄ですから、非常に信憑性の高い話のような印象を与えます。

松岡　「生きてよも～」なんていうのは、恋の苦しみから明日まで生きていそうにないので、関係を結ぶならきょう自分を訪れてきてくれみたいな歌ですよね。そういう歌が式子から定家に与えられる。そういうところに定家葛《ていかかずら》伝説の発生源の一つを見るというのが、佐藤さんの立場なんですけれども、やっぱり後深草院なんていうのは、スキャンダル的なものは好きだろうし、ちょっと割り引かないといけないかなという気がします。

久保田　ただ、聞いたことはたぶん本当でしょう。まず『後深草院宸記』は、断簡としては残っているようですけれど、この話は断簡にもないんですね。これは『井蛙抄《せいあしょう》』（頓阿の歌論書、十四世紀前半頃成立）の近世の写本の後ろに書きとめられているというので、それ以上さかのぼることはできないものですね。だけど、このような内容のものを後人がでっち上げるとは考えにくいので、たとえ近世の写本に書きとめられたものでも、記事そのものはおそらく信用はおけると思うんですよ。そうである以上、後深草院がまた創作したわけじゃないので、実際に後深草院が後嵯峨院と実氏との間にこういう会話が交わされたのは聞いたんでしょうね。だから、そういう伝承はあったということは確かだと思うんです。ただ、やっぱりちょっと疑うと、「此の歌は式子内親王、定家卿の許に遣はさるる歌なり、正に彼の卿語るところ云々。院より歌を申さるるの時、恋の題の時、この歌詠進せられたるは後事なり」というんですか。だから、院というのは後鳥羽院ですね。後鳥羽院から召された時に、式子がこの歌を詠進したのは後なので、その前に定家に直接送っている。だから、定家に対する恋歌だということになりますね。それは実氏はきっとそう語ったんだと思うんです。だけど、やっぱり実氏の語りそのものがちょっと危ないなという気がするんですけどね。

松岡　本当かどうかというよりも、むしろそのあたりで、式子と定家との恋の伝説の萌芽みたいなものが既にあらわれてくるということは確かですよね。

久保田　それは確かですね。

松岡　そういう伝承が謡曲『定家』でクローズアップされる前には、もう一つ段階があって、例えば源氏、あれ、オオツナと読むんですか、タイコウと読むんですか。

久保田　「源氏大綱《たいこう》」でしょう。

松岡　『源氏大綱』の中に式子と定家との恋物語が書かれて……。

久保田　これは小山弘志先生の新しい『謡曲集』（新編日本古典文学全集、一九九七年刊）にも引いておられますね。これ、前から引かれていたんでしょうか。ここに、新編のほうを持ってきたんですけれども。

松岡　伊藤正義さんの新潮日本古典集成『謡曲集』（一九八三〜一九八八刊）の解題の中でたしか……。

久保田　それを取り込まれたんでしょうかね。これによると、式子と定家の関係を後鳥羽院が聞きつけて、内親王を召して、会うなと誓いをさせたというんでしょう。それで、じゃあ、あしたから会いませんと約束して、それでその年の暮れにこの歌を送ったと。

松岡　例の「生きてよも〜」。

久保田　そうです。「生きてよも〜」の歌ですね。『新古今』の恋歌四に載っている歌。

その暮れに定家卿来たり給へば、内親王、手をとり、涙をはらはらと流し、面をも胸に押し当て、くだんの意趣を語り給へり。この思ひが初めとなりて、定家卿後に死せり。内親王も果て給ふ。

それで定家葛になったという。だから、この辺になると、定家は先に死ななくちゃいけないわけで。ですけれども、定家は八十歳まで生きるんですからね。もう本当にお話なんです。大体、式子と定家の恋を後鳥羽院が聞きつけて、けしからんと言ったのは変ですよね。

松岡　ですけれど、(金春《こんぱる》)禅竹より少し前の時代に、そういう非常に変な話が成立しているということはあるでしょうね。

久保田　あるんですね。

葛と雨

松岡　その場合に、例えば蔦になって、墓に這いまとう。例えば西洋中世のトリスタンとイゾルデの物語(ケルト人の伝説を基に中世ヨーロッパに広く流布した恋愛物語)の場合、トリスタンの墓から蔦だか葛だかがのびて行ってイゾルデの墓にまとわりつく。そんな話が日本に移ってきて、というようなことはないんでしょうけど、それならば、なぜ定家の執心が葛にならなければいけないのか、その辺の問題を……。

久保田　それは『梁塵秘抄《りようじんひしよう》』の

美女《びんじよう》打ち見れば、一本葛《ひともとかづら》にもなりなばやとぞ思ふ、本より末まで縒《よ》られればや、切るとも刻むとも、離れがたきはわが宿世《すくせ》

というあの今様《いまよう》みたいなものですか。

松岡　男性のほうが女性にまとわりつく……。

久保田　だから、定家葛そのものじゃないです

か。

松岡　もっと何か強い結びつき、定家自身の中に葛みたいなものを呼び込むような要素というのがないかなということをちょっと考えたんですが、先生はどういうふうに……。

久保田　定家自身にですか。

松岡　自身の中に植物的な要素というか、そういうものは……。

久保田　植物的なものは感じますけどね。もっぱら歌の世界というか、それから定家の好み。大体定家という人は本当に園芸好きで、日記を見ても、いろんな草花、花木や何かに対する愛着を書いていますね。『徒然草』にも、定家卿の愛された一重梅がどうのとあります。だから、定家という人は、大体植物的なイメージで、確かに余り動物的ではないんですよ。ただ、そう人を引き込むような魅力というか、それはどうですかね。

松岡　謡曲の『定家』ですと、式子内親王の墓に定家葛が絡みつく。その墓が石塔という石の無機的で冷たいイメージがまた重要だと思うんです。それはともかくとして、とにかくぐるぐる巻きに絡みつかれるというイメージですね。それからもう一つ、前の場ですけれども、そこでは時雨がポイントだと思います。ワキ僧は時雨をかわすために時雨亭に入る、そして時雨が降ってくると同時に、前シテ式子内親王があらわれる。いろんな要素を考えると、この場合、式子は、雲となり雨となって王の前にあらわれる巫山の仙神女（『文選《もんぜん》』「高唐賦《こうとうのふ》」）のように雨となって時雨亭に降りこめるんだと思います。そうすると前場では、式子の精魂が雨となって定家の時雨亭に降りこめるということがあり、後場では今度は定家が葛となって、式子の墓に這いまとわって、くっついちゃう。水とか葛によって、二人が相互に粘着してぐじゃぐじゃになってしまうという、そういう世界が『定家』の世界じゃないかというふうに私は思うんです。ですから、そういう場合に、葛のイメージというのは非常に重要で、しかもなぜ葛になるのかなというのが非常に不思議な気がするんです。

禅竹作者考

松岡　定家の住まい、時雨亭のあたりのお話について、先生、ちょっと……。

久保田　これも能本の問題になるんですけれども、本当に『定家』の作者は、禅竹と考えていいんでしょうね。よく『拾遺《しゅうい》愚草《ぐそう》』（三千八百首にも及ぶ藤原定家の家集）を読んでいると思います。もう少し前の能本作者だったら、せいぜい『新古今』か『新勅撰』、つまり、勅撰集に載っている有名な歌だけでも、たぶん能は書けるだろうと思うので、『拾遺愚草』まで使わなくても書いちゃったんじゃないかなと思うんですが、これは明らかに『拾遺愚草』によっているわけですね。その時雨のところで、シテが

> いや、いづれともさだめなき、時雨のころの年々なれば、わきてそれとは申しがたし、さりながら、時雨時を知るといふ心を、偽りのなき世なりけり　神無月　誰《た》がまことよりしぐれそめけん、この言書《ことがき》に私の家にてと書かれたれば、もしこの歌をや申すべき

とありますよね。これは勅撰集では『続後拾遺和歌集』に載っている歌で、『続後拾遺和歌集』は鎌倉の末、後醍醐《ごだいご》天皇の勅命で選ばれた集ですから、もちろん『続後拾遺』でも見ることはできるんですけれども、詞書《ことばがき》に「私の家にて」というのは、これはどう見たって『拾遺愚草』の詞書なんです。というのは、『続後拾遺』の詞書はただ「時雨時を知るといへる心を」であるのに対して、『拾遺愚草』のほうでは「時雨時を

知る」という歌題があって、小さく「私の家」と書いてありますから。それから、その先を見ても、どうも『拾遺愚草』の歌をいろいろ使っているらしいので、『拾遺愚草』の享受のされ方という点からいっても、大変おもしろいと思います。

この題が手がかりで、この「偽りのなき世なりけり」という歌がいつ詠まれたかがわかるんですね。『拾遺愚草』には全然年月が書いてありません。ただ、「時雨時を知る、私の家」で、

偽りのなき世なりけり神無月誰がまことよりしぐれそめけん

という歌があるだけで、定家のほうからは手がかりが得られないんですけれども、息子の為家がやっぱり何種類かの家集を残していて、その中に都合のいいことに、年代順に歌を並べているものがあります。「時雨時を知る」という全く同じ題で、これまた詞書があって「京極亭月次《きょうごくていつきなみ》会」というのがあるんですね。京極亭というのは定家の家です。だから、お父さんの定家の家での月次会で「時雨時を知る」という題が出されて、為家はここで、

冬きぬといひしばかりを神無月人に待たれぬ初時雨かな

という歌を詠んでいるんです。その年が安貞二年（一二二八）というふうに知られます。ですから、まず詠まれた年がわかる。それは定家としては相当晩年ということになりますね。安貞二年ですと、六十七歳です。もちろん承久の乱以後で、定家は既に相当老境に入っていますね。だから、本来、式子内親王とは全く関りのない歌ですね。

それから、先ほどおっしゃった住居の問題にひっかかってくるのですが、その安貞二年頃、彼はどこに家があったか、どこに主として住んでいたかということにひっかかってまいります。そうすると、一条京極あたりと考えるのが

いいんでしょうか。そうすると、これは前に書いたことなんですけれども（「藤原定家年譜考証」『中世和歌史の研究』〈一九七二刊　明治書院〉所収）、千本《せんぼん》（上京区今出川通千本）のあたりではないようですね。

松岡　伝《でん》（金春《こんぱる》）禅鳳本《ぜんぽうぼん》『定家』にあるように上《かみ》京《ぎょう》だとそれはいいわけですけれども。

久保田　そうなんです。「やうやう急ぎ候ふほどに　これははや　上京とかや申し候ふ」というほうが、この歌の詠まれた現実には近いようですね。

松岡　千本がなぜ出てくるかというと、昔先生が言及されていた『応仁記』の記事で、式子内親王の墓が歓喜寺《かんぎじ》でしたっけ、あれが千本の歓喜寺（現在の雨宝寺）で、たぶんそちらの連想から千本という地名が出てきたんじゃないかという気がするんですね。金春禅竹自身が歓喜天信仰が非常に強くて、聖天《しょうてん》、歓喜天を昔から信仰しているということは『稲荷山参籠記《いなりやまさんろうき》』にも書いていています。だから、お墓に定家葛がぐるぐるに這いまとうというのは、やっぱり定家と式子が抱き合っているイメージだと思うんです。それは男女双身の歓喜天のイメージの反映なのではないかと。

久保田　なるほど。歓喜天のイメージね……。

松岡　これは最近論文がありまして、田中成行さんの「謡曲『定家』と歓喜天信仰」（「梁塵」一四号、一九九六・一二）というなかなかおもしろい論文なのですが、それは私は確かだと思うんです。ただ歓喜天信仰だけから禅竹を見ちゃうと、それはちょっとまずいので、もっと密教化した神道の中に歓喜天信仰なんかも入ってくるという形で考えなくちゃいけないと思うんですけれども。でも、やっぱりセックスそのものを重視する信仰を禅竹が持っていたというのは確かなことで、そういうのが『定家』のバックにあるんじゃないかと思います。
久保田　そうすると、やっぱり千本に持っていかないと。
松岡　千本のほうがふさわしくなるんじゃないかと思うんです。

正徹の影響

松岡　謡曲『定家』の中には『拾遺愚草』の歌がしばしば引用されているわけですけれども、それに関して先生はどういうふうに……。あるいは式子内親王の和歌の世界というのは、謡曲『定家』の中では「玉の緒よ（絶えなば絶えねながらへば忍ぶることの弱りもぞする）」の歌しか引かれてなくて、藤原定家の『拾遺愚草』はたしか四首ぐらい引かれているんです。でも、私は禅竹というのは、式子内親王もちゃんと読んでいたんじゃないかという気がするんですが……。
久保田　やっぱり正徹《しょうてつ》の存在が大きいと思うんですよ。正徹はご承知のように、定家を大変顕彰した人ですから「この道にて定家をなみせん輩は冥加もあるべからず、罰をかふむるべきことなり」なんてことを言っているくらいで、定家をこの上なく尊崇した。それで、定家を理解するためには、当然、『新古今集』や『新勅撰集』を詠んでいる程度じゃだめなので、丸ごと定家を読まなくちゃいけない。となったら『拾遺愚草』だということで、『拾遺愚草』を正徹自身写していますよね。伝来に関っていますし。そんなことで『拾遺愚草』が正徹あたりの文化人といいますか、そういう人たちの中で『拾遺愚草』に対する関心が広まり、事実読まれた。それの一つの早い影響例みたいに考えたらどうでしょうか。
松岡　そうですね。正徹は東福寺の書記で、世阿弥も実は東福寺の栗棘庵《りつきよくあん》あたりで、岐陽方秀《きようほうしゆう》というお坊さんの文化サークルで、教えを受けていたということはあるので、世阿弥と正徹の関係というのがあってもよさそうなんですけれども、そこは余りはっきりしない。禅竹のところで正徹とは確かに交渉があって、例えば『正徹物語』の幽玄のイメージなんかも、禅竹の『歌舞髄脳記《かぶずいのうき》』の中に引かれていると思うんですね。ですから、『拾遺愚草』なんかも禅竹は正徹経由で読んでいるのではないかという先生のさきほどのお話も、確かにという気がします。

久保田　小学館の「新編日本古典文学全集」の『謡曲集』ですね。そこの頭注に『拾遺愚草』を数カ所引いておられます。これが参考程度に引かれたというのもありまして、参考と書いた上で引いておられるのもあるんですが、やっぱりそのうちの幾つか、かなり詞章と関り深いと私も思うんですよ。だから、そんなところを見ると、本当によく読んでいるなという感じがするんですね。

それから、先ほど申しましたように、「偽りの〜」という歌は、式子内親王が亡くなってからずっとはるか後の晩年の歌なんですけれども、あと注釈で引かれている歌は、大体定家の比較的初期の歌なんです。文治、建久期、建仁元年、それから正治二年というと、式子内親王の亡くなる前の年ぐらいですね。その頃の歌はかなり使われているので、何かおもしろいなと思いました。「偽りの〜」の歌を除いては、関係があるのかもしれない歌は大体定家の初期で、恋愛はともかくとして、定家が歌人として式子を強く意識していたであろう時期の歌が使われている。そうすると、『拾遺愚草』の読み手としても、この作者はすごい。

松岡　禅竹は能『野宮《ののみや》』の作者と考えられていますが、『源氏物語』の読み手としてもかなりのものだと私は思うんですけれども。それはそれとして、例えば式子内親王の、

秋こそあれ人は訪ねぬ松の戸を幾重も閉ぢよ蔦のもみぢ葉

は、『新勅撰集』にも『式子内親王集』にも入っている歌ですが、これなんていうのはまさに謡曲『定家』の世界ですね。そういうのを禅竹が読んだ可能性というのはどうなんでしょう。『式子内親王集』を読む可能性というのはないものなんでしょうか。

久保田　これはあるでしょうね。

松岡　あるいは勅撰集で式子の歌を拾っていくということだけでも、式子のイメージは作られ得ると思うんですが。

久保田　まず、今の「幾重も閉ぢよ〜」の歌ですね。そこに「松の戸」という言葉が含まれていて、その「松の戸」は、さかのぼっていくと、白楽天の「新楽府《しんがふ》」の「陵園の妾」から出ているらしいんですね。「陵園の妾」の「松門」という文句です。その白楽天の「陵園の妾」を、かなり早い段階で日本文学で引用しているのは『源氏物語』なのです。投身未遂に終わった後の浮舟ですね。手習の君がみずからを陵園の妾になぞらえている。これは横川の僧都でしたっけ、聖が口ずさみますね。

松門に暁到りて月徘徊す

という文句を口ずさんでいるのを聞いて、自分の境涯そっくりだなと思う。そこで陵園の妾と浮舟は重ね合わされているわけですね。だから、あれは自分から閉じているんじゃなくて、閉じ込められている、幽閉されているわけですよ。「幽閉をあはれむなり」ですからね、あの「陵園の妾」で白楽天が訴えようとしたことは。楊貴妃とおぼしき先輩に妬まれて、君王にまみえることなく退けられ、遠い陵の番人として、生涯飼い殺しみたいな一生でしょう。だから、それに浮舟は出家後のみずからをなぞらえる。その浮舟と、さかのぼると陵園の妾に今度は式子みずからを……。

松岡　そうすると、陵園の妾だけでなくて、浮舟に、つまり自殺未遂をした女に自分をよそえちゃうみたいな、そういう意識があった可能性もあるわけですね。

久保田　あると思います。馬場あき子さん（本書にて対談収録）はまた『式子内親王』（一九六九刊　紀伊国屋書店）で、宇治の大君の心情に通うということを言っておられたと思うんですけどね。

松岡　ただ単に独身というんじゃなくて、自殺未遂をするような女なんでしょうね。

久保田　だから、ある場合では大君でもいいし、浮舟でもいいと思うんですよね。だから、それを禅竹ならやっぱり読み取ったとしたらすごいと思うんですが。

松岡　私はその可能性が……。禅竹びいきになってしまってしょうがないんですけれども。

久保田　それから、先ほどの『式子内親王集』を読む可能性ですね。これもあると思います。ご承知のように『式子内親王集』というのは集としてはおもしろくないというか、無愛想というかね。ただ、百首歌が三つ並んでいるだけの集でしょう。だから、とっつきようがない集ですよね。だけど、とっつきよくないということは、なまじっか詞書なんてなくて、ただ題詠、それも春、夏、冬、恋なんていう歌が並んでいるだけですから、いろいろなことを想像できるわけですよ、詞書がないだけに。だから読みようによっては、ああいう集はおもしろいわけで。

松岡　『拾遺愚草』をあのぐらい読む禅竹ですから、そういうことはあり得たかなというふうに……。

久保田　それから今おっしゃった『新勅撰』の歌はたしか本来の『式子内親王集』にはないんですよね。家集にはないけど、家集以外にどんな歌があるだろう、そういう関心で読むこともできるわけですよね。そんなことはしたかもしれませんね。

死んでなお……

松岡　謡曲『定家』とか、あるいは金春禅竹に関して、何か先生の今思っていらっしゃることで言い足りないことなど、まとめていただければ……。

久保田　また久しぶりで能本を読み返して、やはりこういう終わり方というのは、非常に重いというか。当時の言葉で言ったら恋の妄執なんでしょうけれども、恋することとの重さ、苦しさというのを非常に実感させる終わり方だなと思います。解脱しちゃわないんですよね。その辺がすごいなと。

松岡　私は変な解釈かもしれないんですけれども、最後のところは、法華経の読誦というか、薬草喩品《やくそうゆほん》によって葛が解き広がって、式子は墓から出られるんですね。それは一方では業苦からの解放かもしれないけれども、業苦というのは喜びと裏腹のもので、定家葛に抱き締められることによって与えられた愛のエネルギーみたいなものが、法華経による解放によってなくなってしまう。そうすると、容貌が衰えてきちゃうというふうにも解釈できる。そこで式子はどっちを選ぶか。法華経によって、容貌が衰えても解放されるほうがいいのか、それとも定家に死後も抱きすくめられていたほうがいいのか、どっちをとるかといった時に、やっぱり定家のほうに帰っていったんじゃないかというような読みも可能だなと思うんです。

久保田　式子の意志は僕はよくわからないんですけれども、やっぱりこの時代にこういう構想を立てたことはすごいなと思うんですよね。やっぱり草木国土《そうもくこくど》悉皆成仏《しっかいじょうぶつ》（心のあるもののみならず、心のないもの、あらゆるものが成仏すること）の機を得て成仏してしまうのが大部分のこのたぐいの能でしょう。幾ら苦しんでいても、最後は成仏しそうなものだけれども、また元に戻っちゃうというのは、とても大胆だと思うんですよね。ある意味では当時の仏教信仰に対する反逆みたい……。

松岡　法華経の否定みたいなことになると思うんですね。

久保田　否定みたいになりかねないわけですね。そういうすごさを持っている。だけど、本当の恋というものはそれだけの力を持っているんじゃないですかね。

松岡　それと、式子自身が、定家の『明月記』なんか見ていますと、祈禱とかそういうものを断り続けるわけですよね。それで、最後は法然の阿弥陀信仰にはいってしまう。そういう新仏教、ある種の近代的な信仰にはいくんだけれど、呪術的な信仰みたいなものはほとんど排除しちゃっているような式子像、これは禅竹は直接には知りえないとは思うんですが、そういう式子の、非常に近代女性的なイメージが一方にあって、それと響き合うような形で『定家』のエンディングが書かれているすごさというのがあると思うんです。

久保田　それはすごいと思いますね。初めは非常にさびさびと始まるわけでしょう。寂しいですよね。だけど、淡々としていたのが、だんだん濃密になっていって、それで最後は一番ずしっと終わるという、不思議な能だなという気がします。

（了）

佐佐木幸綱（ささき　ゆきつな）
昭和13年、東京都生まれ。歌人・国文学者。早稲田大学名誉教授。「心の花」主宰。雑誌「文芸」編集長をつとめたのち、早稲田大学政経学部で長く教鞭をとる。歌集に『百年の船』（平17　角川書店）、『ムーンウォーク』（平23　ながらみ書房）、評論集に『柿本人麻呂ノート』（昭57　青土社）など多数。

俵万智（たわら　まち）
昭和37年12月31日、大阪府生まれ。昭和60年早稲田大学第一文学部日本文学科卒。歌人。大学在学中より作歌を始め、第一歌集「サラダ記念日」が200万部のベストセラーとなる。昭和63年第32回現代歌人協会賞を受賞。最も注目を集める歌人の一人。主な著書に『プーさんの鼻』（平17　文藝春秋）、『愛する源氏物語』（平15　文藝春秋）など。

源実朝の歌と人物

〈座談者〉
川平ひとし
佐佐木幸綱
俵　万智

川平ひとし（かわひら　ひとし）
昭和22年、沖縄県生まれ。昭和52年早稲田大学大学院文学研究科博士課程単位取得退学。博士（文学）。専攻は中世和歌文学。コロンビア大学客員研究員、跡見学園女子大学文学部教授を歴任。主な著書に『中世和歌集　鎌倉篇』（共著　平３　岩波書店）『中世和歌論』（平15　笠間書院　「第26回角川源義賞受賞」）『中世和歌テキスト論－定家へのまなざし』（平20　笠間書院）など。平成18年逝去。

二つのテキスト

俵　これから「源実朝の歌と人物」というテーマで座談会を始めたいと思います。私は座っていらっしゃる皆様の代表として、先生方に質問をしたり、お話に加わったりしたいと思います。それではまず、久保田先生からお話しいただけますでしょうか。

久保田　ただいまご紹介いただきました久保田でございます。私は何をやっているかと訊かれますと、いつも中世文学と和歌文学をやっているとお答えするんですが、それらをやろうと思った初めの頃に、この源実朝という人が存在しておりまして、その頃、わからないながらも読んでおりましたのが、『金槐和歌集』でございました。

　実朝という人を最初に知ったのは私が高校生の頃で、そのきっかけは、おそらく正岡子規の『歌よみに与ふる書』(一八九八刊)だったと思います。この書の中で子規が挙げているいくつかの実朝の歌に魅せられ、それから『金槐和歌集』そのものをなんとかして読みたいと思ったのを記憶しております。また同じ頃、斎藤茂吉の『源実朝』(一九三一〜一九三三刊)などもわからないながら読んでいたわけです。そして大学に入りまして、小林秀雄の『実朝』(一九四一刊)を読みまして、非常にショックを受けました。といいますのも、自分勝手な読みをしていたところに、小林さんがズバリと言っているのに圧倒されて、もう批評家がこういうことを言っているんだったら、じぶんのただたどしい読み方なんか無に等しいのでは、と思ったのです。しかし細々とながら研究しておりますと、研究者の立場には批評家の方たちとはまた違ったあり方があるんじゃないかというふうにも思えるのです。

　私は中世和歌が専門で、だいたい実朝の生きた時代の和歌を中心に読んでおりますので、実朝について考える機会も少なくはないのですが、それではお前は何をやったかと訊かれると実は困るのでありまして、実朝に関しましては、友人と一緒に『金槐和歌集本文及び総索引』（一九八三刊　笠間書院、共著者は山口明穂）というのを作っただけなのです。これは『金槐和歌集』の藤原定家所伝本の本文を翻刻したもので、その索引のほうを作ったのは友人なんです。そしてその索引のほうが主体ですから、私は半分以下の仕事しかやってないのです。その時に竹柏会《ちくはく》のお世話になりました。私の大学での一年先輩の福田秀一《ひでいち》さん（一九二三〜二〇〇六）が佐佐木幸綱先生とご親戚でいらっしゃいますので、その福田さんを通じて、信綱先生が昔お出しになられました定家所伝本の複製本の使用をお許しいただいたわけです。あとは、平成四年の七月に鶴岡八幡宮で出しておられる、「悠久」という雑誌で、「源実朝公生誕八百年記念」という号を編集されました。その時「歌人　頼朝・実朝の和歌一斑」という短いものを書かせていただきました。論文としてはそれくらいです。実朝は自分の心の中にはずっと大事な対象として抱き続けているつもりではあるのですが、まだ形にはなっていないのです。いつか私なりの『金槐集』の注釈をしてみたい、そういう気持ちだけは残っているのですが、これも一体果たせるものなのかわかりません。

この『金槐和歌集』というもの、単純ではありませんで、本が三種類あります。先ほど申しました「定家所伝本」の他に、「貞享四年板本」、「群書類従本」があります。「貞享本」と「群書類従本」はかなり近いのですが、「定家所伝本」と「貞享本」は組織において大きく違っております。そして私はやっぱり『金槐集』は「定家所伝本」によって読むのが本筋ではないかと思います。それだけに、信綱先生がこれを発見されまして世に紹介されたことは非常に研究史的に大きな事件であったと思います。この「定家所伝本」はまず構成がおもしろい、非常に良く考えて歌を配列しているのではないか、と思います。ですから一体誰がそれをしたかということが問題になりますが、あるいは実朝の側近にそういう歌人としての感覚に優れた人がいたのかもしれない。実朝自身がしたかどうかはちょっと疑問に思います。そういうせっかくおもしろい、きちんとした構成を持ったものを、貞享本は後世の人が改変しているわけですので、やっぱり私は「定家所伝本」で読むのがいいのではないかと思います。

内容で言えば、「雑」の部の配列、これなどは非常におもしろいと思います。「雑」というのは四季の歌、恋の歌などからはみ出したものが「雑」であるわけですが、その「雑」の中がかなり意識的に配列されているのです。「雑」の部のはじめのほうはいわば「雑の春」の歌、次に「雑の夏」の歌、というように季節の歌、それから釈教の歌がきたり、神祇《じんぎ》の歌がきたりという具合に、「雑」の中にもまとまりがありまして、かなり意識的な編纂だろうと思うのです。そして私がわからないながらもこの『金槐集』を読み始めた頃には、この「雑」の部のおしまいの部分に特に惹かれました。一般的に有名ないわゆる万葉調の実朝の歌はだいたいこの部分に集中しているわけです。そういう歌に昔はもっぱらこころ惹かれておりまして、初めから順に読んでいくと、やっぱり退屈した記憶があります。春夏秋冬と四季の歌があり、そして恋の歌、これがまた非常に多いのですが、この辺は実のところ、若い頃には退屈いたしました。しかしその後、研究を進めるにつれて、それらの四季の歌、恋の歌が意外におもしろい、と思うようになりまして、現在では私は、『金槐集』に限らず歌集はすべてそうなのだと思いますが、自分の気に入った歌だけを抜粋して読むべきではなく、まるごとすべてを読むべきではないかと思います。実朝を大変高く評価したのは、子規の前に賀茂真淵がいるわけですが、彼は、自分の気に入った歌を抜粋して、それを高く評価するという読み方でした。こういうことを真淵は言っております。実朝の和歌は「初めなる、中なる、末なる」というように段階的に分けられるのである、と。そして、

其初めなるには、下れる世の垢づけるあり。中頃なるしも、一わたりさることと聞ゆるのみにて、なほ長足《たけ》らず。かれこの二つは総べてとらず。唯だ末にいたりて、けがれたる物皆はらひ捨てて、清き瀬に身禊《みそ》ぎしたらん心地するにはしるしを附けたり。

解説すれば、最初の段階、それから中ほどの段階、そして最後の段階、というように、段階的に発展しているのである、と。最後の段階というのが、だいたい万葉調の歌が多いわけで、そういうものを中心に読むべきである、というふうに真淵は言ったんですけれども、私は、そういう段階をつけるということがすでに問題であって、最初から最後まですべて読むべきではないか、また読めば非常におもしろいのではないか、という気がいたします。

例えば題詠の歌なども、おもしろいと思います。私は昔から、これは『金槐集』に限らず、どの集でもそうなのですが、「賀」の歌というのは嫌いでして、どうも「賀」の歌というのは何か儀礼的でよそよそしいような気がしていたのですが、今回こちらへ伺う前に、またざっと読み返してみましたら、「賀」の歌にもおもしろいなと思うような歌がありました。例えば、「松に寄するといふことをよめる」という詞書《ことばがき》で、

八幡山木高き松の種しあらば千歳ののちも
　絶えじとぞ思ふ

という歌があります。「八幡山」というのは、これはおそらく鶴岡八幡宮のことだろうと思います。それで「木高き松の種しあらば」というのは、小松というのは歌ではよく子どもの比喩になるので、解釈のしようによりましては、自分の子どもが生まれたならば、という寓意ともとれるわけです。そうなりますと、「千歳ののちも絶えじとぞ思ふ」というのは、子孫の繁栄に結びつくわけで、実朝にはご承知のように子どもがいなかったので、実朝が横死《おうし》したのちは源氏の正統は絶えてしまったのですが、その実朝が、あるいは自分自身の子孫の繁栄、つまりわが子の誕生を期待していたのだろうかとも思わせる、おもしろい歌です。

それから、同じ題でそれに並ぶ歌としては、
　くらゐ山木高くならむ松にのみ八百万代と
　　春風ぞ吹く

があります。「くらゐ山」というのは美濃《みの》の国の歌枕でもありますが、これは位階、官位を意味します。ですから、「くらゐ山木高くならむ」というのは、官位昇進そのものを言っているわけで、ご承知のように、実朝は、みずから京都の後鳥羽院に訴えて官位をどんどん上げてもらいました。この歌には、そういう彼の心情が率直に出ているのではないか、そんなふうに読みますと、今まで私が、敬遠していた「賀」の歌にもおもしろいものが入っている、そんな気がいたします。

それから、これは私がいつも気にしながら、はっきりした結論がまだ出ていないのですが、鎌倉にあって、ついに上洛したことのない実朝が、京都文化を憧憬して、だからこそ、奥さんも都から迎えましたし、藤原定家に家臣を遣わして指導を受けたわけですけれども、その実朝

の歌に、自分が見たこともない京都を中心とした名所の歌がたくさんあります。そういう名所の歌を彼はいったいどういう気持ちで詠んでいたんだろうか、その辺が、大変おもしろいと思うのです。これなどもあるいは、真淵に言わせますと、それこそ『古今集』や『新古今集』の影響をそのまま受けた歌で、どちらかというと、初めか、中くらいの段階にランクされてしまうものではないかと思うのですが、なかなかそんなことでは割り切れない、おもしろい問題を持っているのが、実朝の名所の歌ではないかと思います。

例えば、「大内山」などというのも、詠んでいるわけです。『金槐集』で二番目の歌に、「立春の心をよめる」として、

九重のくもゐに春ぞたちぬらし大内山に霞
　たなびく

という歌があります。これは明らかに京都の宮廷讃歌という意味合いを持っている歌です。鎌倉の将軍が、こんな歌を詠んでいる、そのこと自体が大変おもしろいと思います。

それからまた、実朝という人は、こんなこともやっています。それは、実際に体験したことを、歌枕的な物に置き換えて詠う、といったようなことです。これはまあ、都の歌人はよくやったことかもしれませんが、それを実朝もやっているとしますと、実朝における現実体験とその表現との関係はどうなっているのかということを考える時に、大変手がかりになるのではないかと思います。もっともこれは歌の解釈が問題になってくる歌なのですが、こんな歌があります。「浜へ出でたりしに、あまの藻塩火《もしほび》を見て」という詞書ですから、この詞書を見ますと、おそらく、鎌倉の海岸に出て海人《あま》が藻塩火を焚いているのを見て詠んだ、実体験の歌だろうと思うのですが、

いつもかくさびしきものか蘆の屋にたきす
　さびたるあまの藻塩火

という歌です。実はこの歌、解釈が問題であると申しますのは、「蘆の屋」という言葉をどう解釈するか、ということになりますが、「蘆の屋」は、例えば樋口芳麻呂《よしまろ》さんの『新潮日本古典集成』（一九八一刊）ですと、固有名詞ではなく「蘆葺きの粗末な家」というような普通名詞というふうに解釈しておられます。詞書に即して解釈するとそう解するほかないわけです。ですけれども、この時代の歌で「蘆の屋」と言いますと、これは摂津の国の「あしのや」、現在の「芦屋」ですね、このように歌枕と解するほうが自然だろうと思うのです。それで、私には、あるいはこれは考えすぎかもしれませんが、現実体験を彼はいったん歌枕的な物に変換して歌っているのではないか、そんなような気がいたしまして、そんなことからも、実朝の名所の歌はもっともっと考えてみる余地があるのではないかと思います。

それから最後に恋の歌ですが、私は若い頃は実朝の恋の歌はあまりおもしろいとは思わなかったので、ほとんど飛ばして読んでおりましたが、今読み返してみるとおもしろいのでご紹介します。『金槐集』では「雑」の部に入っている歌なのですが、「忍びていひわたる人ありき、はるかなる方へゆかむといひ侍りしかば」という詞書で、

結《ゆ》ひそめて馴《な》れしたぶさのこむらさき思は
　ず今も浅かりきとは

という歌があります。この歌などは、とても実朝の純な気持ちというものが出ていて私は好きなのですが。ただ、この歌は「雑」の歌であります。「恋」の部には、詞書のないただの恋の歌がざーっと並んでおります。あるいは題詠で、「〜に寄する恋」というような簡単な詞書の歌が

かなりあります。その中にもおもしろい歌があると私は思うのです。

　この実朝の歌につきましての名著は、竹柏会に縁の深い歌人、川田順の『全註金槐和歌集』（一九三八刊）だと思います。これは「定家所伝本」ではなく、「貞享板本」を底本にしている本ですけれども、川田さんはこの本の中で、実朝の歌の一首ずつに類歌と思われるものをことごとく調べて挙げておられます。これは現在でも私たちの『金槐集』研究の基本的な文献になっていると申し上げてもいいと思います。ちょっと勝手なことばかり申しましたが、私の話はいったんこれで終わりにします。

俵　ありがとうございました。それでは川平先生、お願いいたします。

川平　今、久保田先生が、全般にわたってお話しなさいましたので、私のほうはむしろ細かい話になるかと思いますが、先生のお話をフォローするような形ですすめたいと思います。

　今、久保田先生は、『金槐和歌集』は、「定家所伝本」で読むべきであろう、それが本筋であろう、とおっしゃいました。私もその通りだと思います。ただお手許の資料にある通り、「定家本」と「貞享本」とでは歌の配列にかなりの違いがあり、そのところがひとつ問題だろうと思います。

　久保田先生がおっしゃったように、「貞享本」は後に出来ていますので、たぶん、すでにある何らかのテキストを編纂し直したもので、そしてそれは、定家本そのものに手を入れていったものだろうというふうに一応推測はできます。ただ、貞享本の取り柄が一つだけありまして、これは、編纂は後だろうけれども、歌の数がちょっと多い。この「貞享本」と「定家本」、どう違うかの問題なのですが、こんなふうにお話ししたら解っていただけるのではないかと思います。

「定家本」の一番最後の歌です。これはおそらく後鳥羽院に対する思いを述べたと思われる例の有名な歌ですね。

　山はさけ海はあせなむ世なりとも君にふた心わがあらめやも

これは『新勅撰集』に定家によって採られていますので、たぶん定家も折り紙をつけた歌なのでしょう、「定家本」ではこれが一番最後になっています。それでは「貞享本」ではどうなっているかというと、例の、

　時によりすぐれば民のなげきなり八大竜王雨やめたまへ

これが一番最後にあります。これですと、印象がずいぶん違うのではないでしょうか。資料にあるように、「貞享本」は歌が少し増えています。たぶん「定家本」に収まりきらなかった歌が実朝の草稿として残っていて、そういうものを何らかの形で掬いあげるという作業が「貞享本」ではあったのかもしれません。そこが貞享本を少し評価し得る面ということになりますね。そして終わりの歌の印象も、「山はさけ」というこの天皇を意識した歌で締めくくるのか、あるいは「時により」、これは詞書からすれば、建暦元年(一二一一)、洪水があって、「土民愁歎せむことを思ひて一人本尊に向ひ奉り」祈念して詠んだ歌という有名な歌ですね、この歌で最後を締めくくるのか、ちょっと印象が違うような気がします。ですから私たちは、定家本は、実朝と同時代の定家が関与したテキストですから、実朝の歌に関しては最も信頼すべきテキストで、それによって読むべきだと思いますけれども、「貞享本」にそういう面があるということも見ておく必要があるかもしれません。また、本文の配列の違いだけでなく、歌の字句そのものの違いなどもありますので、実朝の歌を一首一

首読んでいく場合には、「貞享本」も気にしながら読むという作業もまた必要になってくると思います。例えば、小林秀雄なども、「定家本」の発見以後、「定家本で読むべきだけれども」、というふうに断って、「しかしやっぱりここのところは「貞享本」がいいのではないかと思われる」というように選択しています。この二つのテキストの違いをどう考えるかも研究の側では大問題で、細かな書誌的な研究がこれまでされてきているところです。

さて、「定家本」ですが、佐佐木信綱が昭和五年（一九三〇）に岩波書店から複製しましたものがこの本です。複製本ですから、これ、手で持ってもそうビクビクしないで広げられるんですが。これはもちろん大発見だったわけで、佐佐木信綱は、それ以前の明治四十年にはこういう本を出していまして、これは「貞享本」で出しています。明治四十年の段階までは信綱もまだ定家本のようなテキストを知りませんでしたから、「貞享本」によって本文を起こして『金槐集』のテキストを作ったりしています（『鎌倉右大臣家集』一九〇七　すみや書店）。この「定家本」の発見によって『金槐集』、実朝の歌の研究は飛躍的に発展することになったのです。

ここで実朝の歌について書かれたいくつかの批評をもとに、実朝の歌がこれまでどんなふうに受け取られて来たかというところを、かいつまんでお話ししたいと思います。そしてそれを、この現代において、研究の側から、あるいは歌人という創作者の側から、実朝の歌をどんなふうに読み直したらいいのかということを考える、そしてまた、この後の話題になるような材料にしていただければと思います。

まず初めに、私はやはり実朝の妻の言葉を引いておきたいと思いました。実朝をどう見ていたかということで言えば、まずこの妻がどう見ていたかという言葉が何か遺っていないかどうか気になります。これはもう、いろいろなかたちで、最近も歴史学者が触れているところなのですが、実朝の妻はご存知のように実朝が数え年の二十八で暗殺されまして、その後京都に帰りまして長らく尼さんとして暮らします。そしてその遺文が京都の大通寺というところの『大通寺文書』というものの中に残っております。簡単に言うと、遺言というんでしょうか、その中には印象的な言葉がいくつもあるのですが、例えば、

いまこの寺ハ、これ鎌倉右丞相蓮府也

と。あたかもまだ実朝が右大臣として生きている、その館であるとでもいうような言葉に始まりまして、

かのいにしへの槐門をあらためずして、たゞちに仏閣とせり、このゆえニ、代々将軍家をいのりたてまつる寺なるべし

とあります。続いて

右大臣家をはじめて、恩徳おもき人々、ミな菩薩ニミちびかんとなり、衆僧ふかく、その心あるべし

あるいは、

御忌日、正月廿七日、いつまでも御八講あるべし

これは法華八講のことだと思うのですが、毎年この日は厚く八講を営んで、供養してほしいということでしょう。そして、

我すでに春秋をゝくる事八十念ニミてり

かなり高齢まで京都で尼さんとして暮らしたことがわかります。その人の描く実朝像ということで言えば、これはいろいろとフィクションにしてすでに書かれていますが、深読みしてみたい実朝像だと思います。この大通寺には立派な実朝像があって、私も一度拝見したことがありますが、実朝を語る妻の言葉、これはとても

印象的なように思います。

それから次はいずれも鎌倉時代の批評です。『愚見《ぐけん》抄』、『愚秘《ぐひ》抄』、『桐火桶《きりひおけ》』どれもわかりにくい本なのですが、藤原定家が書いたと伝えられる本です。普通は偽書とよばれています。あたかも定家が自分で語っているかのように書かれた歌論書です。ですから必然的に鎌倉の定家の時代以降に、おおよそ鎌倉後期、末期以降に書かれたものだと思います。その中に実朝の批評がありまして、皆さんよくご存知の歌を引いた後に、例えば、『愚見抄』などでは、

　鎌倉右府の歌ざま、おそらくは人麿、赤人をもはぢ難く、当世不相応の達者とぞ覚え侍る

というように、すでに『万葉集』的なニュアンスを読み込んでおり、次の『愚秘抄』では、

　柿本、山辺の再誕とは是をや申すべく侍らん

とあり、もう一度戻りまして、『愚見抄』には、

　万葉集の中にかきまじへたりともよもはゞからじ

という言葉も見えますので、おそらく鎌倉時代の末期くらいでしょうか、『万葉集』と結びつけて実朝の歌が読まれもした、ということだろうかと思います。しかしご存知のように、和歌史の上で、和歌が行き詰まると、いつも「万葉に帰れ」という動きが出てくるので、鎌倉時代末期のこのあたりの万葉享受ということとも、関係があるかもしれません。

次は江戸時代の批評です。賀茂真淵のものは、一言で言ってしまうと、万葉の類型として実朝を捉えるという方法です。『万葉集』を至高のものと考えて、その純粋形を考えて、その物差しで、実朝を計っていく、というような読み方でしょうか。

それに対して香川景樹《かげき》のものは、真淵の意見

に対する、景樹なりの批判が書かれています。これは、その時代、その時代の歌があるはずで、一つの類型に当てはめて対象を推し量っていいのだろうかという考えで、これは、僕らの時代の立場にも一面では近い批判も含まれています。

それから近代になりまして、ご存知のように正岡子規の、歌そのものの中で、実朝の歌を礼賛したもの、また『歌よみに与ふる書』ですが、この「時により」は、子規に言わせれば、「好きで好きでたまらぬ歌」ということになりますけれど、実朝に対する好みが、詳しく述べられています。

それから斎藤茂吉は、『源実朝』という大変大きな本、また『金槐集私鈔《ししょう》』（一九二六刊）を遺しています。茂吉は、人麻呂についても大きな著作がありますが、基本的には、実朝の歌については、「万葉調」という理解だったと思います。

次にこれは戦争中ですけれども、有名な小林秀雄の『無常といふ事』（一九四六刊）の中の実朝像があります。ここで、ある意味では、実朝像のチャンネルが大きく変わった、と言えるのではないでしょうか。例えばこの「箱根路を」の歌ですが、「この所謂万葉調と言はれる彼の有名な歌を、僕は大変悲しい歌と読む」とこういう言い方は、たぶん個人としての実朝、ある意味では和歌史の中に一回きりの現象として起こってくる側面を実朝の中に読んでいこうという読み方だと思います。ここで近代的な読み方が導入されてきたと言えるのではないでしょうか。

それから太宰治の『右大臣実朝』（一九四三刊）という、これは小説です。あたかも実朝の側近が実朝の思い出を語るように書かれた小説です。太宰は小林秀雄とほぼ同じ時期にこの小説を書いておりまして、これも近代文学の実朝論としては大変おもしろい作品だと思います。この実朝像も歌人像として読むと大変おもしろいものだと思います。フィクションですが、孤独な実朝をよく描いている小説だと思います。

そして、近年の実朝像に大変影響を与えておりますけれども、吉本隆明の『源実朝』（筑摩書房）が昭和四十六年（一九七一）に出ましたが、これも、実朝の代表作を挙げて、実朝の中にニヒリズムを読みとろうという姿勢だと思います。

実朝というのはいつも時代の子なのだけれど、どこか時代を超えたところがある、そんなふうに思います。彼の孤独な側面は時代を超えて私たちに訴えかけるものを持っていると思います。

最後に一つ、こんな歌はいかがでしょうか。「社頭《しやとう》の松風」とあります、これなどは典型的な題詠というふうにとれますけれども、

ふりにける朱《あけ》の玉垣神さびて破《や》れたる御簾《みす》
に松風ぞふく

何気ないような歌なのですけれども、もちろん、社を祝賀するという意味はありますから、「ふりにける朱の玉垣」だけで、神々しい社の様子があるのだと思うのですが、「神さびて」もそうだと思います。しかし実朝はその後に「破れたる御簾に松風ぞふく」と続けて、微妙なまなざしを投げかけています。破れている御簾に、松風が吹いているのだと。ただその現象だけを述べていますけれども、こういうまなざしというのは、ちょっと特殊といえるのではないでしょうか。これなどはどんなふうに位置づけたらいいのでしょうか、これはぜひ、佐佐木先生や俵さんのご意見も伺ってみたいと思います。こういう実朝のまなざしのあり方をどう読むか、が問題ですね。

それから私が抜き出した歌の中で、自分なりに丸をつけてみたのですが、実朝が「われ」とか「わが」とかいっている部分がキーワードだ

と思いますね。それらを抜き出してみると、実朝の個人性というのでしょうか、小林秀雄たちが言っていた孤独や、吉本隆明が言っていたニヒリズムの質をどういうふうに読んだらいいか、それが実朝の歌を読んでいく場合のキーワードになると思うので、そういう歌についても、これから論議してみるとおもしろいのではないかと思います。以上で私は終わります。

俵 ありがとうございました。それでは、佐佐木先生、お願いいたします。

佐佐木 お二人の話、大変おもしろく聴いていました。特に、「定家所伝本」と「貞享本」というテクストの話ですね、国文学の研究は今、テクスト論がひとつホットな部分でありまして、川平さんがいろいろ享受史をみてくれましたけれども、真淵がどんな本で読んだとか、正岡子規がどういう本で読んでこういう感想を持ったのか、そういう何を読んだのか、というところを精密に読んでいくというところが今、洗い直されている大変おもしろいところだと思います。

僕は小林秀雄の『無常といふ事』について、彼はもうすでに情報が入っているのにもかかわらず、「定家所伝本」について知らないふりをして書いている部分があるということをかなり細かく文句をつけたことなどがありました。こういうことは、細かいけれども、大事な、おもしろい問題なのだと思って聴きました。ただ、私はこのお二人のような専門の実朝の研究者ではありませんので、細かい研究の部分については、また後で質問をすることにして、私は私なりの個人的なことを少し申し上げたいと思います。

実朝の素人っぽさ

ちょうど一週間前ですけれども、私は岐阜でやはりシンポジウムに参加しておりました。現代歌人協会が四十周年になるというので、その記念に、岐阜で歌人を集めてシンポジウムをやろうではないかということで、「現代短歌を検証する」というタイトルでやりました。現代短歌を検証するのにどういう視点があるか、道浦母《も》都子《とこ》さん（一九四七〜）とか、永田和宏さん（一九四七〜）とか、何人かの方々もしゃべったわけですけれども、そこで私は、現代短歌の百年は、短歌史の中で「素人の時代」であると考える、という視点で話しました。

　短歌のような詩型は、形式があるわけですから、どうしても技術の問題が大事になってくるわけです。やはり、ある程度技術を知らないと、短歌を作ろうといってもなかなかできない。そこで技術をマスターすることが必要になってくるわけです。それでは技術がよければいいか、技術だけがうまくなればそれで短歌がよくなるか、と言いますと、やっぱりそういうものでもない。そういう問題をはらんでいるわけですね。例えば土屋文明（一八九〇〜一九九〇）は、「短歌は作れば作るほど下手になる」というふうに言っている。下手ではだめだけれども、うますぎてもだめだ、というふうなところを短歌は持っているんですね。例えば『万葉集』の時代には宮廷歌人がいて、その一方に東歌《あずまうた》とか防人《さきもり》の歌とかいうものがあった。専門的に技術的に非常に精巧に歌を作り上げた人と、それとはまったく逆の人がいたのですね。そのバランスでもって一つの文学史、短歌史が形成される。今でもそうなんですね。大きく言えば「素人の時代」なんですけれども、一応、専門歌人もいる。その一方で、新聞歌壇に投稿してくるような、まるっきり「初めて短歌作りました」というような人がいるわけです。僕は「朝日新聞」で選をしていますけれども、毎週何十人かはそういう人から来ます。その二者のバランスで一つの時代の短歌史ができるんですね、どちらか一方ではやはりだめなのだ、と私は考えます。

短歌史も専門歌人が力を持つ時代と、むしろ非専門的な、素人っぽいものが力を持つ時代とが波のように来る。先ほど川平さんが、短歌史が行き詰まると「万葉集に戻れ」ということが言われるんだというふうにおっしゃいました。あんまり技術的に精密なもの、精巧なものにずーっと押し詰められていくと行き詰まりになってしまって、どうしようもない。やっぱり『万葉集』に戻ろうよ、というようなことになるのだろう、というふうに考えます。同時代にも両極のダイナミズムがあり、歴史の流れの中にもそういうダイナミズムがあってはじめて、形式のある詩は成立するのだろう、というふうに考えます。こんなことをちょうど一週間前に話したのですけれども、その席で私は今日の座談会のこと、実朝のことを頭に思い浮かべました。

実朝という人はそういう視点から見た時どういう人なんだろう。実朝はやっぱり素人的な作風だったのだろう、と思います。だからこそ、素晴らしかったのだろう、と思います。この時代は俊成から定家が出入りした九条家を中心としまして、歌合《うたあわせ》とか、勅撰集の撰とかを背景として、非常に精密に歌を見る、歌の技術的な問題を細部に亘って専門的に見る人たちが非常に多かった。そういう中で実朝は、素人っぽい歌をぽっと出している。ひとつには彼が東国地方にいた、ということがあったと思います。歌の中心はもちろん京都だったわけですから。またもうひとつには三代将軍という立場があったと思います。

さらにもうひとつは若かったということ。これは「定家所伝本」が発見されたことによって、『金槐集』の歌は、二十一、二歳までの歌だということがわかったわけです。今で言うと大学の二年生くらいまでの歌なんですね、全部。あともうひとつ、実朝の人生観というんですか、これがやっぱりあったと思うんですね。歌を技術的に追い詰めていってもしょうがないよ、といった考え。文学よりもっと人生的なもの、生きるとは何かとかね、そういうところにまで彼の思いは至っていたんだろうと思われます。まあ、下手でもいいよ、言いたいことを言おうよ、そういう感じだったんではないかと思います。

今申し上げたことはちょっと、歌を例に挙げてお話ししたいと思います。子どもを歌った歌で、

いとほしや見るに涙もとどまらず親もなき
子の母をたづぬる

という歌。これなどの「いとほしや」、というふうにぱっと言ってしまう気合い、これは非常に素人っぽいと思うんですね。このあたり、中世の歌をたくさん読んでおられるお二人の先生にいかがなものか、お訊きしたいと思います。

それから「日ごろやまうすとも聞かざりし人、暁はかなくなりにけると聞きてよめる」、健康だと思っていた人が死んじゃった、というんですね、こういう詞書で、

聞きてしもおどろくべきにあらねどもはか
なき夢の世にこそありけれ

という歌がある。述懐とは違う、何かどうでもいいんだよ、というような詠み方ですね。健康だった人が急に死んでしまったわけですから、もっとびっくりしたり、あるいは悼んだりという気持ちがあっていいのだろうけれども、そういうことは言わない。で、批評的に突き放して言ってしまう、文学にのめり込まない、そういうスタンスの取り方が特徴的だと思います。

こういったことは次の歌にもあらわれていいます。

神といひ仏といふも世の中の人の心のほか
のものかは

文学の問題ではなく批評の問題のような形で歌っているように私には思えます。

それからこれは、久保田先生が挙げられた歌ですが、恋の歌ですね、

ゆひそめてなれしたぶさのこ紫思はず今も浅かりきとは

これは「浅かりきとは今も思はず」というのが普通の形なので、倒置の形、しかも、句割れになっているわけです。中世の歌をずっと読んできてこの歌を読むと、ずいぶん素人っぽいなという感じが私にはいたします。

それからこれは有名な歌ですけれども、

箱根路をわれ越えくれば伊豆のうみや沖の小島に波の寄る見ゆ

これには前に詞書が付いています。「定家所伝本」の研究で、これもどうやら実朝が書いたのでないかといわれているものですが、

箱根の山をうち出でてみれば、波の寄る小島あり、供の者このうみの名は知るやとたづねしかば、伊豆のうみとなむ申すと答へ侍りしを聞きて

とあります。ほとんど、この詞書と歌とが同じなんですね。こういう、散文との距離の近さ、という点などは、専門歌人とはやっぱり違うだろう、と私は思います。

いくつかの歌を例に挙げましたが、「いとほしや」という呼びかけ方、あるいは倒置法の使い方、散文との距離の取り方、あるいは出来事とのスタンスの置き方、こういったものが、この時代の短歌のエキスパートとはどうも違う。そのあたりの素人くささみたいなものが私たちには大変おもしろい。この時代、西行という人にもやはり素人っぽいところがあるのだろうと思います。この時代、俊成、定家をはじめとした大変すぐれた専門歌人が出たのは、一方で素人くさい人たちがいたから、出られたんだろう。

あるいは逆に、俊成、定家がいたから、西行、実朝というむしろ素人っぽい歌人が出られたんだろう。このダイナミズムが短歌という詩の秘密なのだろう。実朝をそういう視点から理解するのが、今、一番おもしろいのではないか、そんなことを考えています。

俵　ありがとうございました。私は司会ですけれども、ちょっと感想めいたことを言わせていただければ、今、素人の時代、という言葉が出ましたけれども、私も今回改めて『金槐和歌集』を読んでみて、実朝の歌の魅力というのは、「へたうま」じゃないかなあと思いました。もちろん、古典をずいぶん勉強していて、それをほとんど継《つ》ぎ接《は》ぎして作ったんじゃないかと思えるような歌があったりするのですが、ただ、そういったいかにも古典を勉強して作ったというような歌よりも、何かこう、ふっと作っちゃった、というか、素顔が見えるような歌のほうに魅力を感じました。

今、幸綱先生も何首か挙げられましたけれども、私たちから見てさえも、本当に、身も蓋もない言い方とか、身も蓋もない初句とか、そういうのがいっぱいありまして、例えば『金槐和歌集』の一番最初の歌ですね、これは有名な歌ですけれども、

　けさ見れば山もかすみてひさかたの天の原
　より春は来にけり

短歌を作っている人間なら、「けさ見れば」という言葉で詠い始めるというのはすごく勇気がいると思います。そういう点で、これはいかにも素人っぽい歌かなあと思います。

実は、この座談会に臨むにあたって、「心の花」の若い人たちと勉強会をしまして、大口玲子さん（一九六九〜）が、その時いろいろ資料を集めてこの勉強会に提供してくれたんですけれども、例えばこの「けさ見れば」の歌に関しては、茂吉

はこんなふうに言っています。「思い切って、大きく、平気で言っているのがよい」。この、「平気で言っているのがよい」といったあたり、今までのお話の流れに通じるものがあると思うんです。あるいは前川佐美雄（一九〇三～一九九〇）という、「心の花」の歌人は、「正月の気分を詠ってこれほどゆったりとした、のどかで、そして鷹揚な歌は滅多にない」というような言い方をしています。ですから、実朝の歌の魅力の一つというのは、そういうところなのかなあというふうに感じます。

　それから、正岡子規がずいぶん実朝の歌を褒めていて、「大好きで、大好きで」というふうに言っています。言葉の技術だけでなく、心を大切に、ということが、子規の『歌よみに与ふる書』の中でいちばん柱になっている考え方だろうと思うので、その子規の眼鏡にかなったというのは、言葉の技術だけではない、むしろそれ以外の魅力というものを実朝の歌が持っていたのかなというふうに思いました。

　いかがですか、先ほど例にも挙がっていた正岡子規が褒めていた歌、

　　時によりすぐれば民のなげきなり八大竜王
　　　雨やめたまへ

　要するに「水はないと困るけれども、時により、あんまり降ってしまうと、民の嘆きになります、八大竜王さま、雨やめてくだされ」という、本当に率直な歌なのですが、それを正岡子規は大好きだと言っている。しかし「初三句は極めて拙き句なれども」とも言っています。このあたりについては研究なさっている先生方、いかがなんでしょうか。

佐佐木　ちょっと違うことなのだけれども、俵さんが言った「けさ見れば」という歌で思い出したのですが、この間、伊藤一彦くん（一九四三～）のお祝いの会で、宮崎に行ったんですが、ホテ

ルの前に昭和天皇の歌碑があるんです。どういう歌かというと、

来てみればホテルの前をゆっくりと大淀川は流れゐにけり

というんです。これ、読んだら一発で覚えちゃう（笑）。やっぱり「けさ見れば」と同じように「来てみれば」と始まるのは、短歌を十年やってます、という人にはなかなか詠い出せないんだよね。その点、昭和天皇はおおらかですね。すごいのは、この歌のように覚えちゃう点ですね。実朝の歌にもそういうところあるのかな。余計なことですが、急に思いついたので。

俵　ありがとうございます。では先の話に戻りますが、いかがですか。

『新古今集』と実朝

久保田　「けさ見れば」の歌ですね、これはもう、私たちのほうでは、注釈的には川田さんなどの研究を受けて、樋口芳麻呂先生が『新潮日本古典集成』で詳しい註を付けておられるのですが、そこで指摘されておりますように、『新古今集』の巻頭歌、後京極《ごきょうごく》良経ですね、藤原良経の、

み吉野は山も霞みて白雪のふりにし里に春は来にけり

などが念頭にあって読まれたのだろうというふうに考えているわけですね。このことは、私などは、やはり重い意味をもっていると思うのです。それは、この歌にとどまらず、実朝は良経をかなり意識しているのではないか。良経から学んだところが相当大きいのではないか、ということを考えております。ですから、そのひとつの例として考えていいのではないか、と思います。学びながら、それでは実朝と良経はどう違うのかというところが実は問題なのですが、それはともかく、『新古今集』の巻頭歌と『金槐集』の巻頭歌が非常にそういう似たような歌で

始まっているというところ、これもおもしろいと思います。この少し先になりますが、四番目の歌ですが、

かきくらしなほ降る雪のさむければ春とも
しらぬ谷のうぐひす

これも、「新潮日本古典集成」では、『後撰集』の詠み人知らずの歌を類歌として挙げておられますが、それとともに、私は、やはり『新古今集』の宮内卿の歌で、「かきくらし」というので始まる歌が、やはり集の初めから四つか五つめにあるんですね。そんなことを考えますと、この『金槐集』は、歌の一首一首だけでなく、歌の配列、構成がかなり『新古今』に似ている、やっぱり新古今的なものをかなり意識してこの集は編まれているのではないかと思います。そうなりますと、子規や真淵には怒られるんですけれど、私は『新古今』の側から『金槐集』を読むという立場もあっていいんじゃないかと考えるのです。

それから「時により」の歌は、これは確かにこの時代の歌人には詠めない歌だろうと思います。その理由の一つは、子規も言っているように、「八大竜王」という漢語を大胆に詠み入れている、ということです。この時代は漢語は原則としては詠まないはずです。和歌においては、やはり大和言葉で全部統一するのが常識であるので、漢語を詠むと、それはまっとうな歌ではなくなる、場合によっては誹諧歌になってしまうことがあったと思います。それを敢えて詠んでいるところが魅力なのです。しかし、そういう冒険は、普通の専門歌人はしなかっただろうと思います。しかし、実朝はこれをやっているわけです。この前にも、春の歌で、「（わが宿の）八重の紅梅咲きにけり（知るもしらぬもなべて訪はなむ）」と詠んでいる歌がありまして、ここでも「紅梅」という漢語をぽーんと使っております。

その点でも、先ほど幸綱先生がおっしゃった、西行と似ている点があるかもしれません。西行にも、

　勅とかやくだす御門のいませせかしさらば恐れて花やちらぬと

という歌などがありますが、そこでも「勅」というような漢語を平気で使うんですね。そのへんがやはり、京都の宮廷歌人が成しえなかったところだろうと思うのです。

俵　川平先生、いかがですか。

題詠と実朝

川平　久保田先生のおっしゃる通りだと思います。今問題になっている一番の歌にしても、もう一つ観点としては、やはり題詠的な世界というのが前提で、大変強い枠なんです。「正月一日よめる」ということで、実朝なりに題について考えて導き出された歌なんだろうと思います。題詠という枠の強さが、ある一定の言葉を引き寄せてしまうということだと思います。二番目の歌は「立春の心をよめる」ということですが、この「心をよめる」という詞書は和歌の詞書としては大変親しいものなのですが、これも単に、そういう気持ちを詠んだということではなくて、「立春」という題は、多くの人がこれまで詠んできた、歌題として定着した題なわけですから、そういう題そのものの意味を詠んだという意味ですよね、この場合の「心」は。だから実朝も基本的に題詠的な枠組みの中で詠んでいるという問題が大きいと思います。

　ただし、実朝は素人であるという佐佐木先生の言われた面はとても大きいと思います。この時代、では専門歌人とはどういう人のことをいうのかという問題になってきます。例えば、「百首歌」というのがありますね。平安時代のある時期から、誰しも、歌人たる者は百首まとめて

歌を詠むという「百首歌」の形式で歌を詠みます。しかし実朝は百首歌という形式で歌の修練を積んだかというと、たぶんしなかったんではないかと思いますね。この時代の歌人たちの家集を広げると、例えば定家の『拾遺愚草』。これなどは上巻のすべては百首歌が十五並んでいます。やはり表芸というんでしょうか、歌人的な前提をまず表の上巻で百首歌を並べたんだと思います。それはもうごく常識的なことで、百首歌で修練するというのが歌人の証だったわけです。実朝はそういう修練をしていない歌人であったということが言えると思います。

だとすると、確かに素人と言ってかまわないと思うのですが、そうすると、題詠的な世界や、京都の専門歌人といわれる人々がおこなっている世界にどんなふうに近づいていくのか、それが実朝の工夫であり努力であったと思います。結果的に、そこからはどうも独りきりというか、独自としか言いようのない面が確かに出てきているということも言えると思います。先ほどの「時により」の歌ですが、確かに実朝にしか詠めなかったような歌で、風巻景次郎さん（一九〇二～一九六〇）という研究の先達に言わせると、例えば、後鳥羽院にはもう「帝王体」としか言いようのないスタイルがある、同じように実朝にはやはり将軍、武家の棟梁としての鎌倉の将軍でなければ詠めなかった独自のスタイルというものがあるという。そこから実朝の独自性が出てくると思います。ただそれはどういうふうに位置づけたり、評価するかということになると、また論議があるかと思います。

佐佐木　この会場に四百人か五百人、短歌を作っておられる方がいるわけだけれども、一人も百首歌を作っていないと思う。だからやっぱり今は「素人の時代」なんです（笑）。

話は違いますが、「正月一日よめる」というのは、題詠ですか。正月一日に詠んだ、というのとは違うんですか。二番目の「立春の心をよめる」というのは、「立春」という題を詠んだということでいいんだけれども、どうなんでしょう。

川平 これはたぶん、両面あるんじゃないでしょうかね。

久保田 両面あると思います。

川平 つまり、実朝の歌の詞書は実朝自身がどこまで手を入れているかといったところが、非常に興味深いところですけれども、極めて「私性」というんでしょうか、そういうものがせり出してくる歌と、素っ気なく題だけを示すものと両面あって、やはりこれも「正月一日」というふうに「よめる」をとってしまえば、もう、これは典型的な歌題だと考えて差し支えないと思います。ですからそのへんのところは微妙で、その時に詠んだのだ、正月一日に詠んだのだ、という一回性を重要だと考えて、この題を詠むか、それとも類型的な歌題として詠んだのだとして読むか、ちょっとそこで違いが出てきそうですね。

久保田 これはやっぱり、現実に正月一日に詠んでも、その現実を、「正月一日」という歌題に置き換えて詠んだのではないでしょうか。それこそ『古今集』の時代から、歌人はよくこういうことをやってますね。たとえば大井川の川逍遥《かわしょうよう》などと言って、実際に大井川に行って詠むんですけれど、大井川で見たままを詠むのではなくて、わざわざ大井川の川べりで歌の題を出すわけです。それで、その題を詠むんですね(笑)。ということは、現実体験と題詠がそこで重なっているわけで、この歌も、そういうことではないかと思います。単なる正月一日に詠んだ感想というのではないと思いますが。

俵 この歌、私は「けさ見れば」という初句にばかり注目しましたけれど、勉強会の時に、天の原より、そこから春が来る、という発想は、ここはおもしろいんじゃないか、それほど類型ではないんじゃないか、という意見があったんですけれど。

久保田　いや、これは類型だと思います。

ほのぼのと春こそ空に来にけらし天の香具山霞たなびく　　太上天皇（後鳥羽院）

という歌が（『新古今集』春上に）ありますね、そのへんから来ているんだと思います。私なんかは実際に歌を作らないものですから何も申し上げられませんが、類型から入ってちっとも問題ないんじゃないですか。類型から入っていくこと自体が咎められることとは私はちっとも思わないんですが。

俵　なるほど。歌会の場などでは、「これは類型だ」とか「よくある表現だ」とかいうのは、あまり褒め言葉には使わないものですから、ついついそういうふうに思ってしまったのですけれども。

「われ」「わが」の表現

俵　先ほどの川平先生のお話の中に「われ」「わが」という言葉をキーワードとして見ていくとまた一つおもしろいのではないかということがありました。その中でも一番皆さんが親しんでおられるのは「箱根路を」の歌だと思うんですが、この歌に限らず、このへんのお話をもう少し詳しく伺えたら、と思うのですが。短歌の場合、何も書いていなければ主語は「われ」なので、それをわざわざ書くというのも二文字損をするということもありますし、わざわざそれを入れるというあたり、いかがなんでしょうか。

久保田　それはおもしろい問題だと思いますね。確かに「われ」「わが」というのがどのくらい作品に出てくるのか、その歌人によって違いがあるでしょうね、古典歌人についてでも。で、実朝の『金槐集』に関して言えば、多いほうでしょうね。

川平　ちょっと正確な数は挙げられませんが、たとえば八代集の中では数だけをあるいはその集の中のパーセンテージで申し上げますと、やはりだんだん減ってくるんじゃないでしょうか。たぶん『新古今集』が一番少ないと思います。生な「われ」「わが」を出してしまうと、どうしても私情性というところと重ねて読んでしまうので、京都の歌人たちは「われ」ということを詠み込むことに対して非常に慎重だったと思います。むしろ、生な主体を読むのではなくて、久保田先生が言われたように、題詠的な世界に一旦沈潜させて、僕らから見ればフィクションなのだけれど、ある設定された場の中で、イメージの世界を夢想していく、という歌の作り方ですね。その前衛といえるのが定家だったと思うんですが。本当の生の定家はいったいどこにいるんだろうと思わせるくらいに、見事に作り上げられた世界という面があると思います。その中では、やはり「われ」「わが」は慎重になって少なくなってくると思うんですね。そういうところを知ってか知らずしてか、実朝はある時には「われ」をストレートに出してしまう歌を詠んでいる、そういうことなのではないでしょうか。そこで新古今的なものと実朝的なものが、両方存在する、ということになると思います。実朝はご存知のように『新古今集』には一首も入っていません、いわば、遅れてきた青年で、次の『新勅撰和歌集』で定家が大変高く評価して、二十五首採られています。『新古今』は実朝にとっては学ぶべき対象で、その中には自分の歌はないわけです。

佐佐木　『万葉集』は、圧倒的に「われ」が多いんですね。『愚見抄』とか『愚秘抄』が、実朝が人麿とか赤人とかに近いんじゃないかと言っているのは、直観的にいっているわけですが、その中には「われ」の問題もあるんじゃないですかね。そんなふうに思いますけど。

久保田　あるでしょうね。『万葉集』は本当に多いと思いますね。そういう点では、万葉の歌風というものに繋がっていくと思います。この時代の歌人でも、「わが恋は」とか「わが宿は」とかこういった使い方は気軽にできたと思うんですね。ですけれども、「われは～」と、「われ」の下に動詞が来るような使い方ですね、これなんかは控えた表現だったと思うんです。しかし、実朝はこれを平気でやるんですね。ちょっと見ましたら、これは恋の歌なんですが、

ひさかたのあまとぶ雲の風をいたみわれはしか思ふ妹にしあはねば

とか、

広瀬川袖つくばかり浅けれどわれは深めて思ひそめてき

こういうような「われ」の使い方というのは、『万葉集』からそのまま来ているような気はいたします。確かに実朝の場合、新古今的なものから入っていったと思います。ですけれども、入っていってそれからどう違っていくようになったか、そのあたりを見極めなければいけないと思っているわけです。

それから、西行との関係ですね。先ほど「八大竜王」といった漢語をぽんと使うということで近い歌人には西行がいる、と言いましたが、それにとどまらず、西行的なものと実朝との繋がりということも具体的に作品で挙げることができると思うんです。そのへんも考えてみたいと思っています。

読み手の思い入れ

俵　「われ」という言葉を実朝が使う場合の特殊性といいますか、例えば『万葉』の詠み人知ら

ずの作者が「われ」と使っている場合、ほかならぬこの実朝が「われ」と使っている場合では、読む人に与えるものがずいぶん違うと思うんですが。例えば、

箱根路をわれ越えくれば伊豆の海や沖の小島に波の寄る見ゆ

彼の歌でももっとも有名なものの一つですが、ここに「われ」という言葉があると、読む者は、若くして悲劇的な運命を背負った実朝をここに見る。するとそれに引きずられるようにして、この「沖の小島」というのも孤独を象徴しているのではないだろうかとか、思われてくる。実朝という人の背負っている歴史的な運命や人生をどれぐらい作品に反映して読めばいいのだろうか、というようなことが勉強会でも話題になったんですが、そのあたりはいかがですか。

久保田　私は、私たちが歴史的人物として抱いている実朝像をあまり作品の鑑賞に持ち込まないほうがいいと思います。と言っても、どうしても持ち込んで読んでしまいがちですけれども、それが正しい読み方かどうか、非常に疑問に思います。でも、作品というのは、出来上がってしまえばどう読まれてもいいわけで、どう読もうと好き勝手だ、と言ってしまえばそれまでです。ただ、表現者としてはあまり意図していなかった読みがおこなわれてしまうんじゃないか、と思います。「箱根路を」の歌にしても、常に実朝が将軍だ、将軍だ、ということを気負っていて、それであの歌が生まれたとはちょっと思えないのです。これは私の感想ですけれども。

俵　川平先生はいかがですか。

川平　やはり研究者の側からは久保田先生の言われたとおりだと思います。どうしても僕らは実朝に思い入れをいろいろ持ってしまいますけ

れど、基本的に思い入れをなるべく排除するというか、そういう読み方を研究の側はしている、というところはあると思います。ただそれは実朝をつまらなくしてしまう、ということになるかもしれませんが。基本的な方向としてはそうだと思いますね。と申しますのは、今の「われ」の問題にしましても、久保田先生も言われたように、実朝が『万葉集』から直輸入したがゆえに、実朝の歌に「われ」が多かった、という面も確かにあるわけで、そうした『万葉』の勉強の成果で得た表現の「われ」と、この時代の歌人が多くやっているフィクションの次元の「われ」、そういう類型の「われ」、しかしそうでもない「われ」もあるわけで、次元を細かく分けて考えていかないと、やっぱり最後の所では思い入れで読んでしまう、読者の側のわれわれの思い入れで読んでしまうことになってしまうのではないでしょうか。それから先ほど久保田先生が言われました、川田順の『全註金槐和歌集』ですか、あれをめくっていけばおわかりのように、実朝は実に過去あった同じような歌を詠んでいるわけです。先行歌をいくらでも引くことができて、それらと並べて『金槐集』の歌を詠むと、どこに独自性があるのか、怒りを覚えるほど同じような歌を詠んでいます。これは、学習の成果が明らかにあるわけで、どこまでが時代の教養の中で詠まれたものなのかそれを細かく読んでいくことがどうしても必要だと思います。それを厳しく読んでいくことが逆に、時代に還元できない、残っている部分はどの部分なのか、というところになってゆくんだと思うんです。

久保田　実朝は現実の世界はそんなに知らなかったと思うんです。まず、若かったということ、それから将軍という立場でしたから、そんなに自由に勝手に行動できなかっただろうと思います。だから自分の知らない世界のことは、絵巻を見たり、屛風絵を見たり、古歌を読んだりしてそういう見聞によって、自分自身の世界観のようなものを作っていった面がかなりあるんじゃないかと思います。実際に『吾妻鏡』などを見ますと、よく将軍が絵巻を見て喜んだ、などという記事があります。それから『金槐集』にも、屛風絵の図柄を見て詠んだという歌がかなりあるわけです。これは『古今集』なんかのいわゆる「屛風歌」とは違うんですね。もう描かれてある屛風の絵を見ていろんなイメージを膨らまして詠む、そういうような歌の作り方をしている。実朝って言う人は、ちょっと突飛な比喩かもしれませんが、あるいは芥川龍之介に通うところがあるんじゃないか、と思います。芥川は、確か自分の文章で言っていたと思いますが、「自分は人生を小説を読むことによって知った」とか、そういう意味のことを言っていたと思うんです。実朝もそういう面があったんじゃないか。やはり、彼の読書とか絵画鑑賞などといったことが非常に重要な意味を持っている。彼の政治的な立場だけではなくて、そういった体験が、彼の人生観の形成に決定的な役割を果たしているんじゃないか、と私は考えます。

俵　研究者のお二人が、あまり実人生と重ねて考えないように、とおっしゃったのが、意外でもあり、なるほどなあとも思いました。こだわるようですが、先ほどの「箱根路を」の歌ですが、小林秀雄などは、「僕は大変悲しい歌と読む」、「詞書にさえ、彼の孤独が感じられる」と言ってますし、吉本隆明は「途方もないニヒリズムの歌だ」というふうなことを言っています。やはりこういう読み方は彼の悲劇的な人生を背負った読み方なのではないか、という気もするのですけれども、いかがでしょうか。

実は勉強会で、この歌に関する幸綱先生情報がありまして、先生は、かなり昔に書かれたこの『中世の歌人たち』(一九七六刊　NHK出版)という本の中では、かなり生き方を重ね合わせた読み方をされていたようですが、最近のテレビの発言によると、「風景を見て詠んだだけ」だと先生は、おっしゃっていた(笑)という、そのあたり、先生は今この歌をどう捉えているんでしょうか、宗旨替えをなさったのかどうか(笑)、うかがってみたいと思います。

佐佐木　なんだか踏み絵を踏まされているみたいだ(笑)。勅撰集の時代になると、個人的なこと、私的なことは言わない、それが詩的礼節だという形になります。作る側としては、私的なことを言わないようにしている。また読まれる時に私的世界に踏み込まれないようにして詠んでいるんだね。それが詩の自立性というか、詩が成立する最低の条件なんですね。ですから、踏み込まれて、人生と重ね合わされて読まれちゃうような歌っていうのは、歌として失敗作だろう、というふうに基本的には思っていたんだろうと思います。

ただ、例えば百人一首の享受史を洗っていくと、いくつか、どうしても作者の人生に踏み込んじゃう歌っていうのがあるんですね。早い時代から踏み込んで読まれちゃう歌っていうのが。作者の人生が非常にドラマティックだったとか、そういう場合があるわけですが、表現の面からそういうことが起る場合もある。僕が気がついたのは、百人一首に「命」という言葉が出てくる歌が四首ある。右近の歌は相手の命を言った歌、あとは全部自分の命を言った歌です。それらの歌はみんな享受史の中で作者の人生と作品とが重ね合わせて読まれている。作者としては、こちらの人生に読み込まれたら負けなんだ、というふうな歌の作り方をしているのかもしれないけれど、しかしどこかに、自分の人生が投影されてしまうらしい。自殺したいじめられっ子が、あとから考えてみると信号を送っていた、というように、どこか、読み込みへの合図みたいな、信号みたいなものを送っている。「命」っていうのはそんな言葉なんじゃないか、というふうに思うんです。

実朝の歌が、そういう合図を送っているかということになりますが、おそらくこれは詞書と密接な関係になっているわけで、やっぱり読み込まれやすいのではないか、と思います。

「世の中は…」

俵 ありがとうございました。まだまだいろいろお訊きしたいことがあるんですが、せっかくですから、皆さんが親しんでおられる有名な歌について、どんなふうに思ってらっしゃるのか、お訊きしたいと思います。

川平 例えば、今、百人一首の話が出ましたんで、「世の中は」の歌なんかどうでしょう。皆さん一家言ありそうですが。

俵 世の中は常にもがもななぎさこぐあまの小舟の綱手かなしも

ですね。

川平 この歌、「定家本」の詞書は「舟」ですよね。「舟」という景物は、歌の景物としてあるわけなんだけれども、ただ、「舟」という素っ気ない題を与えられて、実朝が一体どんなふうに対象を認識してたかというところに秘密があるんだろうと思うんです。けれどその認識が具体的に表現されてきたこの歌は、そういう認識を全部注ぎ込んで詠まれた歌なのかどうか、これはまたちょっと別の問題もあるのかなとも思います。その上この歌は、定家によって『新勅撰集』に採られるわけですよね。そしてその時の詞書は「題しらず」なんです。そしてこれは羇旅《きりょ》の歌です。だから、『新勅撰集』の歌の並びを見ていくと、要するに海辺をずっと旅している心情が続いているような部分なんです、配列上は。ですから、海辺の旅情というんでしょうか、そういう流れで、定家は『新勅撰集』の中で位置づけているし、当時の人々もそういうものとして読んだのではないか、という面を持っていると思います。それが実朝の認識していましたと思います。それが実朝の認識していました「舟」、「舟」に注がれたまなざし、そこからどんなふうに離れてきたかというのが大問題で、このところを細かく読みの中で言えるかどうかの問題だと思いますね。そしてまた、定家がそんなふうに『新勅撰集』に入れた、と同時に、百人一首に定家が入れ、それがさらに佐佐木さんの言われた、百人一首の享受史の中で、長い時間かかってこの一首に寄せるみんなの思いが、どんなふうにそれに被さってきたか、そんなふうに振り分けながら、あるいはまた実朝に戻りながら、どこまで読めるかということを考えます。

佐佐木　これ、「貞享本」と「定家所伝本」とでまた違うんですね。旅の部に入っているのと、雑の部に入っているのと。

川平　「貞享本」は素っ気なく「春」「夏」「秋」「冬」の四季、そしてその後に「恋」「雑」を置いていています。その「雑」の中にこの歌が入っているわけですね。「四季」「恋」「雑」というのは、のちのちまで続くひとつのパターンなんですけれども、「貞享本」はそういう形で整理されているといえると思います。「定家本」の場合はそれると配列が変わってくる、といった面は確かにあると思います。ただこの歌の解釈の問題ですが、先ほどお話ししたように、いくつか次元を分けて、論じたほうがいいのではないかと思います。

佐佐木　これ、旅の歌だというと、茂吉が言っているように、三浦三崎のほうへ行ったということになる。そうじゃないと、普段鎌倉で見たりしている「舟」。あるいはもっとシンボルとしての「舟」のイメージ、ということになるんですね。だいたい旅っていうと、三浦三崎とか熱海、伊豆のほうですね。

川平　うーん、ですからそこも、「旅」の部といって並べられているのが、すべからく実体験、というんでしょうかね。

佐佐木　あ、さっき久保田先生がおっしゃったようにそれをもう一回揺り戻しているみたいなところがあるわけね。

久保田　「定家本」ですとこれは前が蘆《あし》、植物の蘆ですね、それから舟、この歌ですね、そして千鳥、鶴なんていう一字題の題詠の歌なんですね。ですから実朝としては羇旅の歌という意識はないんだろう、と思うんです。それを、『新勅撰集』では、羇旅の扱いをしているわけですね。だから、『新勅撰集』はすでにひとつ読み替えているんだろう、と思います。羇旅の歌としても確かに読めるんです。すぐ、『古今集』の東歌の世界に引き寄せて読むこともできますから。できるんですけれども、実朝の意識としてはそうじゃないんだろう、と思います。

　先ほどの川平先生の「われ」「わが」という言葉がひとつのキーワードなんじゃないかというお話、あれはあれで大賛成なんですが、それとともに、この「かなし」あるいは「さびし」という形容詞、これがまた実朝の和歌世界を考える時に重要な言葉ではないか、という気がいたします。こういう作品の中に実朝の心情を読みとろうとすることは決してまちがいではないと思います。こういう歌には作者の心情が、あまり屈折しないで、反映しているのではないかという気がします。

「おほうみの……」

俵　また有名な歌ですが、「おほうみの」の歌はいかがですか。

　おほうみの磯もとどろに寄する波われてくだけてさけて散るかも

これは詞書に「荒磯に波の寄るを見てよめる」というふうにある歌で、これも有名な歌三首くらいの内には入る作品かと思います。これは若い人には評判がいいのです。下の句の大胆な表現、畳みかけるように、あるいは映画のショットのコマ割りを見せられるようで、波の様子がすごく伝わってくる。でもある意味では、これは一回使ったら二度と使えない手だね、なんていう意見も出ていたんですが。これは彼のかなり個性的な作品だろうと思います。

久保田　これも、小林さんが言ってましたよね、私は、若い頃、この「おほうみの」の歌についての小林秀雄の批評を読んで、「ああ、こういうものか」と思って参ってしまったんですが。

俵　小林秀雄は、「青年のほとんど生理的とも言いたい様な憂悶を感じないであろうか」、また、「こういう分析的な表現が、何が壮快な歌であろうか」とも言っていますが。こういうのを分析的っていうんだろうか、とも思ったのですけれど。

佐佐木　どうですかね。僕はあんまりおもしろくないと思いますが。笠女郎《かさのいらつめ》の、

　伊勢のうみの磯もとどろに寄する波かしこきひとにこひわたるかも

という歌が本歌って言われるんですね。笠女郎の歌はいいと思う。「かしこき」を導き出す序詞として、上のほうがあるわけですね。実朝作はどうですかね。アララギの人たちが特に写生の歌だと言って高く評価しているんだけどね。

私の好きな実朝の歌

俵　あまり評判がよくないようで……。

それでは「この一首が好きだ」というのをお

訊きして締めくくりにするというのはいかがでしょうか。あるいは、「いま実朝研究では、こういうところがホットな話題だ」というようなこと、そういうことを踏まえて、一言ずつ、最後にお願いできれば、と思います。

久保田　私は、研究者の世界では実朝は必ずしもホットではない、と思います。実朝について、本質的なところに迫ろうとした論文はあまり気がつきません。むしろ敬遠しているようなところがあると思うのです。それが、実朝については言い尽くされてしまったから今更やっても仕方ないんだ、というので敬遠しているのか、それとも実朝はどこまでいっても解らない謎の人だから、といって敬遠しているのかわかりませんが、若い研究者が実朝に取り組むという姿勢を私はあまり感じておりません。だとしたら、それはやっぱりおかしい、と思います。実朝はもっと考えなければいけない歌人で、考えれば考えるほどいろんな問題が出てくる歌人だと思います。そういう点では、西行と似ていると思います。その西行に比べますと、実朝の研究のほうはちょっと淋しいような気がします。ただ、本当にこの二人とも難しいのは、どうしても研究する側の思いこみが強いということです。そのためにどんどん虚像を拡大するようなことがあったらまずい、と思います。しかし研究者としては、その難しさに挑戦しないといけないと思っております。

好きな歌一首ということになると本当に難しいですね。好きな歌はたくさんありますので、先ほど挙げられました歌の中にありますけれど、好きというか、私にとって重みのある歌は、

　　ほのほのみ虚空《こくう》に満《み》てる阿鼻地獄《あびぢごく》ゆくへも
　　なしといふもはかなし

それから、思い入れを持って読みたくなるような歌としては、「山の端に日の入るを見てよめ

る」という詞書で、

くれなゐのちしほのまふり山の端《は》に日の入る時の空にぞありける

この歌は実朝の歌の中でも、非常に印象に残る歌です。

俵 ありがとうございました。久保田先生が燃える男だということ(笑)、最後に挙げられた二首を聞いて思いました。それでは川平先生、お願いします。

川平 研究状況ですが、久保田先生のおっしゃる通りであんまり異論はありません。

やはり難しいといいますか、たしかに、「定家本」「貞享本」というテキストの研究はなされています。また、先行歌、歌枕の表現の側からの研究もあります。ただし、そこから実朝独自の方法とは何かということを抽出しようとするとたちまち、我々研究者の和歌観が試されますので、その難しさが実朝の表現方法までつっこんで研究のレベルで言えない理由かもしれませんね。

もうひとつは、『新古今集』の表現史的な状況についてもまだまだ明らかになっていないと思います。それが明らかになるに従って実朝の位置も言えると思います。まだ研究が足りないと思います。ですから、「好きな歌一首」というのは挙げにくいですね。どの歌をとっても、そういった状況に還元できない実朝というのが読めるはずですし、それをどう読んでいくかということが、実朝の歌の魅力をどう読んでいくかというところに繋がっていくと思います。

一首挙げれば、多くの人がふれている萩の歌がありましたね。

萩の花暮れぐれまでもありつるが月出でて見るになきがはかなさ

俵 これ、萩の花は散っちゃったのかどうか、というのはいかがですか。

川平　やはり「なきがはかなさ」ですからその通りだと思うんですが。微妙に実朝の個人性が絡んだとてもいい歌だと思います。

最後に、そういう実朝の魅力をどう読んでいくかということなんですが、先ほども挙げた歌、

ふりにける朱の玉垣神さびて破れたる御簾に松風ぞふく

この歌ですが、実朝のおもしろいまなざしが「破れたる御簾」に注がれているとは思います。しかし、例えば『梁塵秘抄』にもいたいたしく破れているものに注がれているまなざしというのは出てきますので、そういう時代のまなざしと実朝独自のまなざしをどのように振り分ければ特色を見てゆけるかなということをこれからもっと追求していかなくてはならないと思っています。

佐佐木　久保田先生のお話の中で、題詠と現実の体験とをそれぞれはっきり分けられないというところがありましたが、これが実朝の歌の一つの本質なんだろうと思います。言葉を換えて言うと、文学にもつききれない、また、非文学すなわち人間の問題にもつききれない。何で実朝が東国でこんなに一生懸命歌をやったのか、それほど歌が好きだったのだろうけれど、文学一辺倒にはなりきれない人間の問題が絡んでいたと見ていいだろう。かといって、人間そのものが大事で、文学なんてどうでもいいと思っていたかというと、そうでもない。題詠と現実の問題というのは実朝そのもののありようにまでさかのぼっていく、大変大きな問題なのだろうと思います。私たちも、短歌というものを信用していないわけではないけれど、それでは短歌だけでいいかというと、冗談じゃないよ、という感じもやっぱりある。短歌だけでいいと思ってる人の歌っていうのはどうもおもしろくないなと思ったりしている部分があります。

川平さんが挙げられた萩の歌、悲しいとか、虚無的というよりはちょっととぼけた味わいのようなものがあって、童謡とか童画みたいなところがある。そういう視点から見るとおもしろいと思います。

今日の話に出なかったのですが、例の、

もののふの矢並つくろふ籠手のうへに霰たばしる那須の篠原

真淵が高く評価した歌です。武士の歌、というか男性的な場面を歌った歌というのは、短歌史の中で非常に少ないんですね。そういう点で、将軍の歌だし、あらまほしき姿だというので、この歌が高く評価されているわけです。僕はこの歌はいいのか、悪いのか、まだよくわからないのですが、ただ、短歌史の中でこういう歌がなかったということだけは言えると思います。「八大竜王雨やめたまへ」みたいな非常に強い、張ったリズム、調べと、こういうふうな題材と。やっぱり短歌史全体の中では特徴のあるものとして、萩の歌と霰《あられ》の歌とを挙げておきます。

俵 どうもありがとうございました。私は実は先ほどの「おほうみの」の歌が好きでした。

今日は長時間にわたって、興味深い、中身の濃いお話をうかがうことができて、本当にありがとうございました。あまりに充実していて、胸がはち切れそうにいっぱいなんですけれども、皆さんもきっとそんな感じだと思います。今日いただいた言葉を持ち帰って、思い出しながら、味わいながら、実朝の歌をもう一度読みたいなと思います。本当に今日はお忙しい中、ありがとうございました。

（了）

中世の風 一休、そして蓮如

〈対談者〉水上　勉

水上勉（みずかみ　つとむ）
大正８年、福井県生まれ。九歳のとき京都の禅寺に預けられる。12歳で相国寺塔頭瑞春院の得度式を受け、その後還俗。立命館大学国文科中退の後、様々な職を経て「フライパンの歌」で作家デビュー。昭和36年「雁の寺」で直木賞受賞。主な作品に「五番町夕霧楼」「越前竹人形」「はなれ瞽女おりん」「飢餓海峡」「宇野浩二伝」「くるま椅子の歌」「父と子」「精進百撰」など。直木賞選考委員、芥川賞選考委員など歴任。平成16年逝去。

水上勉

ゆかりの寺

久保田　おそらく一篇の文学作品の成立や、一人の文学者の誕生は、すべてそれ自体劇的で、多分に謎を秘めているのでしょう。アナーキーな言い方をあえてすれば、それは全くの偶然の連続みたいにも見えて、それらの生成の因果関係を、一体文学史はどこまで整合的に解説可能なのか、しばしば懐疑的にならざるをえないのですが、中でも日本の中世文学には今なお謎に包まれている部分が少なくないように思われます。

　今度の「國文學」特集「中世の謎」（一九八一・五　學燈社）は、すでに一応は説明がなされているものをも含めて、あえて、「なぜ」「どのように」と発問することによって、問題意識を闡明《せんめい》にして、文学史の現段階がどこまでそれらの謎について説明可能で、どこから先がわからないのか、ともかく可能な限り謎の解明に努める、その過程を通して、中世の本質に迫ろうというのが狙いのように思われます。それでざっと二十ほどの〝謎〟がテーマとして立てられているのですが、その中でも「一休」は、伝記と作品といった具合に限定する前に、その存在自体が大きな謎だと思います。

　そこで今日は、雑誌「海」に連載され、昭和五十年に単行本『一休』（中央公論社）として上梓《じょうし》されました水上さんから、このお作に籠められました、作者としての思い、それからさらに、作家としての目で、中世の文学をどのように捉えていらっしゃるか、そのあたりをいろいろお話しいただけたらと存じているのですが……。

　まず、水上さん御自身の、この作品ゆかりのお寺との関りなどからお聞かせいただけますでしょうか。

水上　私が得度《とくど》した寺は、相国寺塔頭《たっちゅう》の瑞春院でした。五山の塔頭は昔は文学者のサロンだったそうですね。そういう伝統から、和尚さまたちは小僧に偉い詩僧や、画僧の話などしてくれました。玉竜庵にもいましたが、ここの坂根良谷という和尚さまは当時でも学者でした。この寺は南江宗沅――ソウゲンと読んでいいんですか、ソウカンというのですか。

久保田　いや、それは私のほうがおうかがいしたいところなんですけど、少し前に私たちが分担執筆によってまとめた文学史（市古貞次・久保田淳編『日本文学全史　中世』一九七八刊　學燈社）では、ナンコウソウゲンとルビが振ってございますが、これは中本環さんに振ってもらったものです。

水上　その宗沅さんが、玉竜庵にいて座元《ざげん》（「ざげん」とも。禅宗で首座、また首座職を終った者をいう）だったか首座《しゅそ》だったかでやめて、堅田へ行くんですね。そんなようなことから自然と小僧時分に、一休さんのことは聞いたのです。皆さんの御研究も大きな力になりましたが、……そういう入り方をしました。

久保田　ということですと、この『一休』は、水上さんがものをお書きになり始めた時からいつかは書きたいと思っておられて、ずうっとあたためてこられたテーマと考えていいのでしょうか。

水上　そう思っていただければうれしいですけれども、それが大きな命題だったとは言えませんけれども、ときに忘れ、ときに何しておりまして……。研究者のちょっとした一休についての文章は目につくかぎり大事にしました。そして彼の歩いたところですね、旅のついでにしょっちゅう立ち寄ったりというようなこともいたしましたし……。

久保田　ほんとにひとつのものをお書きになるまでは、ずいぶんあちこちお歩きになるんですね。そのことは『金閣炎上』（一九七九刊　新潮社）を拝見しても非常に感じるんですけれども、その作業というものは、ある意味では、検事や刑事の証拠固めの仕事に匹敵するような大変な苦労を伴うものなんですね。

水上　いやいや、そう言っていただければ何ですけれども、つまり学問してない者の側から言いますと、その人の生まれた山野とか、風土に佇《たたず》めば、あるいは墓など見ることができるとこっちになにか心打つものがあったり、導かれていくような思いみたいなものがありまして、そこを吹いてる風は、ひょっとしたら中世も吹いておったかと思ったり、大きな松があったりすると……山はちょっと変わりませんね。一休の師匠華叟《かそう》さんは近江の北で亡くなっておりますが、ああいうところに佇みますと、やはり昔と同じ山がそこにある気がしますね。

久保田　最初華叟は海津から堅田に出てきて、晩年にまた海津にひっこむわけですね。それで海津で亡くなったとお書きになっていらっしゃいますね。

水上　無住の寺で、高源庵というところですけど、そういうところに行きますと、諸先生方の言葉がそこではじめて私に歩み寄ってくるというか、そういう感じがしますね。

久保田　やはりお坊さんとしての幼少時代の修行の生活がおありですから、修行の体験ということで、文字のうえだけでいろいろ追ってる者はとても理解できないところを深く身をもっておわかりになっておられるんで、それだからこそこれだけお書きになれると思うのですけど、その土地に立たれておのずとわかってくるということ、非常におもしろいですね。私なんか全く一介の観光旅行者としてしかお寺には近づかないというか、近づけないわけですね。菩提寺は曹洞禅ということになっているんですけれども、全くの在家の者ですから、お寺さんの生活というのは外側から見ていいなあと思いながらも、中のほうに入ってはわかりませんですね。それがこの作を拝見して非常によくわかりまして……。

水上一休

久保田　これはジャンルとしては、どうなんでしょう、あまりそういうジャンル意識は御自身ではお持ちでないんでしょうか。創作とか評伝とかいった……。

水上　一休さんの場合はそれだけの枚数を費やす史料というものもございません。ですからそんなふうに書くのは、こっちの思いみたいなものを書くことで、みな嘘でもあり、またかくあったろうと思う空想でもありまして、とても伝記とか何とかいうには……。

久保田　まあ評伝というものではないのかもしれませんけど、私なんか特にこういう方面は疎いものですから、むしろお教えいただくような気持ちで拝見してたいへんおもしろかったんですが、これはほんとに不勉強でみっともないことをうかがうんですけれども、最初にちょっと底を割ってネタ本を白状するみたいな形で挙げていらっしゃいます、「風狂子こと磯上清太夫」なる著者の『一休和尚行実譜』というのは、これは実在……。

水上　しませんね。

久保田　そうですか。やはりこれこそおつくりになったものであるわけですね。

水上　謄写《とうしゃ》版の本も持っておりますし、それから歩いておりますうちに、一休さんについて語った和尚さんたちの言葉、そういうものは文献にもなっておりませんが、こういう人だったんだというふうなことをチラッと聞きますと、そういうことを語り伝えておる人たちがいるんだということ、それから諸国物語とか諸国咄《ばなし》というようなものもございますけれども、みな一休に藉《か》りて何したものがございますね。そういうようなものを集めまして、私なりのものにつくりかえたと言いますか……。

久保田　たぶんそうだろうと思ったんですけど、その辺非常に実在感がよく出てますね。

水上　ミックス版なんですよ、恥ずかしい……。

久保田　だんだんこの頃は読者のほうもこすっからくなってるというか、ずるくなってますから、作家の方々のお書きになるものに騙されないぞなんて思いながら読むせいか、あれなんですけれども、たぶんこれは水上さんがおつくりになったものだろうなと思いながら、しかしまたいかにもこのような本がありそうな感じもして、それを通じて一休なり森侍者《しんじしゃ》(一休の身近にいた盲目の女性)なりが動き出してくるような存在感があって、『一休』の二十ですが、

> 一日居士《こじ》(注、一路居士)とともに薬師堂にあそびたまふ。堂前に人のあつまりて、内よりつづみの音のしけるをふしぎに思はれて、寄りたまふに、盲女ひとりが炉辺の床に膝つき

この部分などが、お書きになっていちばんお楽しかったんじゃないですか。

水上　楽しいといえば楽しゅうございましたし……。

久保田　でもおつくりになるのはそれは大変だろうと思いますけど。

水上　一休の肉質感といいますか、実在像みたいなものを出したいと思いました。諸先輩の研究書からは、事実への鋭い指摘とか、あるいは思想とか、そういうものの解明はございますけれども、現実にスタスタ歩いてくる一休が何を食っているか、褌《ふんどし》をしておったか、腰巻をしておったか、そういう姿が見えてこない。それを私自身がつくってみることにおいて、当時はフ

マキラーもないだろうから蚊も飛んできただろうし、ブヨも飛んできただろうし、そういったことを具現してみると、和尚が私のそばへ来て何かものを言ってくれるだろう、というふうな気がして、大胆にもそういうことをやってみたんです。それは学者諸先生からは玄関払いを食う仕事でございまして、恥ずかしいかぎりです。

久保田　とんでもございません。これで一休和尚が歩き出したっていう感じがほんとにいたします。やはりそういう作業というのは、過去の御自身の修行の御体験に加えて、何度も一休関係の土地を訪ねていらっしゃるうちにだんだん出てくるものでしょうか。

水上　はあ、そういうふうなことはございましたし、そして今、私自身にもありますよね。例えばそういう思いというものは書いて残していない。小説にも書けないし日記にも残してないけれども、しかし、心にためながら歩いておりますね。私は嵯峨の鳥居本へ行きます。秋になればあの「つたや」（一の鳥居に古くからある鮎料理屋）のおばさんに逢いに行くんですけど、そうするとそこでひとりでマツタケの頃はマツタケを食べ、冬はまたぼたん鍋を食べるんだけど、雪も降ってくる。獣どもが鳴いている声はせずに、ハイウェーを通る自動車の音がする。いろんなことを考える。いろんなことがありますね。ちょっと行きゃ瀬戸内晴美（寂聴）さんがいらっしゃる。みんなもいろんなことを考えながら歩いていると思うんですね。そういうふうに一休さんにも歩いてほしかった。山を見れば一休さんも母のことを思い、父のことを思ったのじゃないかと、そこへ入り込めば、真珠庵の掛軸から出て嵯峨までいらっしゃる（笑）。

久保田　南江宗沅と出逢わせて……あそこおもしろいですね。

水上　川で含嗽《がんそう》か何かしてませんでしたか。阿弥陀寺の下のところで。

久保田　ああいう宗沅のような生き方はいかがですか。

水上　興味あります。宗沅さんは一休を尊敬していて、華叟さんをもちろん師匠と仰いだでしょうが、本山に全く背中を向けて、これは本当かどうであったか知りませんが、一竿の釣り竿を持って乞食になって死んでゆくというか、そういった実践は江戸期の良寛を思わせるし、都の教団禅というものへの批判ですね。一休そのものをも批判しているような背中が感じられて痛快でしたね。中本（環）先生あたりはどうおっしゃるのか知りませんが、ふっとそういうような思いが……。

久保田　南江宗沅との出逢いがあって、また別れがあり、晩年では一路居士との出逢いがあるわけですね。一路居士という人もおもしろい人のようですね。詳しいことはあまりわかってないのですか。

水上　仁和寺《にんな》にもといて、一休さんが住吉のほうにおられた時に、門口にかごを置いといて喜《き》捨《しゃ》を待ち、とうとう餓死していくという、そういう人でございますが、最近、一路は中国から来ていた虚竹さんじゃないかということを書いた論文に会いました。尺八の普化宗《ふけしゅう》（禅宗の一派。唐の普化を祖とする。その徒は虚無僧《こむそう》といわれ、尺八を吹いて諸国を巡行する）の開祖の虚竹さんのことですけれども、まあ得手のほうへ話をもっていってるなという思いがしました。年代も虚竹は法燈国師（覚心。臨済宗の僧、一二〇七〜一二九八）の弟子ですから、少し合わないなと思ったりしておりますけど、一路さんについては全く不可解ですね。

久保田　これもまた中世の謎のひとつかもしれませんですね。

水上　そうですね。宗沅は相国寺で首座の位までいたのだから、次はいいところへ行けるわけですが、本山でそこまで行っているのが突然やめていくというのは興味ありますね。

後小松天皇落胤説

久保田　でも何といっても一休和尚についての、一般受けのする謎は後小松天皇落胤《らくいん》説だろうと思うんですけれども、このお書きになった『一休』では落胤説を肯定なさっていらっしゃいますね。これはもう宮内庁でもそういう扱いをしているんですね。それで宗純王廟ということになっているわけですね。ただ研究者のほうではまだちょっとふんぎりのつかないところがあるようにも感じるんですけれども、その辺はどうなんでしょう。

水上　市川白弦《はくげん》先生は、とくに一分二分の疑問をさしだしておられますね。そういう感じはあります。それでは清盛さんが白河院の子かと。例の祇園女御のところでも『平家物語』を読みますと、なにか作り話めいた感じがしませんか。

久保田　清盛の場合は、白河院落胤説がかなり市民権を得ているような気がします。まず崇徳院は鳥羽法皇の皇子ですけれども、実は白河法皇が待賢門院《たいけんもんいん》に生ませた御子だという説が、これは『古事談』に見える話などから、中世からあったようですね。それが事実ではないか、それと同時に『平家物語』の祇園女御説もまた史実ではないかということは、歴史家の竹内理三先生も言っておられますね。ですからそのアナロジーを簡単に追っていくのもどうかとは思うんですけれども、状況としては確かにいくらでも、特にこの時期にはありうることではありますね。ただその後簡単に書かれている『年譜』(『東海一休和尚年譜』)にどこまで信用を置くかという問題になるわけですが、岡松和夫さんなんか、まだ一応保留しているようなところがあるんですね。

水上　今申し上げますように生きて歩かせる以上は、出自のどっちかを信じないことには風格が出てこないです。そのために『行実譜』の作者には天皇のお子と、そういうふうに書かせましたけれども。

久保田　天皇家というか、日本の皇室についてのあるイメージみたいなものが、日本人一般のうちにはずっとあると思うんですけれども、それと一休像というのがかなり隔たりがありますね。そこがまた非常におもしろいところだとも思うのですが。

水上　昔は美しい女人は町で見そめられて、すぐ御所へ上れたのかもしれない。今のように雲の上の感じでなくて、京都ですから、あの塀は泥棒でも縄梯子で乗り越えられますね。

久保田　大した塀じゃないですからね。

水上　オーデンセ(デンマーク)の町で、アンデルセンが靴直ししていても、王女様が窓を開けて「ああ、いいお天気だわ、靴屋さん」と言っている声が聞こえるような、ああいう古い町と似ていて、京都も皇室と庶民というのは千里も隔たっていなくて……。

久保田　意外に親近感で結ばれているということはあったでしょうね。私もついぞ日本国内から出たことはなかったんですけど、ちょっと一昨年から昨年にかけて一年向こうへ行ってまして、あちこち観光旅行しますと、ほんとうに向こうでは王室というものと一般市民が同一平面にいるというか、至近距離に存在しているんですね。スウェーデンにしたって、デンマークにしたって、町の真ったただ中に王宮がありますね。ノルウェーにしても同じですね。それに対して日本はいまの皇室で考えると、戦後とはいえ、やはり大内山の中に奥深くおられるわけですけれども……。

水上　濠《ほり》があってね。

久保田　今の皇室の感覚で、この時代、さらには平安時代の皇室を考えちゃまずいのかもしれませんですね。むしろヨーロッパの今の王室のように、京都の市街地の中に接してあるんだということを、もっと実感として思い描かなくちゃいけないかもしれませんですね。

水上　そういうふうに思いました。ちょっと簡単な物言いですけど、そこに市役所があるように、王宮がある。東京で言えば赤坂離宮……いやあれもりっぱ過ぎますかな。オーデンセはあんなアプローチはなかったですね。もっと近いですわ。物売りの声がお姫様に聞こえることもあったでしょう。

久保田　やはり本来は日本の皇室もそれに近いものだったとすると、どうもこれはそうでなくしてしまった明治という時代が問題なんだろうと思いますけれども、『枕草子』の時代なんかを考えれば、物乞いみたいな尼さんが中宮の御所のほとりまで入ってきて、怪しげな歌をうたったりして、それを清少納言なんかがおもしろがってるっていう記述がございますね。それから鎌倉時代になっても、『なよたけ物語』では、御所での蹴鞠《けまり》を一般の女性が見物に来ていて、その時の御門は後嵯峨天皇ですが、そのうちのある女を見初めて、あれを呼べなんて言う。命ぜられた官人がその女を尾行していくとこれは落ちぶれた某中将の人妻なんですけど、その人妻を強引に召すなんて話がございますね。

ですからいよいよもって室町時代の皇室というのは、ある意味じゃ市井の真っただ中であったかもしれないという感じも確かにするんですが、ただそれにしても一休の伝えられた風貌といい、行動というものは、いわゆる皇室的なものとはきわめて異なるので、それだけおもしろいですね。

水上　あのやんちゃな風狂というのは、貴族の血をもらってないとあんなに横着なことはできない。そういうことも感じられますね。顔は、私に言わせればどこか越前若狭の収入役みたいな顔しておられますがね。だがそういうふうに見えても、眼光が鋭い。ああいう無精ひげを生やしておられるせいかもしれませんが、そういうものは感じますけど、風狂のほかにあれだけの学問をしておられた。そして、木刀を腰にさして堺の町をのし歩いておられる。一見町奴《まちやっこ》みたいだけど、これはやはりそこら辺の子じゃのうて、天皇さんのお子かなという、どっかそういう思いもいたします。だから後小松帝の子だということを否定する学者に聞いてみたいんだが、なぜそうこだわるのかと。私はそういう思いがするんです。

久保田　あの八方破れみたいなところは、庶民の出で果たしてああふるまえるかと……。

水上　もっと物を大切にしますよ。貧乏してきた子というのは欲もあるし、一段一段階段を登りたいだろう。あの人はのっけに上のほうから、ダーッと下りてきた一生ですね。下りてきたという言葉はちょっと何ですが、自分の場所が決まるとそれを打ち破っていくというかな。そして庶民のほうへ庶民のほうへと、ちょうど一遍《いっぺん》さんが山を下りたように、五山の塀をのりこえて町なかへ下りてくる姿がありますな。

森侍者

久保田　お書きになられました『一休』では、全体に一休和尚に対して、もちろん傾倒していらっしゃることがよく感じられるのですが、でも一休の養叟《ようそう》批判のところで、むしろ一休の態度にやや批判的なことも書いておられますね。庶民のほうへ下りていったはずだけれども、養叟を罵倒する形容ですね。かなりデリケートな問題になりますけれども。

水上　あの『自戒集』（全編すべて養叟宗頤《そうい》およびその一派に対する罵詈雑言《ばりぞうごん》）という本は後にあらわれたのですが、一休の書だということが九分九厘まで認められておりますね。さきほど言いました宗沅さんへの詩篇も出てくるのですけれども、養叟をやっつけるのに業病とする言葉ですね。ハンセン氏病の人たちはたくさんいたようですが、お前もそういうものだと言ったあの人の言い方に食いついてみたくなった。天皇のお子のせいか知らないけれども、ちょっと人間差別の物言いをしますね。「われは瞎驢《かつろ》なり」と言っている。自分は盲目なりとおっしゃりたいんだろうけど、瞎驢の使い方が睛眼者《せいがん》を上位に見たてておるというか、例えば宗教家なら瞎驢もやはり見えてなきゃならない。瞎驢も睛眼も同じでしょう。そういったものだと思いますけど。

久保田　その辺がやはり一休についてお書きになってて、ひっかかられるところですか。

水上　はい、ひっかかりましたね。

久保田　そういうようなお気持ちですから、一休の側だけではなくて、森侍者《しんじしゃ》の側に立ってもお書きになっていらっしゃいますね。あそこは非常に感銘を受けたんですけれども。

水上　全盲の女性を、きみと三世の芳盟を約そうと抱き取っておられた様子ですが、森女（森侍者）を三十前後とするならば、八十近い老僧よりももっと若い人がよかったんじゃないかというふうに、私は女性の側に立って見ます。まあそれは勝手な空想でございますけど、お年寄りは老梅に花が咲いたと言って喜んでましても、若い娘のほうはどうですかな。もうちょっとの辛抱だ、この人もうすぐあっちへ行くんだからがまんしましょうという思いというのは女性は持っているかもわかりません。そういう女性に対する配慮がちょっと一休さん足りません。

久保田　これは男の業でしょうか。

水上 いや、もっと優しい男性は中世にもいたと思いますよ。

久保田 例えばどんな人をお考えになりますか。

水上 平家の維盛《これもり》さんという人はどうですか。

久保田 都落ちに際して、妻との別れなどに見られる維盛の優しさですね。自分が討ち死にしたら、あとしかるべく生涯を託せる男と再婚しろってことを言ってますね。

水上 そうすると奥方のほうが、あなたと長いこと睦言《むつごと》を重ね合わせてきて、あの睦言が全部嘘になると言いましたね。そういう睦言をちゃんと維盛は言ってきたんですね。やっぱりちょっといいですよ、維盛は。優しいでしょう。

久保田 優しいですね。たしかあの北の方は、その後吉田経房《つねふさ》と再婚していたと思います。

水上 そうでございますか。女性も業が深い。それはそれでごく自然でしょう。

久保田 じゃ維盛のような男性を最も理想的なというか……。

水上 そうですね。私は、斎藤別当（実盛）よりも維盛のほうに優しさを見ます。

明恵、そして蓮如

久保田 お坊さんとしてはほかにどんな人に惹かれますか。いま拝見しつつあるんですけれども、『京都古寺逍遥《しょうよう》』（一九八〇刊、平凡社）は比較的最近お出しになられた御本でしょうか。

水上 はい。

久保田 ずいぶん懐かしいお寺がたくさん出てまいりますが、最初に神護寺をお書きですね。神護寺、高山寺、天竜寺と並んでいるわけですが、文覚とか明恵《みょうえ》などについてはどんな感じをお持ちですか。

水上 私は優しい人が好きで、明恵さんも優しく思われますけど、実はいちばん厳しくてこわい人のような気もしますね。

久保田　私も、ほんとに厳しく、怖い人だと思いますね。

水上　あんな木の上で座禅してはる人ですから怖いですよ。

久保田　いま友人と一緒に『栂尾明恵上人伝記《とがのおみょうえしょうにんでんき》』や『明恵上人歌集』のハンディな本（岩波文庫『明恵上人集』、一九八一刊、山口明穂と共校）を作る仕事に従っているんですけれども、あの『伝記』なんかを読むにつけ、非常に自身に対して厳しい人だったと思いますね。有名な、自ら耳を切り落とした話とか、自分に厳しいだけに、弟子にも「けきたなさ」は許さない峻厳《しゅんげん》さがあったんじゃないかなと思うんです。

例えば、修行半ばにして暇乞いして高山寺を出てゆく紀州の親類の若い僧に与えた歌なんてのは、実に呵責《かしゃく》ないものですね、

　心から狂ひ出でぬるまどひ子は這はれむかたへ這うては死ねよ

ですけれども、そうかと思うと、この『京都古寺逍遥』でもお書きの、紀州で修行していた時に渡ったことのある島に宛てて手紙を出してますね。

……かく申すに付きても、涙眼に浮びて、昔見し月日遥かに隔たりぬれば、磯に遊び、島に戯れし事を思ひ出されて忘られず、恋慕の心を催しながら、見参する期なくて過ぎ候ふこそ、本意にあらず候へ。……其に候ひて本意の如く行道して候ひしより、いみじき心ある人よりも、誠に面白き遊宴の友とは、御処をこそ深く憑みまゐらせて候へ

ああいう無邪気というか子どものような、ほとんど世間知らずと言っていいような、優しさがある……。

水上　それからインドへ行きたくて、日にちの

計算までなさる、ああいう無垢なというか……。
久保田　そういう優しさと厳しさとが同居しているわけですね、明恵の中には。
水上　それも結局〈あるべきやうは〉だったんじゃないでしょうか。だからこわいものと、優しさ――お茶を栽培していらっしゃったとか。
久保田　一休と明恵というのは、行動の面を追っていくと現象的には正反対のような気がするのですけれども、意外にこれが近いところもあるんでしょうね。
水上　まあ、叛逆ですわね。
久保田　それからともに純粋というか、自己に忠実ということなんでしょうね。
水上　あるべきように生きた。
久保田　それぞれあるべきようにということでしょうね。
水上　ですからだれが好きかと言いますと、好きという言葉には肉質感を持っていく感じがあるのでもったいないですけど、道元《どうげん》さんの越前へ行かれるあたりが好きですね。建仁寺から、都の権力化した伽藍経営者どもがいやになって越前に庵を結ぶ。お迎えする波多野氏がいて、向こうへ行ってもまたそういう擁護があってお寺が出来上がってゆくわけだけれども、まあいいですね。
　そして文章が女性的で――女性的というのも語弊があるけど――『正法眼蔵《しょうぼうげんぞう》』（道元の伝えた仏法の悟りの内容を説いたもの。日本曹洞宗の根本聖典）はねっとりしたところございませんか。禅宗の偈《げ》の感じからくる、ごつごつした一刀両断にされるようなところがなくて、平仮名で何とも言えない説得があって、そして美しい……。
久保田　私も子どもの頃『曹洞教会修証義』というのを、何かというと聞かされました。あのお経は実にわかりやすい和文なので、子ども心にも何となくわかったような気がして、お経らしくないお経だななんて、それだけ子どもの頃は、あまり有難みがないのかななんて思ってたんですけれども、あれは実にいいですね。結局『正法眼蔵』のエッセンスなんですね。

水上　それとリズムがあるでしょう。

久保田　そうですね。易しいといっても、そういうリズムがありますね。ですから何となく禅宗的なものにそういう程度にはなじんでいるのですけれども、なにかこの時代のお坊さんというと、さきほどの維盛の優しさにあるいは通じるのかもしれませんけど、やはり法然《ほうねん》上人という人がわれわれ凡愚には非常に親しみは深いような気がするんですが、いかがですか。法然・親鸞《しんらん》と一口に言われますが、親鸞とくると、これまたある意味ではむしろ非常に厳しいと思うんです。それに対して、法然は温かいって感じがするのですけど。

水上　鞆《とも》ノ浦ですか、女人とめぐり逢われる船の問答がございますが、心優しい方でないとあの問答はないし、女人も比丘尼《びくに》となれるんだということをちゃんとおっしゃった言葉ですね。山上仏教は女犯として女をよせつけず稚児さん遊びしていたわけですが、法然さんから親鸞さんを飛び越えるようですが、蓮如《れんにょ》さんがたくさんよめさんをお持ちになりましたね。如勝《にょしょう》さんはこわい病気で亡くなられますが、蓮如さんが東山のほうにあった本願寺で奥さんが亡くなられて、大ぜい子どもがごろごろしておられたですね。それを、門に雨やどりした娘がそのまま入りこんで子守りをした縁から、妻になさって、吉崎へ旅立たれるんですね。如勝は人の子を背負い、人の乳呑み児を抱きながら、蓮如について越前まで旅するわけでしょう。そしてまた自分の子も生むわけですね。業病で、若狭の小浜へ行く前に亡くなるのでしょうか。

ああいうふうに女性が慕ったということ。今から思いますと、あれは行きあたりばったりのように女性を家に入れなさった和尚様のようにも思えますね、あれだけたくさんだと。アナーキーだったか、優しかったかわからない。蓮如さんの女性観みたいなものに、非常に私は関心を持ちます。

久保田　蓮如についてはすでにお書きですか。今あたためていらっしゃるわけですか。

水上　はい。あの人の女性行脚《あんぎゃ》はおもしろうございますから。

久保田　一休をお書きになった後は、当然そちらのほうにまた……。

水上　いや、丹羽文雄先生がやっていらっしゃいますから……。

久保田　必然性がありますね。この『一休』でもおしまいに出てまいりますね。

水上　同期といいますか、交際もございましたから。

久保田　意気投合したわけですね。

水上　そうでしょうね。どっちもおなごで苦労しとったんでしょう。そうじゃなけりゃ、あんな意気投合はない。先生方はそうおっしゃらないんだけど、なんで一休と蓮如が橋の上で逢うた時に話し合ったか。都でおなご道楽してて評判の悪い二人だったんじゃないですか。ふっとそういうふうに見てしまう私のほうがおかしいかな。だめだな（笑）。

白骨と肉体

久保田　杉浦明平さんでしたかね。『白骨の御文』（蓮如著）をアジテーターの文章と言っておられたように記憶していますが、あれは確かに格調が高いですけど、人を煽るようなところがありますね。それに対して一休さんの仮名法語なんていうのは、じわじわと水がしみ通るような感じで、ちょっとまた違いますね。

水上　『骸骨』という仮名法語がございますが……。

久保田　『骸骨』といい『白骨』といい、出典は……。

水上　もう同じですよ。

久保田　これはずっと前の平安仏教から、いやむしろもっと前からあるのかもしれませんけど、不浄観の話というのがずうっとございますね。『発心集《ほっしんしゅう》』（鴨長明著。百余話の仏教説話を集め、随想・評論・説教などの文章を添える）にしても『閑《かん》居友《きよのとも》』（慶政著。上下巻の仏教説話集。下巻のほとんどが女性を主人公とする）にしても、打ち捨てられた遺骸がだんだんくされただれていくのを見て、発心しようとする、こういうのが中世の仏教にずっと根強くあると思うのですが、それが近世まで下ってきて、前に『仏教文学の古典』（昭五四〜五五刊　有斐閣）の下巻で紹介された鈴木正《しょう》三《さん》の『二人比丘尼《ににんびくに》』までに至るわけですね。ああいうものを通じて感じられる日本人の肉体観というものは、これは、ヨーロッパの絵画・彫刻なんかに見られる肉体、特に女体ですけど、それから男性にしても、ギリシャ、ローマ以来、そしてルネサンスになってまた実に盛んになった肉体讃美の伝統と全く相容れないような気がするのですが、そういう点について、どんなふうにお考えでしょうか。水上さん御自身としては、肉体というものをどういうふうに……。

水上　一休のように、美人を見ても、白骨に肉と皮をかぶせたものだという眼で眺める力は私にはありません。仏教は無常観――諸行は無常であるということですね。「無常迅速寂滅為楽」を教義といたしておりますから、それを誇張して教えられたし、いつも死と密接していたというか、人の死はいつもそばに立ち会うものだった。そういったことが小僧時代にございました。葬式仏教として立ち会うということとは違って、いろいろな話の中にございましたよね。今先生のおっしゃるように『(日本)霊異記』あたりでしょうか。髑髏《しゃれこうべ》と話ばかりしてますね。どこか山の中からお経の声が聞こえてきて舌だけ残っているとか、眼からタケノコが出ているとか、非常に陰惨な……まあそれは熊野のほうへ行くとそうだというふうな、行基菩薩を敬うひとつのPRの話にしても、材料とした場所が、熊野など田圃や畑の少ない飢餓民のいたところでしたね。山がずり落ちるようになって、魚をとるところも波が荒いといったようなところを上手に舞台にして、怖いものを教えていましたね。

　ほんとに反西洋でしょう。死へのイメージとか、死が非常に接近しているということですね。土葬でもありますから、私は去年の二月十五日に母を八十二歳で埋めた時に、父の髑髏の出たところへ埋めたんです。そうしますと今日でも穴掘りの古老は「あ、これはお父っつあんのや」とか、「これは盲目のおばんのだ」と言って、手で持って、東京から戻った私に見せてくれる。「父母のところへおっ母さんを埋めてやる」と言いながらね。ちょうど編集者の方たちもいらした。コンピューターの活字で新聞を発行してるところの学芸部の記者が、それをじっと見てましたし、空には、今人類の火だという原子力発電の送電線が見えました。母の死によって、もう一遍祖母とか父の骨にめぐり逢えた私は、何とも言えぬものを感じましたね。今でさえそうならば、もっと昔は距離感がなくてあったんじゃないでしょうか。

　そうすると『方丈記』の作者が都から日野のほうへ行かれる足元というようなものが、ちょうど菅江真澄(一七五四〜一八二九。日本の北辺を巡り、多くの日記・旅行記・地誌を残した)が秋田から髑髏をまたぎながら、青森へ旅したように、都にもそれと似た、どこか饐《す》えたようなにおいのする一角があって、死人を葬いもせず埋めた感じのところを通りながら行かれたのじゃないかという思いがしますけど、どうでしょうか。

久保田　応仁の乱なんかでもずいぶん死んでますしね。私が驚きましたのは、私はどちらかというと散文よりは和歌なんかのほうを相手にすることが多いんですけど、和歌には通常そういう現実は出てこないわけですね。出てこないのが通り相場なんですけども、ほぼ一休と同世代というよりやや後になりますか、やはり応仁の乱体験をしている――直接体験じゃないですが――心敬《しんけい》がございますね。心敬は応仁の乱の直前に伊勢に行って、だんだん京都が乱れていくので、京都に帰らないで関東に下ってしまうわけですけど、結局大山で死にますね。その関東で詠んだ歌の中に、

　かかれとてたがたらちねの撫でつらん尾花
　がもとに残る黒髪

というのがありました。野ざらしとなった遺骸は腐ってなくなって、髑髏もきれいにどこかへ四散しちゃったんでしょうけど、髪だけが残ってすすきの根元にひっからまっているというのを詠んでる歌です。これは凄惨だなという気がいたしました。遺骸がすでになくなって髪だけ残っているというのは、かえって『雨月物語』の「吉備津の釜」みたいな凄味があると思うんですけど。

水上　心敬さんの原光景というか暦の中にも、そういう無常感の根底をなす風景というものがあったように、私ら百姓の子にもございました。大正八年生まれの私に、そういうものがいつもそばにあったですね。身内の死が髑髏として現実にきょうあるわけです。ですから中世ではだれも階級の別なく産声をあげたすぐそばに髑髏がころっと転がっていた。それが現実だった。そうすると仏教みたいなものがきょうよりは身

近にあった……。

久保田　『一休』のような評伝形式のものじゃなくて、全く小説としてお書きになった『越後つついし親不知』とか『桑子』なんか拝見しても、私のような現代文学についてはほんとに怠慢な読者で、もっぱら古いところで中世あたりしかいつも読んでない者が拝見しますと、お書きになったものにやはり中世仏教の伝統みたいなものが生きていらっしゃるように思われるんですけれども、それはひとつにはお育ちになった風土というものがあるんでしょうね。

水上　私の父は、偶然でございますが、埋葬地の近くに家がございまして、朝に戸を開けると、新しい仏には竹飾りがあって、それが八月に死んだ人はだんごも多い。そしてすぐ秋風が吹いてきて、そうすると飾り花なんかが砕けて、だんだん腐って倒れてゆきますね。竹飾りには、色紙に諸行無常とか寂滅為楽とか書いてあった。それにカラスがわあーっと集まって、その赤土の下にはまだ生き生きとした食べものが埋まっているはずなんです。そのにおいを嗅いで、鳥けものがいる家がすぐそこに見えたんです。それが私の生まれた感じです。いつも葬列が通った。父は棺桶を作っては納めておりましたから、無常という観念はなくて日常でした。皮膚感覚でした。後に偶然の縁で小僧になりまして、そういう語録を習って、ああ、あのことか、このことかというふうに、私の中で言葉になっていなかったものが知識としてようやく芽をふいた感じでした。

久保田　知識以前に感覚として身につけておられたわけですね。いわば理論的な体系が後でついてきたという形でいらっしゃるわけですね。

水上　ですから今、中世的ですねとおっしゃられますと、なるほどそうかもわかりません。

久保田　そういうことが私を含めて大部分の私

ぐらいの世代の、しかも東京でもどこでも、都会生活なんかしてきた中世の研究者にはないんですね。これは自分でも致命的だと思うんです。そういう感覚がなくてもっぱら文字のうえだけで迫っても限界があるので、それは埋めようがないわけですけど、できるだけこういうものをお書きになる時に水上さんがなさったことに近い努力をする――自分で歩いてお寺へ行ったり、その人たちの書や肖像を見たりするより他ないわけですが、それは決定的なものですね。

歴史に寄り添う

久保田　そうすると『はなれ瞽女《ごぜ》おりん』（一九七五刊　新潮社）をお書きの時も、森侍者と重ね合わせるようなところがおありだったんじゃないですか。

水上　それは黙っていることでしたけれども、おっしゃればありました。そういうこと書いたことはございませんが、実は私どもの村におりんの墓というのがございまして、もう私の生まれた時に瞽女（三味線などを弾き、歌をうたい歩いて、生活の糧を求める盲目の女芸人）の墓があったんです。その瞽女は地蔵さんになっていました。それは阿弥陀堂にあるんです。そこで死んだんですね。阿弥陀堂というのは、私ども父母が死んでも必ずそこで舞々講々《まいまいこんこ》をして、三昧堂に行くんですよ。だからおりんがいつも見ている。それを古老が話をするんですね。そしてたくさんのよだれかけをもらっておりますし、地蔵さんの足台のところがお墓になっておりまして、村の人たちが埋まるところへは埋めてないんです。行路病死人ですから無縁墓にしなきゃならない。お針もしたし三味も教えた盲女だから地蔵にしてやろうというふうな――まあ後に瞽女の手びきが来てそれを建てたという話でございますけど、そんなことを子ども時分から聞かされてましてね。それで後に皆さんの研究の御本からふっと森侍者が入ってくると、おりんに結びついちゃうんですね。恥ずかしいからそれを言わないだけで、森侍者に私がなんでひかれたか。おりんがひいたところがございますな。

それは学問的なことと全く無関係で、感性として私の中に、そういう歴史に寄っていくものがあった。そういう感性をつくったのは、私の風土と父母の生業《なりわい》です。

久保田　私なんかそういう点が非常に欠落しているんですけれども、それでもやはり、さっきちょっと申しましたヨーロッパ的なおおらかな肉体讃美というものには、むしろ違和感というか、まだ抵抗があるんですね。早い話が、ヨーロッパでたった一年ですけれども生活して帰ってきて、その時知り合ったドイツ人が今度はあちらのほうが日本に来て、お前はヨーロッパにいた時、何にいちばん違和感を覚えたかって聞くんですね。ですから、私は正直にそれはキリスト教だって言うんですけど、まずカトリックの宗教画です。キリストの処刑のああいう生々しい、体から血を流しているようなものは全然受けつけないと言うか、抵抗を感じるわけですけれども、水上さんはいかがですか。寺院で御生活なさって……。

水上　やはり、仏さまは、絵にしても彫刻にしても、観音さまですね。十一面観音の、胸のふくらみ、胴のくびれるあたり、あれぐらいのエロチシズムなら、そう生々しくないし、もと別なものは秘仏としてあったですね。聖天さんなど……。

久保田　聖天さんのことは『京都古寺逍遥』でお書きですね。等持院での思い出ですか……。

水上　非行少年でしたから、内緒で鍵をあけて秘仏を覗いたのです。

久保田　仏教でもインドだとまたヨーロッパに

近い点があるんでしょうね。本来はそうなんでしょうか。

水上　天台から真言、密教はたいへん肉質感のあるものでしょう。

久保田　禅はそれを削ぎ落としていくんでしょうか。

水上　そうですね。禅は削ぎ落としていく。絶世の美人も骸骨と見なきゃ僧の資格ないんです。どうも怖いですね。ですからそれは禅の理想でしょう。なかなかそこまで立ち至れずに、一休さんまでが森女を賞《め》でられたと思えば人間禅者としての思いがしますけど、理想としては、やはりおっしゃるようにそういうものを削ぎ落としていく世界でしょう。あんな精進料理ばかり食っておれば、やせてスカーッともした、骨張った感じになりますね。そして女性は寺へ入れませんから、理想として。

久保田　この次は蓮如さんということで、この時代について何かお書きになるとしたらその辺でしょうか。

水上　如勝さんのことが気になりますね。宗教には不思議な力があって、吸い寄せられ、蓮如さんも優しかったために、あれだけの女性がかしずいたかと思います。ピルとか避妊薬はございませんから、交われば子はできていく。ごく自然でしょうし、そういう業を背負ってもあなたさまのそばにいたいという女性があゝいうふうに列をなしたと思えば、それはやはり宗教家としてすごい力だな。現世に現《うつ》し身としての仏がいる感じがあった。凡庸な女性たちや凡夫の救いだったとしていいんじゃないでしょうか。

久保田　北陸の風土を背景に、ぜひそれをたっぷり書いていただきたいと思いますが。

水上　あまり我田引水なことをやっていると飽きられてしまいます。ですけどそこに生まれてそこで死ぬしかないのですから、足幅三尺ですね。そんなことやってるうちに、だんだん読者も減って、私も亡びてゆきます……（笑）。

久保田　いえいえ、以前、新潮社の『波』にお書きになったエッセイでも、『発心集』での入間川の洪水の話の持つリアリティに深く共感していらっしゃいましたね。私達としては、是非〝水上蓮如〟を、そしてまた、〝水上長明〟をお書きいただきたいと思います。今日はどうもありがとうございました。

（了）

対談・座談おぼえがき

初出一覧

〈対談者〉	〈テーマ〉	〈掲載誌紙〉	〈発表年月〉
馬場あき子	業平と小町―文化現象として	國文學解釈と教材の研究	昭和58年7月
瀬戸内寂聴	物書く女たち―和泉式部的なものをめぐって	國文學解釈と教材の研究	昭和50年12月
前登志夫	西行　その風土、時間、そして歌	國文學解釈と教材の研究	昭和60年4月
木俣修・大岡信	定家	俳句とエッセイ	昭和49年4月
松岡心平	藤原定家の世界	橋の会ブックレット	平成10年6月
川平ひとし・佐佐木幸綱・俵万智	源実朝の歌と人物	心の花	平成9年8～9月
水上勉	中世の風　一休、そして蓮如	國文學解釈と教材の研究	昭和56年6月

馬場あき子「業平と小町—文化現象として」

一九八三年（昭和五八）五月十日（火）、神楽坂の割烹「むさしの」で行われた対談。「國文學」七月号特集「業平と小町」のためのもの。この日は非常勤の出講日で、午前に学習院で一こま、午後は慶応で二こまの授業のあと、「むさしの」へまわった。慶応の学部では平安文学史をやるようにいわれ、この日は『源氏物語』の梗概などをしゃべっていた。対談の中で業平と光源氏をひとまとめにして、魅力ないなどと言っているのは、こんなことをしていた影響かもしれない。前の日も日本女子大の大学院で小町の髑髏の話などをしている。馬場さんにお目にかかったのは、多分初めてだったと思う。これ以来、角川書店の『歌ことば歌枕大辞典』（一九九九年刊）の共編など、御一緒の仕事もさせて頂き、喜多の能の会にもよく誘って頂いている。いつも着物をお召しである。今、この対談を読み返してみると、馬場さんのお能への思い入れの深さが改めて感じられる。それに対して、こちらはいつまでも見巧者になっていないのが、何とも歯がゆい。

瀬戸内寂聴「物書く女たち―和泉式部的なものをめぐって」

一九七五年（昭和五〇）八月三十日（土）、京都の五条、旅館「おとわ」で行われた対談。「國文學」十二月号特集「王朝の女―〈思ひ〉と〈ことば〉と」のためのものである。この日は午前の「ひかり」で京都へ向かい、河原町四条あたりで昼をすませ、京阪三条から電車で五条へ行った。瀬戸内さんとはこの時が初めてだった。この少し前、瀬戸内さんが「朝日新聞」に連載されていたエッセイ「遠い風近い風」で、私の『中世文学の世界』、とくにそのうちの『閑居友』についての小論を取り上げてくださっていたので、『國文學』の茂原輝史さんが二人の対談を思いついたらしかった。くつろいだ感じでお話できたと思う。終わって食事をしながらもいろいろお話した。その頃既に私は職場での健康診断で血圧が高いといわれていたので、そんなこともお話すると、「根昆布がいいですよ」と教えて頂いた。その夜は京都でただ一軒知っていた、高瀬川沿いの「おこい」という小料理屋風の店へ軽く飲みに行き、「おとわ」に泊まった。翌日は清水寺・城南宮・東寺・東福寺とまわって、夕方東京へ戻った。三十六年も前のことになる。「おこい」はとうになくなった。根昆布を浸した昆布水は今でも飲んでいる。

前登志夫「西行　その風土、時間、そして歌」

一九八五年（昭和六〇）一月六日（日）、吉野下市の前さんのお宅で行われた対談。「國文學」四月号特集「西行」のためのもの。この号では若い人達にも加わってもらって、「西行の時空」という、一〇項から成る小論集を編んでいる。この対談は前年のうちに行われる筈だったが、前さんにお母様の御不幸がおありになって、予定が延びていた。こちらにも九州での三好行雄先生御母堂の告別式に参列するという急用が出来し、結局六日前さんのお宅にうかがい、そのあと直ちに博多へ飛ぶという段取りになった。この日は朝の「ひかり」で京都へ、京都からは近鉄吉野線で下市口へと向かった。同行者は學燈社の茂原さん。近鉄の車中で柿の葉寿司と罐ビールの昼をすませた。前さんにはこれ以前、新潮社の関係のパーティーでお目にかかっていたと思う。土地の銘酒「八咫烏」を頂きながらの対談だった。西行関係の仕事としては、私は前年NHKTVの市民大学で「西行の世界」を担当し、それ以前、八三年には岩波書店のシリーズ「古典を読む」で『山家集』を書いた。前さんはそれらを見てくださっていたらしいことが嬉しかった。対談後直ちにお宅を辞して、あべの橋から伊丹へ出、夜の博多行のJALに身を委ねた。この時も茂原さんと一緒だった。

「短歌」の特集「吉野の山人・前登志夫の世界」（一九九二年七月）に「西行・前登志夫、そしてデルボー」という小文を草したのは、この七年後のことである。

木俣　修・大岡　信「定家」

一九七四年（昭和四九）三月四日（月）、銀座の「三笠会館」で行われた鼎談。この巻の中では最も古い座談会である。歌人木俣修の名は高校生の頃から知っていたように思う。多分、雑誌「螢雪時代」の短歌選者として……。大学院生の終わりの頃、和歌史研究会の母胎となったメンバーが『和歌文学大辞典』の附録として勅撰作者部類を作る仕事を担当した。編集委員の諸先生がその労を多として、会食の席へメンバーを呼んでくださったことがある。その折に編集委員の一人であった木俣さんは、かなり近くから拝見していた。大岡さんは東京大学の国文学科の先輩で、東大国語国文学会での講演をお願いしたり、その後くつろいだ席でお話をうかがったりしたことがある。多分そのあとであろうから、さほど緊張せずに座談に加われたような記憶がある。この頃、個人の仕事としては、『拾遺愚草』の全注釈で、定家の百首歌に加注していた。東京大学の講義でも建保期の定家についてしゃべり、非常勤の日本女子大学でも、定家をテーマに選んだ三人の学生の卒業論文を読まされていた。共同の仕事としては『私家集大成』で『山家集』や『秋篠月清集』の校正をやり、『契沖全集』で考証随筆類の本文作りを進め、その一方で影印本の舞の本の解説を書いたりしている。今ではとうていそんな気力はない。

松岡心平「藤原定家の世界」

一九九七年（平成九）十一月十一日（火）、駿河台「山ノ上ホテル」で行われた対談。この年十二月四日橋の会の公演で能「定家」が上演されるので、そのパンフレットのためのものである。この日は午前中専任校の白百合女子大学で授業し、午後神保町へまわった。笠間書院に仕事の関係で立ち寄ったついでに、『拾遺愚草』の歌を確かめたと、手帳にメモしている。それから山ノ上ホテルへ向かった。明治大学にも非常勤として出講していたから、明大と棟を接するこのホテルのレストランやワイン・セラーには時折入る。若い頃はカンヅメにされたこともある馴染みのホテルである。そして、松岡心平氏はその学生時代からよく知っている間柄である。それやこれやでたいそうリラックスして話したが、予習をほとんどしていなかったせいで、私の話の内容は軽い感じがする。それに対して、松岡氏の文学観、芸能観はよく語られているように思う。この対談には、橋の会での松岡氏との名コンビ土屋恵一郎氏がオブザーバーとして同席していられた。ついでに記せば、このあとにも橋の会公演の「定家」を見ている。草月会館で、草月流の生花の中で舞われたものだった。その後もずっと土屋・松岡両氏のお蔭で観能の機会に恵まれているが、いつまでたっても見巧者になれないのは、前に記した通りである。

川平ひとし・佐佐木幸綱・俵万智（司会）「源実朝の歌と人物」

一九九六年（平成八）八月二十五日（日）、七里ヶ浜の「鎌倉プリンス・ホテル」で行われた公開座談会。短歌結社「心の花」全国大会の席においてのものである。前日に『金槐和歌集』を読みかえし、この日の早朝少しメモを作った。小田急のロマンス・カーで藤沢へ、藤沢からは江ノ電で七里ヶ浜へ向かった。会場に早く着きすぎてしまい、それでいて昼食を摂る機会を逸してしまった。しかし、こういう場合は空腹感は余り起こらない。佐佐木さんとは六月四日に、金子兜太さんとの三人で鼎談をしたばかりだった。俵さんとは以前対談をしている（ともに『心あひの風』所収）。川平さんとは学会でよくお会いする間柄である。そのようなこともあって、話しやすかった。終わって、鈴鹿俊子さんにお会いした。公開座談会の時間には間に合わなかったそうだが、私がこの頃NHKのラジオで放送していた古典講読「徒然草」をいつも聞いていると言っていられた。お元気でよくお話しになる。川田順の歌から受ける印象とはかなり違っていた。このあとの懇親会では他の人々とともに鏡開きまでつとめ、夜も更けて川平さんとともに車で藤沢へ出て、小田急で帰った。その川平さんは五十八の若さで、二〇〇六年四月二十三日急逝された。この座談会中で私がそのお名前を挙げた、福田秀一さんがなくなられたのと同じ日だった。鈴鹿さんはその少し前世を去られた。ゲラを読み返すにつけて、無常の思いは深い。

水上　勉「中世の風　一休、そして蓮如」

一九八一年（昭和五六）三月五日（木）、神楽坂の割烹「むさしの」で行われた対談。「國文學」六月号特集「中世の謎」のためのものである。この号には小野寛氏との共編で、「名歌の謎」というものを担当している。三月初めというと入学試験の季節と重なる。この日も午前は駒場へ行き、午後早稲田の學燈社へまわって、時間ぎりぎりまで水上さんの著作類を読んで、それから「むさしの」へ向かった。この前後はどうも体調がよくなかった記憶がある。水上さんにはもとより初めてお目にかかった。今読み返してみると、若造に対してじつに丁寧に話してくださっていたのだと、感銘を受ける。私にとって明るくない分野での話なので、インタビュアーに終始しているが、明恵に話が及んでいるのは、この頃山口明穂氏との共校で、岩波文庫『明恵上人集』の仕事をしていたことの反映でもある。それとともに、學燈社の関係では『徒然草必携』という冊子の編集を進めていた。勤務先の東京大学では第二次東大紛争がまだ収まっておらず、自身は一年前の海外出張中住めなくなってしまっていた家を建て替えるため、仮住まい中であった。身辺落着かないさなかの対談であったことになる。

水上さんは二〇〇四年九月八日になくなられた。その日の手帳に「八十五歳」と書いている。

久保田淳座談集《くぼたじゅんざだんしゅう》　空《そら》ゆく雲《くも》　王朝から中世へ

2012年２月20日　初版第１刷発行

著　者　久保田 淳 他

装　幀　笠間書院装幀室

発行者　池田つや子

発行所　有限会社　笠間書院

東京都千代田区猿楽町2-2-3［〒101-0064］

NDC：904

電話 03-3295-1331　Fax 03-3294-0996

ISBN978-4-305-60029-5

乱丁・落丁本はお取り替えいたします。

印刷・製本　藤原印刷

出版目録は上記住所または下記まで。

（本文用紙：中性紙使用）

http://kasamashoin.jp

空ゆく雲　王朝から中世へ――本体二二〇〇円
四六判・二六〇頁

馬場あき子◎業平と小町――文化現象として
瀬戸内寂聴◎物書く女たち――和泉式部的なものをめぐって
前登志夫◎西行　その風土、時間、そして歌
木俣修＋大岡信◎定家
松岡心平◎藤原定家の世界
川平ひとし＋佐佐木幸綱＋俵万智◎源実朝の歌と人物
水上勉◎中世の風　一休、そして蓮如

暁の明星　歌の流れ、歌のひろがり――本体二二〇〇円
四六判・三〇四頁

藤平春男＋佐藤謙三＋丸谷才一＋岡野弘彦◎『新古今和歌集』――時代と文学
佐佐木幸綱◎気分は『新古今』
川村晃生＋兼築信行＋河添房江◎八代集の伝統と創意
岩佐美代子＋浅田徹＋佐々木孝浩◎十三代集を読もう
西本晃二＋戸倉英美◎日記・東と西
鈴木一雄◎文学史と文学研究史
〈インタビュー〉◎日本人の美意識――和歌を通して